Der krasse Fuchs

Der krasse Fuchs

Roman
von
Walter Bloem

Edition Studentica

ISBN 3-89498-108-3

Nachdruck der Ausgabe Leipzig: Grethlein 1911
(c) für diese Ausgabe 2001
by Edition Studentica im SH-Verlag GmbH,
Osterather Str. 42, D-50739 Köln
Tel. 0221/956 17 40, Fax 0221/956 17 41

Erstes Buch

I.

Aus hundert blühenden Apfelbäumen strich eine laue Welle Frühlingsduft über die morgenflimmernde Chaussee, und aus den Büschen zu beiden Seiten schmetterte Nachtigallenjauchzen. Feine Glockentöne waren in der Luft.

„Ein Tag, von Gott, dem hohen Herrn der Welt,
Gemacht zu süßerm Ding, als sich zu schlagen!"

zitierte Werner Achenbach und schob seinen Arm in den des neben ihm marschierenden Korpsbruders.

„Du hast gut reden," sagte der. „Bis du mal selbst vors lange Messer kommst! Aber ich, siehste! Wer weeß, ob 'ch mei scheenes grades Neeschen wieder wer' mit zuriche bring'n!"

„Wie ist dir denn eigentlich zumute, Dammer?"

„Nu, ähens doch e bißchen benaut," sagte der stämmige kleine Dresdener ehrlich. „Wenn's bloß wegen der Senge wäre, nu, das tät'n mir schon machen, denk 'ch — aber daß m'r ooch den Ansprichen eines wohlleeblichen C. C. geniegt —"

„Wieso?"

„Nu, bei der ganzen korpsstudent'schen Fechterei kommt's doch eenzig und alleene aufs gute Stehen an!" erklärte Dammer, und was sein Leibbursch und sein Fuchsmajor ihm im vorigen Semester eingeprägt und eingeprügelt durch die Filzmaske hindurch, das setzte er dem „Krassen" in längerer Rede auseinander: daß der Hauptzweck der Mensur Erziehung zur Standhaftigkeit und Charakterstärke sei.

Werner hörte kaum mehr zu. Er sah den Frühling ringsum, er fühlte die Jugend und Freiheit durch alle Glieder rieseln. Schwüler schon flimmerte die Maisonne. Blendend flammte die Chaussee; aber das strahlende Grün der Laubmassen in den Gärten, sachtes Grüßen der schwellenden Waldberge labten das ermüdete Auge. Und aus den lichten Büschen hoben sich viele schmucke Landhäuser, streckte sich droben das graue Gemäuer des Marburger Schlosses in den sanften Morgenhimmel, und zur Linken, wenn einmal die Gärten den Durchlug gestatteten, überflog der Blick das breite, gesegnete Tal, durch dessen mattschimmernde Fläche die Lahn ein flirrendes Band hindurchwob... so schön war der Frühling noch nie gewesen, selbst damals nicht, als Werner, das rote Sekundanerkäppchen auf dem Kopfe, zum ersten Male zwei blonden Zöpfen nachgestiegen war ...

Student — Korpsstudent ... Himmel, das war ja wie ein Traum. Und plötzlich riß Werner mit der freien Linken die hellblaue Cimbernmütze vom Kopfe, stieß einen wilden, formlosen Jubelschrei aus ...

Nervös zuckte Dammer zusammen. „Nanu?

biſte verrickt geworden?" Seine blaſſen Naſenflügel zitterten.

„Ach ſo!" Werner fand es komiſch, daß der andere, der Brandfuchs, Dampf hatte vor ſeiner erſten Menſur. Und das war erſichtlich der Fall. Er, Werner Achenbach, hätte am liebſten gleich einen Schläger in die Hand genommen . . .

„Na warte nur, mei Jungchen, wenn du mal erſcht den Rummel da draußen wirſcht kennen!" meinte der Ältere. „Nämlich ſehre gemietlich is das gerade nich, das kann 'ch dir ſagen! Aber nu ſei ſtille, jetzt kommt mei Orakel!"

„Dein Orakel?"

„Nu äben! nämlich, hier zur Linken das große weiße Haus, das iſt das Penſionat Vogt, mußte wiſſen, un da nämlich, da is meine S o n n e da= brinne!"

„Deine Sonne?!"

„Nu ja, mei Mädichen nämlich, weeßte, mei ſießes Mädichen! Kätchen heeßt ſe, Kätchen Fröhlich . . . un wenn ich die jetzt zu ſehen krieg, weeßte, dann is das e gutes Omen für mei erſchte Menſur, ver= ſtehſte?"

Werner verſtand und drückte ein wenig den Arm des neuen Freundes. Beide forſchten im Schreiten geſpannt an der langen Fenſterfront des Penſionats, ob irgendwo ein Mädchenkopf ſich blicken ließe.

Umsonst... in der frühen Morgenstunde waren alle die Fensterchen mit weißen Vorhängen dicht verhüllt.

„Du, was meenste, wenn m'r da mal kennt e bißchen hinterkucken?" meinte der Sachse.

Werner erschrak und wurde rot. Er hatte den gleichen Gedanken gehabt, aber wie man den Mut und die Schamlosigkeit haben konnte, solch einem tempelschänderischen Wunsch Worte zu leihen — —

Sieh da: an einem der letzten Fenster öffnete sich inmitten der weißen Gardinen ein Spalt: ein lieblich verschlafenes Köpfchen lugte einen Augenblick hervor — unter dem Kinn bauschte und knitterte der Vorhang, als zögen da zwei Fäustchen das Leinen fest zusammen — muntere Augen spähten einen Moment zum Schloß empor, flogen dann zur Chaussee hinunter — und hui, war alles verschwunden wie weggeweht.

Dammer war zusammengezuckt, hatte ohne Bedenken seine blaue Mütze heruntergerissen. Nun preßte er den Arm des Korpsbruders: „Du, Achenbach... hast se gesehen? Das war se! Ach, Käthchen, Käthchen, fießestes Mädichen!"

Und dann richtete er sich stramm auf und schlug mit dem silberbeschlagenen spanischen Rohr in seiner Rechten einen mächtigen Lufthieb. „So, mei gutester Herr Pasche Guestphaliae, nu kenn' Se sich meineswegens in acht nähm'!" und dann schmetterte er los:

„Auch von Lieb umgä'm
Ist 's Studentenlä'm,
Uns beschitzet Jenus Cipriah,
Mäbbchen, die da lie'm
Und das Kissen ie'm,
Waren stets in schwerer Menge da,
Aber die da schmacht'n
Und bladonisch tracht'n,
Ach, die liebe Unschuld tut nur so . . .
Denn so recht inwend'g
Brennts doch ganz unbänd'g
Fier den kreizfidelen Studio!"

Werner war ganz still geworden. Dieses plötzlich
auftauchende blühende Jugendgesicht hatte jählings
in ihm aufgewirbelt, was seit seiner Ankunft in Mar=
burg, unterm ersten Ansturm der tausend neuen Ein=
drücke des Studentenlebens geschlummert hatte: ein
dumpfes, sehnsüchtig=süßes Weh . . . Und den Anblick
des ruhesatten Gesichtchens ergänzte seine beutelustige
Phantasie durch ein Traumbild der ganzen Erschei=
nung, die der neidische Vorhang verhüllt hatte: da
mußte ja ein ganzer, lebender, duftender Leib dazu=
gehören, kaum verhüllt vom Nachtgewande — ein
Mädchen . . . ein junges, junges Weib . . .

Da war sie wieder, die tolle Sehnsucht, die ihn so
oft gequält in seinen drei letzten Schuljahren, auf
harten Bänken, im öden Wechsel von Mathematik
und zersetzten, mißhandelten und doch unverwüst=
lichen und heimlich aufwühlenden Dichterworten . . .

Und im munteren Schreiten summte da die Melodie des alten Burschenliedes und die seltsamen Worte in ihm nach:

> „Auch von Lieb umgeben
> Ist Studentenleben,
> Uns beschützet Venus Cypria:
> Mädchen, die da lieben
> Und das Küssen üben,
> Waren stets in schwerer Menge da . . .
> Aber die da schmachten
> Und platonisch trachten . . .“

also nicht alle trachteten platonisch?! „die da lieben und das Küssen üben“?! Himmel —!

Und seine Seele sprang aufgescheucht und ruhe= los in ihm hin und her, wie ein Raubtier im Käfig, wenn die Stunde der Fütterung naht

Indessen hatten die beiden Wanderer die letzten Häuser von Marburg hinter sich gelassen und schritten nun munter aus, dem nahen Dörfchen Ockershausen zu, wo die Marburger Korps allsamstäglich ihre Mensuren schlugen. Noch war vom Ziele nichts zu sehen als der Morgenrauch, der in blauen Säulchen über einem Schwall blühender Apfelbäume kräuselte. Aber da nun die Chaussee schnurgerade vor ihnen lag, konnten sie sehen, daß sie nicht die ersten waren. Vor ihnen marschierten schon, zu zweien und dreien, in ganzen kleinen Trupps die Angehörigen der drei Marburger Korps: die blaumützigen Cimbern, die hellgrünen Hessen=Nassauer und die Westfalen in ihren weißen Sommerstürmern. Und auch von hinten klang Geplauder und Lachen. Die ganze Landstraße war betupft von bunten Farbflecken: den hellen, schmucken Anzügen, den gleißenden Mützen und Bändern der Korpsstudenten, die in den Frühlings= morgen hineinmarschierten, nicht zu fröhlicher Lenz= fahrt, sondern zu blutigem Turnier.

Dieser Anblick brachte Werner zur Gegenwart zurück und zu dem herannahenden Erlebnis dieses Tages. Zum ersten Male sollte sein junges Leben Waffen und Blut schauen. Und da befiel ihn denn doch eine sachte wachsende Beklemmung. So friedvoll war seine Jugend verlaufen, so sturmbehütet im sichern Elternhause, inmitten gleichstrebender Freunde, nur den Studien, harmlosen Vergnügungen, vor allem den Dichtern gewidmet... erst die letzten drei Jahre hatten heimliche, verschwiegene Ängste und Kämpfe gebracht... Draußen war immer Friede gewesen... nun war's auf einmal anders geworden — das Leben kam. Er fühlte, wie ihm ganz langsam etwas die Kehle verengerte. Immer mehr, ganz leise, aber stetig. Er mußte sprechen, um das Gefühl zu bekämpfen.

„Kommst du zu allererst dran?" sagte er zu Dammer, der auch ganz still und etwas fahl geworden war.

„Nunee," sagte Dammer, „das wär nu doch ge= rade keene wirdije Eröffnung nich fiers Fechtsemester.

13

Zuerſt kommt unſer Scholz kontra Seydelmann, den
Erſten von den Naſſauern."

Scholz! bei dieſem Namen hatte Werner Achen=
bach ein unbehagliches Gefühl. Ein Gefühl — ähn=
lich dem, das er, der zarte, geiſtige Knabe, in der
Schule ſtets den ſtämmigen Schulkameraden gegen=
über gehabt, die er in allen Unterrichtsgegenſtänden
leicht und verächtlich hinter ſich gelaſſen, während ſie
ihm beim Turnen und Spielen mit Hohngelächter über
ſeine unbeholfenen und ſchwächlichen Verſuche ver=
golten hatten. Scholz! Eine hagere, rieſige Geſtalt,
ein ſchmales, herriſches Geſicht mit ſcharfen, gebieten=
den Augen, mit einem Munde, der meiſt zuſammen=
gekniffen war, aber auch plötzlich lächeln konnte, flüch=
tig, überlegen, halb mitleidig, halb ſpöttiſch; einem
Munde, deſſen Lächeln etwas Geheimnisvolles hatte
... etwas, das den Knaben Werner abſtieß und lockte.
Scholz! den gefürchteten und für die Füchſe unnah=
baren Senior des Korps — den ſollte er heute fechten
ſehen... das konnte ein Schauſpiel werden. Und bei
dieſem Gedanken empfand Werner ein ſeltſames
Doppelſpiel der Empfindungen: jenes phyſiſche Miß=
behagen in der Kehle und zugleich im Herzen ein neu=
gieriges, ſchauensfrohes Jauchzen.

„Gib mal Achtung," ſagte Dammer, „das wird e
wieſtes Geflitze wer'n, das Menſierchen. Der Scholz
und der Seydelmann, die haben im vorichten Winter
ſchon eemal zuſammen gefochten, das war e beeſes

14

Gemärsche, das kann 'ch dir nur sagen. Damals haben sie ausgepaukt."

„Ausgepaukt? Was heißt das?"

Dammer erklärte dem Novizen, es gäbe zweierlei Arten von Mensuren: Bestimmungsmensuren und Kontrahagen. Bei letzteren sei ein unangenehmes Zusammentreffen und demnach eine Forderung vorausgegangen: das sei aber unter Korpsstudenten Ausnahme: meist fechte man nur auf Bestimmung, das heißt, die zweiten Chargierten der drei Korps kämen zusammen und machten untereinander aus, welche ihrer Korpsbrüder gegeneinander auf Mensur treten sollten: das seien also lediglich Turniere ohne alle persönliche Feindschaft.

Und derjenige Fechter, der allen andern im Seniorenkonvent, also unter allen aktiven Korpsstudenten der Hochschule, überlegen sei, den nenne man den S.-C.-Fechter. Zwischen Scholz und Seydelmann sei das noch unentschieden, und obwohl die Mensur des letzten Winters beide Fechter viel Blut gekostet, sei sie doch ohne Entscheidung zu Ende gegangen, keinem der Rivalen sei es gelungen, innerhalb der vorgeschriebenen Zeit den andern kampfunfähig zu machen. Nun solle der heutige Morgen gleich zu Anfang des Semesters die Entscheidung bringen.

„Ich für mein Teil, weeßte, ich möcht ja schon am liebsten, daß wir Cimbern täten den S.-C.-Fechter

15

haben, aber was der Scholz is, das hochmietige Luder, weeßte, dem tät 'ch schon genn', daß er mal e paar ticht'ge über die Schnauze tät kriegen. Freilich, seine Mädchens, die täten scheene traurig sein."

„Seine Mädchen? Hat er denn mehrere?"

„Nu, der? Hinter ihm sein se doch alle her, wer weeß wie sehr! Von dem laufen in Marburg wenigstens drei Bälger herum."

Werner fühlte etwas wie einen Stoß, der von unten, vom Magen her, gegen das Herz geführt worden wäre. Was —?! so etwas... so etwas Fürchterliches... das gab's?!

Da lief ein junger Mann von — na vielleicht von zwei=, dreiundzwanzig Jahren in Marburg umher, trug die Mütze eines Korps, war sein gefürchteter und gefeierter Senior, und hatte...?

„Unehelich: pelice ortus, spurius, incerto oder nullo patre natus" rezitierte etwas in seinem Innern ganz mechanisch.

Ja, was war denn das für eine Welt, in der... war denn so etwas keine Schande?! Machte denn so etwas nicht verächtlich, unwürdig, unehrlich?!

Werner schauderte. Ein Gefühl von Einsamkeit, Verlassenheit, Heimweh überkam ihn. Und dann dachte er wieder an Scholz, an sein ehernes Gesicht, sein spöttisch = mitleidiges Lächeln, seinen Herrscherblick. „Hinter dem sein se doch alle her —?" Und... so?

d e r kannte das alles, was in Werners Seele seit ein paar Jahren als brennendes, verzehrendes Rätsel gärte und wühlte, was in schlaflosen, schwülen Nächten seine jungen Glieder umherwarf... der hatte Mäd= chen umfangen, dem hatte die Schönheit des Weibes sich hingegeben... und von all diesen Erfüllungen gab's Zeugen in Marburg... kleine Menschen, lebende, zappelnde...?

Ganz verworren marschierte Werner dahin. Beide schwiegen; Erich Dammer dachte an seine nahe Men= sur und ahnte nicht, was für Stürme in der Seele des Jünglings tobten, dessen Arm in dem seinen hing. Er, der Großstädter, war früh witzig geworden... Nur den einen Wunsch hatte er an die Zukunft in diesem Augenblick: daß er schon sechs Stunden älter sein möchte und alles vorüber... Er mußte noch ein= mal anfangen zu sprechen und fragte:

„Hast du dir ooch schon e Leibburschen ausge= sucht?"

„Nein," sagte Werner auffahrend. „Ich... es ist ja wohl noch Zeit... ich bin doch erst zehn Tage in Marburg."

„Ja, nimm dir nur e bißchen Zeit," sagte Dammer, „sieh dir se nur e bißchen gründlich an, die Herren C. V. C. V. Und vor allem: daß du nu nich am Ende gar den Scholz nimmst. Erstens: er geht balde weg, und dann: schlecht tut er sie behandeln, seine Leibfichse, nu ja, die ha'm nischt zu lachen."

Inzwischen waren die Wanderer in das Dörfchen Ockershausen eingerückt. Hier umsäumten verschnittene Weißbuchenhecken den Pfad, braune Dächer lugten aus dem Grün, manche Häuser standen, aus gelbem Lehmfachwerk mit schwärzlichen Balken erbaut, dicht an der Straße, und durch ihre breiten Tore und Einfahrten fiel der Blick in die Höfe voll Ackergerät, Stallungen und Mist. Dorfkinder lärmten an der Straße, die Jungens auch in der Sonnenglut in verschliffenen Pelzmützen, die Mädchen in jener schmucken Hessentracht, die Haare nach dem Scheitel zu gestrichen, das magere Krönchen von dem bebänderten Rotkäppchen bedeckt. Sie begrüßten die lang vermißten Studenten mit einem Freudengeheul und begleiteten sie, die Kleinsten, Stolpernden, an der Hand fassend: „Hurra! die Cimbern sein widder da! Hurra, die Nassove! Hurra, die schwazze Weschtfale!"

Und nun war man am Ziel: dem Wirtshause von Ruppersberg. Ein bäuerliches Anwesen, von den andern nur unterschieden durch einen Fachwerkbau von zwei Stockwerken, der unten Ställe, oben aber einen geräumigen Saal enthielt. Man stolperte eine steile Treppe empor, nun sah man links in den Saal hinein, in dem schon Gruppen von Korpsstudenten sich ansammelten; rechts zog sich ein Flur, auf den niedrige Türen stießen . . .

„Willst mal die Flickstub' sehen?" sagte Dammer zu dem Neuling und stieß eine der Türen auf. Ein betäubender Dunst von Karbol und Jodoform schlug Werner entgegen: er erkannte rechts am Fenster, an einem kleinen Tische, eine Gestalt in Hemdsärmeln und schwarzer Lederschürze: es war der Paukarzt, ein Mediziner kurz vor dem Staatsexamen und inaktiver Korpsbursch der Cimbria, Wichart mit Namen, ein gemütlicher, heiterer Marburger. Der stand gebückt und hantierte mit einem blinkenden Schwall von merkwürdigen und unheimlichen Instrumenten, flachen Schalen, Waschbecken, Flaschen ... nun hob er etwas gegen's Licht: es war eine krumme, starke Nadel, wie ein kleiner Finger lang, in die fädelte er einen langen Seidenfaden hinein.

Und an der andern Seite stand Scholz, bis an die Hüfte nackt, vor ihm Peter, der Korpsdiener der Cimbern, ein gutmütiges Doggengesicht; er hatte ein blendend weißes Paukhemd über die Arme gestreift und raffte es in Falten, um es dem gestrengen Senior überzustreifen. Werner starrte den sonnübergleißten Jüngling an — der Apoll von Belvedere stand vor ihm, oder der Apoxyomenos, und in der Ferne däm= merte die Gestalt des leuchtenden Achilleus ... voll= kommen schön war dieser stählerne Leib gebildet, und darüber das kühne Gesicht, dessen linke Seite durch zahlreiche Hiebnarben einen mittelalterlich wilden Ausdruck erhalten hatte, während die gänzlich unbe= rührte rechte Seite die Idealität eines antiken Kopfes zeigte ... Und da mußte Werner denken, wie Dammer

gesagt hatte: von dem laufen in Marburg wenigstens
drei Bälger herum... und ihm war's, als säh' er an
diese Brust, an diese Schultern geschmiegt einen Mäd=
chenkopf, einen blonden... und nun war's auf ein=
mal ein schwarzer... und nun ein rötlich=blonder...
und aus den Umarmungen der Schönheit und der
Stärke jedesmal entsproß ein junges Leben... doch
pelice natus, spurius, sine patre oder incerto patre
natus ...

Aber nun hatte Scholz die Angekommenen be=
merkt. „Was habt ihr da zu gaffen, Füchse? Schert
euch in den Saal!" Beschämt schlichen die beiden
Jüngeren hinaus, und Werner folgte Dammer in den
Fechtsaal.

Da gab's viel zu sehen und zu staunen. Im bäu=
erlich getünchten, von rechts und links durch je vier
Fenster erhellten Saal standen Reihen Tische an den
Fensterwänden entlang; hinten war das Gemach durch
eine Schmalwand abgeschlossen; darin war eine Or=
chesternische eingelassen, von deren Fußgestell herab
Sonntags die Tanzweisen dörflicher Fiedler ertönen
mochten. Aber wo sonst die Paare im Reigen sich
drehten, da wurde nun alles für ein ernsteres Schau=
spiel bereitet: inmitten von buntbemützten Gruppen
plaudernder Jünglinge standen zwei in Hemdsärmeln,
mit einem ungefügen Schurz um die Lenden, der beim
einen die Farben grün=weiß=blau, beim andern blau=
rot=weiß trug — im letzteren erkannte Werner den

vorläufigen zweiten Chargierten seines Korps, den schönen, stämmigen, wangenroten und augenleuchten= den Mediziner Willy Klauser. Beide Herren trugen ferner eine hohe, steife Halsschutzbinde, gelbe Arm= stulpen und wüste Mützen mit weit vorspringenden Lederschirmen. Es waren die Sekundanten, die eben in Gegenwart des Unparteiischen, eines lockigen West= falen, mit steifem Zeremoniell gravitätisch die Mensur abmaßen und durch zwei rücklings gegenübergestellte Stühle bezeichneten. Und um sie her stand man in Gruppen zusammen, begrüßte sich, umdrängte den bierschleppenden bäuerlichen Kellner und entriß ihm die Gläser, um den Nachdurst der Spielkneipe und die Hitze des Morgenmarsches zu kühlen. Aber die Gruppen der blauen, grünen und schwarzen Mützen hielten sich gesondert, und nur ein gelegentliches „Herr Soundso, darf ich mir gestatten?" schwirrte über die Klüfte hinüber, so die rivalisierenden Völker= schaften der Cimbern, Westfalen und Nassauer trennten. Nun schmetterte plötzlich Gelächter: in der Tür er= schien ein schmächtiger Westfalenfuchs und trug sorg= sam unterm Arm einen korbartigen Käfig aus Wei= denruten, in dem ängstlich ein weißes Huhn gackerte. Das überreichte er mit höflich abgezogener Mütze dem Paukarzt der Westfalen mit den Worten: das sei das Mensurhuhn. Neues schallendes Gelächter der ganzen Versammlung: Werner ließ sich von Dammer erklären, das sei ein Fuchsleim, ein uralt=

überlieferter Scherz: man habe dem guten Jungen eingeredet, er müsse ein Huhn besorgen, aus dessen Fleisch etwaige abgeschlagene Nasen sofort ersetzt werden könnten.

Indessen entstand eine Bewegung an der Saal-tür: in vollem Mensurwichs, durch die breite schwarze Paukbrille häßlich entstellt, betrat den Saal der Senior der Hasso-Nassovia, ein vierkantiger, stierschultriger Gesell, den mit seidenen Binden dick umwickelten rechten Arm auf die erhobenen Hände eines Fuchses gestützt, schritt auf einen der die Mensur bezeich-nenden Stühle zu, lehnte sich mit dem Gesäß an dessen Lehne und ließ mit gemachter Ruhe und Gleich-gültigkeit seine aus der Paukbrille hervorfunkeln-den Augen durch den Saal gleiten. Noch summte das Gespräch, etwas leiser, weiter, nur die Zigarren ließen bläuliche Kringel über die Versammlung em-porsteigen. Aber sachte begann man sich doch im Kreise um den Kampfplatz zu scharen, und eine Er-regung begann und schwoll an, als nun auch die Tür zum Bandagierzimmer der Cimbria von innen auf-gestoßen wurde und Scholz erschien.

Werner fühlte, wie ein Frösteln ihm durch alle Glieder lief. Vergebens suchte er sich an seinen Pri-manererinnerungen aufzurichten, Bilder homerischer Heldenkämpfe in sich heraufzubeschwören: ihm schau-derte das ungestählte, friedgewohnte junge Herz. Und er vermochte den Blick nicht vom Gesichte des Korps-

bruders zu wenden: auf der schmalen Wange zwischen
Paukbrille und Halsbinde flammten jetzt die alten
Narben, in gebändigter Kampflust flackerten die
grauen Augen aus den kurzen Röhren der Brille
hervor, unter dem weißen Bausch des Paukhemdes
meinte man alle Nerven sich straffen, alle Muskeln
sich anspannen zu sehen.

Nun klangen aus dem Munde der beiden Sekundanten, des Unparteiischen ein paar rasche for-
melhafte Wechselworte, die Werner in seiner Erregung
nicht verstand; dann vernahm er das Kommando:
„Fertig!", und beide Fechter taten, aufgerichtet, den
rechten Arm mit der Waffe hoch aufgereckt, ein paar
feste, schnelle Schritte nach vorn, so daß sie auf anderthalb Armlängen einander gegenüberstanden. Die
Sekundanten setzten rasch von hinten den Fechtern
ihre großen Sekundiermützen auf, und Klauser kommandierte gelassen: „Los! Halt!" Das war der
„Scheingang"; die Sekundanten setzten ruhig ihre
Mützen wieder auf, kauerten nun wie sprungbereite
Katzen zur Linken ihrer Paukanten nieder, und abermals klang's, aber jetzt heiser und erregt, in die
Totenstille hinein:

„Fertig!" — „Los!"

Und krach, krach, dröhnten drei-, viermal die
blechgeschützten Körbe der Schläger aneinander, dann
klirrte ein doppeltes „Halt!!" und von beiden Seiten
warfen die Sekundanten die stumpfen Klingen ihrer

Schläger, ihre stulpgeschützten Arme zwischen die Fechter und trennten sie.

„Herr Unparteiischer, bitte drüben nachzusehen und einen Blutigen zu konstatieren!" rief, Triumph in der Stimme, der Nassauersekundant.

Werner war's blau und schwarz vor den Augen geworden: mit Mühe zwang er eine Bewegung seiner Eingeweide nieder, die seinen Mageninhalt ausstülpen zu wollen schienen, und sah unverwandt Scholzens Gesicht an. Nun fuhr aus dem wirren, dunkel=blonden Haar des Seniors ein roter, senkrechter Strich über Stirn und Wange, und dann schossen auch gleich ganze Bäche Bluts über das Gesicht, röteten das Weiß des Paukhemdes und rannen auf den Boden.

„Silentium! Ein Blutiger auf seiten von Cim=bria!" sagte der Unparteiische ruhig, ohne sich vom Platze zu bewegen, und machte eine Notiz. Nun kam der Paukarzt Wichart, die Hemdärmel wie ein Schlächtergeselle aufgekrempelt, bedächtig heran, einen nassen, karbolduftenden Wattebausch in der Hand, untersuchte die Wunde, die nun auf der linken Kopf=seite als langer, klaffender Spalt durch die ganze Kopfhaut sichtbar wurde, fühlte mit dem Zeigefinger hinein und machte plötzlich ein bedenkliches Gesicht. Er sah Klauser an, Klauser schüttelte heftig mit dem Kopfe; da zog Wichart die völlig blutbedeckte Hand zurück und sagte: „Na, meinetwegen!"

Was, dachte Werner entsetzt: ist das denn jetzt nicht aus? Ihm flimmerte alles vor den Augen: er trank hastig einen tiefen Schluck Bier. Und wie er den blutüberströmten Kopf da anstarrte, fiel ihm wieder ein: von dem laufen in Marburg wenigstens drei Bälger herum.

Es war nicht aus. Wieder kauerten die Sekundanten nieder, flogen die Klingen der Fechter in die Luft, klangen die Kommandos, krachten die Waffen zusammen, und abermals nach wenig Hieben dröhnte das „Halt!" der Sekundanten, und sieh, nun klaffte Scholzens linke Wange vom Ohr bis in die Mitte des Jochbeins. Wieder schoß das Blut hervor, aber kein Fleck des Gesichts war mehr weiß, den es hätte färben können.

Und abermals untersuchte Wichart, runzelte bedenklich die Stirn und ließ dann doch die Mensur weitergehen.

Als abermals die Klingen in der Luft standen, stieß Dammer den neben ihm stehenden Werner an und wies mit den Augen auf Scholzens Klinge: die zitterte nervös, wie rachgierig: „Gib acht, jetzt tut er's ihm gä'm."

Kommando, Zusammenkrachen der Waffen, dreimal, dann schneidendes Halt der Sekundanten und ein unwillkürlicher Laut aus aller Munde: drei, vier Strahlen roten Blutes spritzten meterweit aus der Schläfe'von Scholzens Gegner über die Mützen und hellen Anzüge der Versammlung. Hart über dem Riemen der Paukbrille hatte Scholzens „Durchgezogener" dem Gegner das linke Ohr und die ganze Schläfenbreite gespalten. Ohne auch nur einen Moment länger hinzusehen, sprang der Hessen=Nassauer Paukarzt von hinten mit einem großen Watteballen auf Seydelmann zu, bedeckte mit der Watte dessen linke Kopfseite, preßte mit beiden Händen den Kopf zusammen, sagte „Raus!", drehte seinen Patienten herum und führte ihn durch den sich öffnenden Schwarm hinaus, während der Nassauer=Sekundant in ärgerlichem Tone seinen Paukanten für abgeführt erklärte.

Ein schwaches Hohnlächeln um die blutbekrusteten Lippen, von den Glückwünschen der Korpsbrüder umringt, verließ nun auch Scholz den Saal.

Während aufgeregte Gespräche den weiten Raum durchschwirrten, suchte Werner den Weg zur Tür, stolperte die Treppe hinab und ging in den Garten, um frische Luft zu schöpfen. Da standen in langen Reihen rohe gestrichene Tische und Stühle, Wäsche hing an Leinen, und im Dickicht am sonnenflimmernden Bach entlang schmetterten die Nachtigallen; über den Wiesen stieg Lerchengetriller in die Luft, und der Jasmin und Flieder dufteten um die Wette. Und wieder fiel dem jungen Studenten sein Kleist ein:

„Ein schöner Tag, so wahr ich Leben atme!
Ein Tag, von Gott, dem hohen Herrn der Welt,

Gemacht zu süßerm Ding, als sich zu schlagen!
Die Sonne schimmert rötlich durch die Wolken,
Und die Gefühle flattern mit der Lerche
Zum heitern Duft des Himmels jubelnd auf!"

Und doch war's ihm, als sei es ein süßes Ding,
sich zu schlagen. Doch war ihm, als sei alles, was
er sich auf seiner Schulbank geträumt, nun Leben ge=
worden, als kenne er sie nun wirklich, die düster=
herrischen Reckengestalten seiner Dichter. Schauder
und Liebe rangen in seiner Seele, die nun ihren
Helden gefunden hatte: ja, er, der reine, scheue Knabe,
liebte den Jüngling an der Schwelle der Mannes=
jahre, den S.=C.=Fechter, den, von dem „wenigstens
drei Bälger in Marburg herumliefen"... liebte ihn
mit jener bangen Scheu, mit der er das Leben liebte,
an dessen geöffneter Pforte er nun plötzlich stand.

— — Es war vorüber. Noch acht weitere Men=
suren hatten stattgefunden: auf die Dielen des Saales
hatten die Korpsbrüder mehr als einmal Sägemehl
streuen müssen, um das geflossene Blut aufzusaugen,
und als die Schar nach getaner Arbeit gen Marburg
aufbrach, da schwamm im Saale ein Dunst, aus
Schweiß, Blutgeruch, Bier und Tabakrauch gemischt.
... Auch Dammer hatte seine ersten Nadeln be=
kommen im Verlauf eines wenig aufregenden Kampf=
spiels, das sich nicht gar sehr vom Zusammenschlagen
der Klingen beim festlichen Landesvater unterschieden
hatte. Aber Achenbach gesellte sich auf dem Heim=

wege nicht zu ihm. Er wußte es einzurichten, daß er beim Heraustreten aus dem Ruppersbergschen Hof an Scholzens Seite kam. Scholz trug über seinem fahlen, verschwollenen Gesicht einen mächtigen weißen Wickelverband, über den er statt der Couleurmütze eine schwarze Mensurkappe gezogen hatte. Er war etwas überrascht, als er das schlanke Füchschen neben sich sah. Das stammelte errötend seine Bitte, wie ein Liebesgeständnis:

„Scholz, ich möchte dich bitten, mein Leibbursch zu werden.“

„Hm — sag' mal, ich hab' deinen Namen noch nicht behalten.“

„Achenbach.“

„So . . . aus Elberfeld, nicht wahr?“

„Ja.“

„Also, mein lieber Achenbach, ich bleib' nur noch drei Wochen hier . . .“

„Nur noch drei Wochen?“

„Ja — dann werd' ich inaktiv und geh' nach Berlin . . . aber für die drei Wochen . . . gut.“ Er hatte einen scharf prüfenden Blick auf das Studentlein geworfen. „Also schön . . . Leibfuchs Achenbach.“ Ein Händedruck, ein rasches Verweilen Aug' in Auge, dann war Achenbach entlassen, und Scholz gesellte sich zu seinem Sekundanten Klauser.

Eben rasselte eine Kalesche an den Marschierenden vorbei nach Marburg zu, drinnen ein paar blasse,

verbundene Gesichter; Werner erkannte den Bulldogg=
kopf des Nassauerseniors und sah, daß auch Scholz
den besiegten Gegner erkannt hatte: mit einem kurzen
Anlegen der Hand an seine Mensurmütze grüßte
Scholz in die Kutsche hinein, aber nicht das leiseste
Lächeln des Triumphs war auf seinen fest geschlossenen
Lippen zu entdecken.

Werner hielt sich dicht hinter seinem neuen Idol.
Dammer gesellte sich zu ihm. Still und etwas müde
trotteten beide den Heimweg bei sinkender Sonne,
deren Abendstrahlen das ruhevolle Tal mit unsäg=
lichem Abendfrieden übergoldeten. Oben stand das
Schloß noch in vollem Glanz; über die Wipfel der
Chausseebäume strich sehnsüchtig ziehender Schwal=
benflug.

Als die heimkehrenden Studenten näher an Mar=
burg herankamen, zogen ihnen mancherlei Spazier=
gänger entgegen: darunter vor allem die Primaner
und Sekundaner des Gymnasiums, die in den An=
gelegenheiten der Studentenverbindungen manchmal
besser Bescheid wußten, als im Sallust und Aeschy=
los: und ferner ... die Sonnen ...

Neugierig durchmusterten die jungen, hübschen
Marburgerinnen die buntbemützte Schar, und ängst=
lich spähte manch ein rosiges, blauäugiges Gesicht, ob
man „Ihn" auch nicht zu schlimm zugerichtet ...

Und Werner dachte: ob wohl auch ihm einmal so
ein zartes, schmiegsames Figürchen entgegenspähen

würde? Dabei fiel ihm ein, daß das ja doch nicht sein dürfe, weil sein Herz der Trägerin eines gewissen Paares blonder Zöpfe die Treue gelobt hatte... ach, nur sein Herz... aber die war weit... weit... und nie, seit der Tanzstunde, hatte er ein Wort mit ihr ge= sprochen... und dann, war er nicht jetzt Student?!

> „Aber die da schmachten
> Und platonisch trachten . . .“

Himmel... konnte man denn solch ein junges, hold= seliges Geschöpf anders als platonisch...?

Niemals — niemals!

Da stieß Dammer Werner an: „Nu gib mal äbens e bißchen Achtung! Nämlich, die da links kommt, das is Lenchen Trimpop, Scholzen seine jetzige!“

Und da kam in schlichtem, weißem Strohhütchen, in einem hellblauen, verwaschenen Kattunkleidchen eine vollerblühte Mädchengestalt... nie hätte Werner es für möglich gehalten, daß so ein junges, liebliches, jungfräuliches Geschöpf... ach, gewiß schwindelte Dammer auch nur! Sie glühte über und über, als sie Scholz erblickte: der grüßte sie vollkommen wie eine Dame, und sie dankte sittig und zeremoniell. War's möglich? Nein — unmöglich!! Unmöglich!! Und doch —

> „Aber die da schmachten
> Und platonisch trachten,
> Ach, die liebe Unschuld tut nur so —“

sang nicht so das alte rauhwuzige Renommisten=
lied?!

„Du... nu jetzt kommt äbens meine Sonne!"
sagte Dammer und glänzte wie ein Gänsefettbemm=
chen. Er riß die Mütze herunter, und drüben nickten
die Köpfe von acht Backfischchen, die paarweise zum
Spaziergang zogen, von einer spinösen Mademoiselle
geführt... „Hast se gesehn? Die gelbe war's, die in
dem gelben Fähnichen! Ach, Kätchen, sießestes Mä=
dichen! Ob sie wohl mei' Kompresse gesehen hat?" —

An diesem Abend betrank sich Werner Achenbach
besinnungslos unter der Cimbernlinde in Maibowle
und Jugendfieber.

II.

Werner lag im Bett und träumte in den Sonn=
tagmorgen hinein. Er hatte keinen Katzenjammer, nur
schien's über allen Dingen wie ein leichter Flor zu
liegen, so eine mollige, duselig = dämmerige Atmo=
sphäre, in der sich's gut faulenzen und sinnieren ließ.
Er hatte zwei winzige Stuben an der Wettergasse,
der winklig = engen, altertümlichen Hauptstraße von
Marburg, die sich um die halbe Höhe des Schloß=
berges herumwand, hinter der Elisabethkirche am
Steinweg in die Höhe stieg, dann eine Strecke lang
horizontal hinlief und jenseits sich wieder senkte, um
schließlich in die Ebene zurückzulaufen und in die
Ockershausener Landstraße zu münden. Werners
Wohnzimmer sah nach der Wettergasse, und zwar ge=
rade da, wo gegenüber ein Brunnen aus der Fels=
mauer sprudelte, neben dem eine Straße zwischen
hohen Gartenmauern links, gartenumbuschten Villen
rechts, allmählich zur Sternwarte, weiter zur Cim=
bernkneipe und schließlich zum Schlosse führte. Sein
Schlafzimmer dagegen sah in die weite, frühlings=
prangende Lahnebene hinaus. Tief unten ging der
Fluß, weiterhin sah man Felder und Wiesen, jenseits
am Bergrande lief die Eisenbahn, und drüber hin stieg
ein stattlicher Bergzug an, dessen Höhe das bescheidene

Gasthaus Spiegelsluft krönte. Dies alles konnte Werner vom Bette aus überschauen, wenn er nur den Kopf ein wenig wandte. Und ganz links sah er auch die Elisabethkirche, dies himmlische Kleinod der frühen Gotik. Und die Glocken der Elisabethkirche waren es auch, die nun vollchörig den Sonntag einläuteten.

Werners Herz war groß und weit vor Glück. Noch vor wenig Wochen ein geplagter Abiturient, nun ein freier Student, gebunden freilich durch die selbst=erwählte Zucht des Korps, die stramm genug war, strammer in mancher Hinsicht, als die der Schule und des Elternhauses zusammengenommen... aber den=noch frei... frei von der Bürde des Schülertums, frei vom Zwange des formelhaften Unterrichts in tausend Dingen, deren Zweck der gesunde Menschen=verstand beim besten Willen nicht einsehen wollte... dies neunjährige Pauken des Lateinischen, das ihn doch noch nicht einmal so weit gebracht hatte, auch nur die kleinste flüssige Unterhaltung in lateinischer Sprache zu führen, geschweige denn in griechischer... Und Französisch und Englisch? Daß Gott erbarm... jeder Oberkellner hätte ihn beschämt... Geschichte? Geographie? Ja, in Hellas und Rom wußte er Be=scheid, aber vom Mittelalter kannte er nur den äußeren Verlauf, und die neuere Zeit endete beim Jahre 1815... Der Reichstag, der Bundesrat, das Abgeordnetenhaus... was waren das alles für merk=würdige Dinge? Was hatte der Kaiser zu sagen, was der Fürst von Reuß ältere Linie? Was waren Steuern? Wie kam es, daß man dienen mußte? Was war Selbstverwaltung eigentlich für ein Ding? Was ein Bürgermeister, ein Landrat, ein Beigeordneter, ein Kreis, ein Provinziallandtag? Davon hatte er keine Ahnung, wohl aber kannte er die Steuerord= nung des Servius Tullius, die Grundzüge der solo= nischen Gesetzgebung, den Sitz der Stämme Israels, die Namen der Leibärzte des Achilleus...

Und nun gar die Natur? Was wußte er von der? Wie kam es, daß die Erde sich um die Sonne drehte? Woher stammten die zahllosen Arten von Lebewesen? Wo war der Himmel, wo die Hölle, von der man ihm in der Religionsstunde erzählt hatte? Was war die Seele für ein Ding? Wo kam sie her, wo ging sie hin? Was war überhaupt dies Leben, das er so selig prickelnd in allen Gliedern fühlte? Und warum gab's gar von allen Wesen zweierlei Geschlechter? Warum mußten sich immer zwei Ge= schöpfe von beiden vereinigen, um ein drittes zu schaffen? Wie ging das alles vor sich?

So wirblicht, so chaotisch sah es in dem Kopf des Knaben aus, den man mit dem Zeugnis der Reife ins Leben hineingestoßen hatte...

Ja... er haßte die Schule, haßte seine Lehrer, diese stumpfsinnigen Banausen, die jeder nur das Be= streben kannten, den von oben vorgeschriebenen Lehr= plan für ihr Spezialfach abzuhaspeln und auf diesem

engen Gebiete möglichst glänzende Resultate heraus=
zudressieren... deren jeder sein Fach für die Haupt=
sache angesehen und diejenigen Schüler aufs abge=
schmackteste bevorzugt hatte, die hier etwas leisteten,
mochten sie sonst als Menschen, als werdende Charak=
tere und Gesamtpersönlichkeiten sein, wer immer sie
wollten...

Und dabei war's ihm nicht einmal schlecht ge=
gangen. In allen Fächern war er obenan gewesen
und hatte seit Jahren in seiner Klasse den ersten Platz
kampflos und unbestritten innegehabt. Wie mochte
erst den andern zumute sein, die vor jedem Schultage
und nun gar vor Zeugnis= und Versetzungsterminen
hatten zittern und beben müssen?

Und sein feierlicher Vorsatz war der: nun sich
„von allem Wissensqualm zu entladen", sich dem
Strom des Lebens zu überlassen, der ihn gepackt hatte
und in seine Wirbel zog, planlos und ziellos den
Dingen sich hinzugeben und nur dem Augenblick zu
dienen.

Und dieser Augenblick hieß Marburg, hieß
Cimbria!

Mit zärtlichem Blick flog sein Auge zu der hell=
blauen Cimbernmütze hinüber, die auf dem Tische
lag, zu dem blau=roten Fuchsbande, das neben seinen
Kleidern am Stuhle hing. Er nahm's und streichelte
es zärtlich. Wenn doch seine Eltern ihn mal so sehen

könnten, in Mütze und Band, ihren Ältesten, ihren Liebling!

Denn das war er ja, er wußte es wohl... und in die Heimat streiften seine Gedanken voll Liebe und Zärtlichkeit...

Er sah den Vater in seinem kleinen Bureau, meinte seine Stimme zu hören, wie er mit seinen Klienten konferierte, oft lustig plaudernd, oft erregt debattierend. Er sah die Mutter in ihrer Fensterecke, vor der ein Kastanienbaum im Sommer lieblich schattete, im Winter nackt und kahl mit seinen Ästen voll harziger Knospen in die Luft starrte... nichts als Liebe und Vertrauen war da gewesen, bis...

Ja, bis eines Tages etwas in ihm erwacht war, das sich der Hingabe an die Elternliebe verschloß. Bis jene unheimlichen seelischen Veränderungen in ihm begonnen hatten, zu denen Elternsorge die Brücke nicht gefunden, ja nicht einmal gesucht hatte...

Oh, er wußte das alles ja noch so gut!

Vier Brüder waren sie daheim, und er der älteste. Auch in den befreundeten Familien gar keine Mädchen, wenigstens keine gleichaltrigen... so hatte seine ganze Jugend sich im Verkehr mit Knaben abgespielt. Seine Mutter hatte in dem beständigen Umgang mit ihren Söhnen selbst etwas Männliches angenommen. Nichts Weiches, nichts von anschmiegsamer, hingebender Zärtlichkeit kannte sein Leben.

Mit dreizehn Jahren hatten die Eltern ihm Tanz-

unterricht geben laſſen. Da war er zum erſten Male
mit Mädchen zuſammengekommen, aber auf einem
Boden, der eitel Unnatur war. Als Miniaturkava=
liere und Duodez=Dämchen hatte man dort die Kinder
ausgebildet, ſo alle Vertraulichkeit und Unbefangen=
heit ausgeſchaltet und eine Atmoſphäre geſchaffen, die
ſchwül und berauſchend war wie die der Salons und
Tanzſäle der Großen.

Und damals war erwacht, was hinfort die ge=
heime Folter und Seligkeit ſeines Lebens geworden
war ... Seele und Sinne waren erwacht ... zu
früh in dieſer ſüßlich=ſchwülen Luft, und — — nicht
in Einigkeit und herrlicher Harmonie, ſondern jedes
für ſich...

Als wär's geſtern geweſen, ſo ſtand jene erſte
Tanzſtunde vor ihm... hüben ein Rudel ungelenker
Knaben, drüben eine Reihe buntgewandeter, verlegen
kichernder Mädchen, die von dem Knaben gar keine
Notiz nahmen...

Da war eine gekommen, ganz zuletzt, ein blaſſes,
ſchlankes Dingelchen in einem grauen Kleidchen,
dunkelblauer Schärpe, mit großen, lichten Augen und
einem ſtets leicht geöffneten Mund, aus dem ein paar
große Vorderzähne blitzten — zwei prachtvolle Blond=
zöpfe hingen ihr ſchwer vom Scheitel. Die hatte vor
den Jungens friſch und brav mit dem Köpfchen ge=
nickt, ehe ſie ſich unter die Mädchen gemiſcht... und

da hatte Werner Achenbachs Knabenherz die Herrin seiner Jugendträume gefunden...

Hoch und heilig stand diese Liebe über seinem Leben hinfort. Alles, was Großes und Reines auf ihn zuströmte aus den Werken der Dichter, den Geschehnissen der Geschichte und der Betrachtung der Natur und Kunst, alles flocht Werner zusammen zu einem Strahlenkranz um Jung-Elfriedens blonden Scheitel.

Wohl hatten seine Eltern gemerkt, daß der Knabe anders geworden. Daß er sich sorgfältiger kleidete, daß ein Ernst und eine Bedeutsamkeit in seine Lebensführung gekommen war. Aber die heilige Größe des Geheimnisses, welches sich in der Seele vollzog, der sie das Leben gegeben, die hatten sie nicht begriffen. Sie hatten es nicht verstanden, in diesem entscheidenden Augenblick ihres Kindes Herzensfreunde zu werden und zu bleiben. Und so hatte das Kind schon gelernt, sein Tiefstes in sich zu verschließen.

Hier war ein Neues, aber ein Glück und eine Erhebung. Keine Gefahr.

Doch daneben wuchs etwas anderes in dem Knaben. Ganz unabhängig von der hohen und lichten Liebe, die das junge Herz ihm schwellte.

Daß Mädchen anders aussehen wie Knaben, das hatte ein junger Freund, der Schwestern hatte, ihm in kindlichem Geplauder ganz harmlos verraten. Und nun lasen die Knaben in der Schule den Ovid und

die Bibel, und da wurden oft einzelne Stellen aus=
gelassen. Und jedesmal bekam dann der Lehrer einen
roten Kopf, und jedesmal lasen neugierige Knaben=
augen heimlich die unterdrückten Stellen. Und jedes=
mal mußten sie gewahr werden, daß es sich dann um
geheimnisvolle Beziehungen zwischen einem Manne
und einem Weibe handelte, um Umarmungen, Zärt=
lichkeiten, Küsse... da löste ein Gott einer Erden=
tochter den jungfräulichen Gürtel, teilte mit ihr das
Lager und zeugte ihr einen Sohn, oder ein Satyr ver=
folgte eine nackte fliehende Nymphe und bezwang
sie, oder Töchter machten ihren Vater berauscht und
schliefen bei ihm, daß sie Samen von ihm erhielten,
und was die hundert und aberhundert rätselhaften
und seltsam lockenden Dinge mehr waren. Und immer
handelte es sich um einen Er und eine Sie, und das
Sehnen des Mannes schien immer nach dem Weibe
zu gehen, nach dem Besitz seines Körpers, nach dem
Anschauen und Umfangen seiner Nacktheit...

Und da das Leben dem Knaben den Anblick der
Weibesschönheit versagte, so begann er nun auf ein=
mal mit leuchtenden, begierigen Augen die Werke
der Kunst zu betrachten. Und seltsam bestätigten ihm
die, daß es etwas Süßes sein müsse um des Weibes
unverhüllte Leiblichkeit... denn sie stand ja doch im
Mittelpunkt alles Kunstschaffens, sie feierten tausend
Werke der Plastik, tausend farbenglühende, leben=
zitternde Gemälde...

Und zur bebenden Frage seiner Phantasie sprach Ja die Seligkeit seines schauenden Auges, das brünstige Erschauern seines zarten Leibes beim Anblick dieser hochherrlichen Gestalten . . . die Kunst ward ihm der Schlüssel zum Vorhof des Lebens . . .

Aber wenn ihm Aug' und Sinne tanzten in Seligkeit und Glücksüberschwang, dann rang seine Seele in Sünderbangigkeit und Verbrecherbewußtsein. Dann aber war niemand, der zu ihm gesprochen hätte: sieh hin, mein Junge, sieh dir's an; das alles, was du dir ersehnst, ist gut und recht und einfach und heilig, das alles wird einmal dein Besitz und Eigen sein, wenn du ein Mann geworden bist und reif und würdig, die Erfüllung der Lebenswonne zu erringen und zu genießen, reif, Leben zu umfangen, um Leben zu zeugen. Inzwischen genieße ruhig im Anschauen hoher und reiner Kunst einen Vorgeschmack der künftigen Wonnen . . . Dann aber kehre zurück in die Wirklichkeit und sieh, daß du noch ein unfertiges Kind bist, sei enthaltsam, wahre deinen jungen Leib heilig. Rüste ihn wie deine Seele zu künftiger Mannbarkeit, und überreich wird dir das Leben einst lohnen . . .

Ja, wenn einer so zu dem Knaben gesprochen hätte . . . !

Aber da war keiner . . . keiner . . . Die Eltern?! Zu denen hatte auch niemals einer so gesprochen, und Werners Eltern waren nicht die Menschen dazu, etwas

anders zu machen, als ihre Väter und Mütter es
einst mit ihnen selbst gemacht... die Mutter wußte
nichts von Knabenängsten, der Vater ging auf in den
Sorgen seines Berufs, in dem er tüchtig war, ohne
ihn zu lieben und ihm ganz gewachsen zu sein... eine
weiche, heitere, sinnig-liebenswürdige Natur, ein
Mensch voll Güte, aber ohne Festigkeit und Willens-
stärke... so mußte der Knabe einsam bleiben und
leiden.

Die Freunde? Vielleicht kämpften sie alle denselben einsamen Kampf... nie im Traume war's
Werner eingefallen, sich hier einem Freunde anzu-
vertrauen...

Und die Lehrer? Wußten sie denn nicht, wie's
aussieht in einem vierzehn-, fünfzehnjährigen Knaben-
herzen? Sie waren viel zu träg oder feige, an ihren
Schülern irgendetwas zu tun außerhalb des vorgeschriebenen Lehrplans und der etwa angrenzenden
Privatbestrebungen... sie waren abgestumpft durch
die große Zahl, die individuellen Unterschiede, den
beständigen Wechsel ihrer Schüler.

Einer nur, der Religionslehrer, ein wohlmeinen-
der, aber possierlicher Mann, hielt alljährlich einmal
den Primanern eine große Rede wider die Fleisches-
lust... aber erstens wirkte er komisch, und dann
drohte er mit der Hölle, mit der die Primaner nichts
anzufangen wußten...

Und so hatte Werner einsam leiden, sich sehnen

und suchen müssen... und er hatte gesucht... das Konversationslexikon, die Dichter und Romanschrift= steller in seines Vaters Bücherschrank, Bocks „Ge= sunden und kranken Menschen" hatte er durchwühlt, um das Geheimnis seiner Dränge zu ergründen... sein Sehnen war nicht gestillt worden... schließlich war er ganz von selbst, wie im Traum zu jenem un= heimlichen Aushilfsmittel gekommen, auf das alle Knaben verfallen — — aber seine Bangigkeit, seine Sünderangst war dadurch nur gestiegen und hatte ihn mehr als einmal bis dicht an eine bange Verzweif= lungstat herangebracht — so schmutzig, so elend und verworfen war er sich vorgekommen in seiner einsamen Qual . . .

Und nun?!

    „Auch von Lieb umgeben
    Ist Studentenleben

Wieder summten ihm die Renommistenverse durch den Kopf — —

Ja, hier draußen, hier war's auf einmal ganz anders ... diese muntern Gesellen um ihn her, die sahen alles, was er in Qualen und Gewissensfoltern ersehnt, als das selbstverständliche Recht ihrer Jugend an ... denen war das Weib, der grauenvoll süße Dämon seiner Einsamkeiten, eine leichte, rasch= errungene Beute ... was ihm Sünde und doch wild= umgierte Seligkeit schien, das war ihnen ein Scherz und Zeitvertreib, ein munterer Sport, nichts anders, als das blutige Spiel der langen Messer und die Saufturniere der offiziellen Kneipe. Und wenn schließlich das Ziel all des Ringens erreicht war, wenn aus geheimnistiefen Gründen ein Menschen= leben erwacht war, dann nahm man auch das nicht tragisch... lästig war's nur, daß man Alimente be= zahlen mußte, aber dafür stieg man dann auch mächtig in der Hochachtung seiner Kommilitonen...

Und die so leicht hinwegtändelten über die un= geheuersten Dinge, das waren dieselben Menschen, die draußen mit der unnahbaren Würde von Hofmar= schällen einherschritten im Schmuck ihrer Farben, deren Ehrgefühl durch einen scheelen Blick zum Verlangen blutiger Sühne gereizt wurde — —

Sonderbare Welt... sonderbare Welt...

Und da sollte er mittun?

Ja! schrie die eine, die heischende Stimme in ihm. Das Lenchen, Scholzens Lenchen tauchte vor ihm auf, die dem sehnenstarken Senior der Cimbern angehören sollte... solch ein Geschöpf des Himmels, solch ein blühendes, schwellendes, glühendes Gebild in seinen Armen halten dürfen, wehrlos hingegeben, aus den bergenden Hüllen schälen das ganze blen= dende, duftende Geheimnis ihrer Holdseligkeit... Gott, war's denn möglich, daß so etwas ihm einmal zuteil werden könnte... ihm, dem sehnsuchtbebenden Knaben?

Aber eine andere Stimme war in ihm — das

Bild seiner Mutter stieg vor ihm auf in ernster
Mahnung: ihm war, als würde er ihr nie wieder
unter die Augen treten können, wenn er das getan
hätte . . . und noch ein anderes Bild . . . seine süße,
ferne, blonde Geliebte, die Heilige seines Herzens, der
er tausendmal in seiner Stille die Treue geschworen,
an die er nie anders gedacht als in Reinheit und
kniefälliger Anbetung... in einem sturmgeschützten
verborgenen Heiligtum seines Herzens hatte ihr Bild
gestanden, angeglüht von der ewigen Lampe seiner
Seelenliebe, unberührt vom Toben der Stürme, unter
denen des Knaben Physis gewankt hatte wie ein
junges Bäumchen im Frühlingsorkan — — nein —
rein bleiben, rein wie sie, rein für sie, rein und
keusch!

Aber mächtiger schrie in ihm die andere Stimme:
Erlösung! Erfüllung! ein Ende der einsamen Qual!
einen Mund her, ihn mit wilden Küssen zu versengen,
rote Flechten, sie aufzulösen und die flutenden Locken
zu küssen, einen weißen Leib, die glühende Stirn
hineinzugraben, ihn zu pressen mit flatternden Hän=
den —!

Einsam lag der Knabe, noch immer einsam in
seiner keuchenden Angst, und schon drängte seine
Phantasie der unwürdigen Handlung entgegen, die
ihm schon manchmal für eine Woche die dumpfe Ruhe
gegeben hatte, die leichter zu ertragen war, als dies
marternde Begehren. —

Aber nein! Er fuhr auf, und sein Blick fiel auf die Mütze an der Wand, die er neulich beim Landes= vater getragen; in der Mitte zeigte sie einen kleinen Riß, die symbolische Wunde, ein Gleichnis der Be= reitschaft zum Tode fürs Vaterland — eine welke Rose war hindurchgesteckt, und Werner fielen die Verse ein:

> „Halten will ich stets auf Ehre,
> Stets ein braver Bursche sein . . .“

Ob es ehrenvoll war, ohne Ring und Segen den Kuß der Liebe zu rauben?! Er wußte es nicht, ihm kam's vor, als dürfe er das nicht glauben . . . aber das stand fest: ehrlos und eines braven Burschen un= wert war, was er als Knabe getrieben, um seine Qual zu lindern . . . das sollte nun aus sein . . .

Und er sprang aus dem Bette, wusch Gesicht, Brust, Rücken, Arme, Beine, überschwemmte die ganze, ungestrichene Diele mit dem seifengrauen Wasser, und ihm wurde wohl.

Draußen klang Gesang in die Morgenfrühe. Halb angekleidet trat er in sein Wohnzimmer und spähte durch die Vorhänge auf die Wettergasse hinaus. Da kam vom Berge her ein Trupp Bauernburschen und Mädchen im ländlichen Sonntagsstaat; sie sangen mehrstimmige Volkslieder und marschierten der Elisa= bethkirche zu.

Das war ihm wie ein sehnsüchtiger Gruß von Jugend zu Jugend, wie ein Weckruf des Lenzlebens

da draußen drang das hinein in seine Klause. Die
da marschierten munter in den Frühlingsmorgen,
Burschen und Mädel Arm in Arm, nicht getrennt
durch die Schranken des Herkommens, ein Geschlecht
dem andern nicht fremd, beide Früchte des mütter=
lichen Erdreichs, gesund und gemeinsam reifend in
Sturm und Sonne, bis eins dem andern zugeweht
wurde, wie der Wind oder die Füße der Biene den
Blütenstaub vom Staubfaden zum Stempel tragen.
Ach, auch so singend wandern dürfen mit Mädeln
und Buben Arm in Arm, morgens zur Kirche, nach=
mittags zum Tanz, abends ins Scheunenstroh oder
ins Roggenfeld oder unter den nächsten Heckenbusch
... und andern Morgens zur Arbeit, auch Mann
und Weib vereinigt!

Aber nie, außer in den läppischen Zieraffereien
der Tanzstunde, nie hatte er ein Mädchen in der
Nähe gesehen... Geheimnis und dumpfes, drängen=
des Verlangen war alles, was das Weib, das ferne,
das unbekannte, in ihm weckte... so war er ein Knecht
seines Begehrens geworden, so hatte in seiner reifen=
den Seele alles, alles eine unbewußte Richtung auf
dies große, süß=grauenvolle Rätsel bekommen.

Und ohne daß seiner Seele dies klar geworden
wäre, hatten seine Sinne in dieser Stunde beschlossen,
in dies entnervende, zermürbende Dunkel Helle zu
bringen... sich auf das erste, das beste Wesen des
anderen Geschlechts zu stürzen und aus ihm den

Himmel der Erfüllung und Versöhnung zu schaffen für alles, was Unnatur und Gedankenlosigkeit an ihm, dem werdenden Geschöpf, gefrevelt...

Werner Achenbach hatte das blau=rote Fuchs=band der Cimbria über die helle Sonntagsweste ge=hängt und den Rock angezogen. Nun ließ er sich in sein zersessenes Plüschsofa fallen und zog den mit einer verschlissenen Glasstickerei geschmückten Klingel=zug. Dabei stellte er sich die siebzehnjährige Babett vor, der Witwe Siegmund Markus, seiner Wirtin, bäuerliches Dienstmädel. Bis zu dieser Stunde hatte er in ihr nur das subalterne Geschöpf gesehen, das dem Sohne einer höheren Kaste so fern stand wie etwa ein Affenweibchen. Aber in seiner augenblick=lichen Stimmung, da noch die schwermütig=lustigen Rhythmen der Volkslieder von draußen in seinen Nerven nachzitterten, war's ihm, als müsse er sich das Bauernmädel auch mal von einem anderen Stand=punkt aus betrachten. Und er stellte sie sich vor in ihrer ländlichen Tracht: ein blau und weiß gemuster=tes, enganliegendes Jäckchen mit tiefem, umsäumtem Halsausschnitt, den aber ein nicht immer blendend weißes Halstuch neidisch ausfüllte; darunter ein grauer, vielfaltiger Rock, unter dem sie um die Hüften wohl ein wurstförmiges Kissen rings um den Leib trug — denn so wulstig setzte der Rock hoch über den Hüften an; unten — er reichte kaum über die Knie — säumten ihn zwei dunkelgrüne Tuchstreifen, und drunter schauten die drallen Waden vor in weißen Strümpfen mit schön gestrickten Zwickeln über den niedrigen Lederpantoffeln — das war die Tracht — die derben, verarbeiteten und zerstochenen Finger hatten ihm immer abscheulich mißfallen, wenn sie ihm das Frühstückstablett hingesetzt . . . aber stets hatte sie ein freundliches „Winsch aach gude Abbeditt!" dabei gesagt und ihn aus harmlos grauen Augen in sommersprossigem Gesicht scheu vertraulich, verehrungsvoll zutulich angeschaut . . . so würde sie nun gleich hereintreten, ihn anschauen, still um ihn wirken einen Augenblick, und dann still und demütig verschwinden.

Die Tür ging auf, und Werner schrak zusammen, das war nicht Babett, das war . . . ja, wer nur?

Werner sah nur einen wuschligen Schwarzlockenkopf, drunter ein paar Augen, die dunkel flirrten und flimmerten, ein weißes, städtisches Batistkleid, aus dessen Ausschnitt ein bronzegelber Hals kräftig aufstieg. —

„Gude Morge, Herr Achebach, ah, Sie kenne mich noch nit, ich bin die Rosalie Markus, habbe Sie mich dann noch nimmer unne im Lade g'sehn?"

„Nein, Fräulein . . . Rosalie . . ."

„Nu bedanke Se sich mal scheen für die große Ehr, daß ich Ihne selbscht das Frühstück bring . . . 's Babett is in der Kirch." — Es klang fast wie eine Entweihung, die derben chattischen Akzente aus diesem

blühend wundervollen Munde zu vernehmen, dessen
Schnitt seine Abstammung von uralter Volksherrlich=
keit verriet . . .

Werner faßte sich Mut. „Also ich bedank mich,
Fräulein — hoffentlich für mehr als einmal."

„So? meine Se?"

„Weil's mir dann jedenfalls noch mal so gut
schmeckt." Werner erschrak über seine eigene Kühnheit.

„Wann Ihne nix G'scheiteres einfallen tut —"

„Was Gescheiteres? augenblicklich nicht . . . wahr=
scheinlich nachher, wenn Sie wieder draußen sind —"

„Was ich mir dafür kaafe tu!"

Werners Blick flog von dem lachenden Munde
mit seinen festen, blitzenden Zähnen, von den flim=
mernden, rastlos hüpfenden Augen zu den runden,
mattgelben Handgelenken, den schlanken, vollen Hän=
den, die so behende das Geschirr dicht vor seinen
Augen ordneten, und alles, was er sah, schuf ihm
Rausch und Jubel. Schon war sie fertig. „Na, gude
Morche, Herr Achebach — un auf gude Freindschaft,
gelle?"

Die schöne Rechte streckte sich ihm entgegen, er
hatte sie gefaßt und, was er noch nie getan, einen un=
gelenken Kuß daraufgedrückt. Und ein neckendes
Lächeln auf den Lippen stapfte der süße Fremdling
zur Tür, noch ein Blick aus den flackernden Schwarz=
augen, und aus war's. —

Himmel! die und mit ihm unter einem Dache!

Betäubt, schwindelnd saß Werner Achenbach und starrte nach der Tür. Sie war hinaus, aber etwas war in der Stube zurückgeblieben von ihr . . . ein ganz feiner Duft umwitterte Werner, ein Duft, der ihm neu war, ganz fremd, der ihm ins Hirn stieg, daß es wie ein roter Nebel auf seine Augen sank. Und seine Sinne kannten auf einmal ihr Ziel . . . nicht mehr e i n Weib war's, das sie verlangten, sondern dies Weib . . . Rosalie . . . Rosalie . . . dieweil seine Seele sich zu dem Idol seiner Jugend flüchtete, das Bild der fernen blonden Geliebten heraufbeschwor aus jenem innersten, tiefsten Heiligtum seines Herzens, war in unbekannten, unzugänglichen Regionen seiner Menschlichkeit die Entscheidung schon gefallen . . . hinfort würde seine Phantasie um dies Bild gaukeln müssen, wie um das lockende Licht jene Nachtschwärmer, die der Knabe einst nächtens mit der Laterne gejagt — und Sättigung erjagen seiner Sehnsucht, oder verzweifeln.

Unten ertönte ein Pfiff, den Werner kannte: das Signal der Cimbria . . . er steckte den Kopf aus dem niedern Fenster seiner Wohnstube auf die Wettergasse: da stand ein ganzer Schwarm blaumütziger Cimbern, in ihrer Mitte der schöne Klauser, hell und sonntäglich patent, auch Dammer, Dresdens herrlicher Sohn, sehr geschniegelt und doch unelegant mit seinem glänzenden Gänsefettbemmchengesicht und den gutmütig verschlagenen Äuglein. Und Werner rettete sich aus der Einsamkeit seiner stürmenden Gefühle in den Schwarm der Korpsbrüder. Stolzer als eine Schar von Florentiner Nobili zog das Rudel Cimbern die Wettergasse entlang, laut lachend und plaudernd, durch das untertänige Städtchen, in dem jeder Philister von den Studenten lebte und von ihrer ungeheuren Wichtigkeit demnach durchdrungen war. Seit mehr als sechs Jahrzehnten war Cimbria, Marburgs älteste Couleur, mit der Geschichte der Stadt und Universität verwachsen, keine Familie, kein Haus, kein Einzelleben, das nicht zu Cimbrias Söhnen in irgendeine Beziehung getreten wäre.

Und andere Couleurstudenten kreuzten den Weg; die Vertreter der andern Korps wurden korrekt höflich und zeremoniell mit tief herabgezogener, dabei im Bogen nach außen geschwenkter Mütze begrüßt, die Angehörigen der Burschenschaften, der Turnverbindungen, des Wingolf und der „freien" Verbindungen mit eisiger Nichtachtung geschnitten, auch wenn etwa der eine oder andere einen früheren Mitschüler unter jenen Böotiern bemerkte ... höchstens ein unauffälliges Kopfnicken war erlaubt ...

Lange nach der Gründung des einigen deutschen Reiches zeigten die deutschen Hochschulen noch das trauliche Bild der weiland deutschen Kleinstaaterei in ihrer unwillkürlichen Buntscheckigkeit, ihren aufreibenden, kleinlichen Bruderkämpfen mit all ihrem Haß und ihrer kindischen Rivalität und Neidhammelei ...

Aber das alles empfand Werner nicht, so wenig als einer seiner Korpsbrüder... er wurde sich freudig stolz bewußt, die Farben der ältesten und angesehensten Verbindung der Alma mater Philippina zu tragen, und freute sich der stattlichen Zahl von blauen Mützen, die Marburgs alte düstere Straßen mit ihrem Farbenfest belebten, das mit dem Sonnenhimmel droben und den Kornblumensträußchen wetteiferte, welche den schlendernden Cimbern von spekulativen Bauernweibern feilgeboten wurden und reißenden Absatz fanden, so daß bald jeder Cimber schier in jedem Knopfloch so ein Sträußchen trug. Auch hinüber und herüber zwischen den sich begegnenden Freunden flogen diese bunten Symbole, es war förmlich eine kleine Blumenschlacht auf der Wettergasse, und unter den Haustüren standen die feiernden Philister mit der Sonntagspfeife und sahen schmunzelnd dem Treiben ihrer Lieblinge zu.

Nun rückte der Zeiger der Elisabethkirche auf Elf, und Cimbrias Söhne teilten sich in zwei Parteien. Was für hehre Weiblichkeit schwärmte, schlenderte den Steinweg hinab, um an der Pforte von Sankt Elisabeth „Kirchenparade abzunehmen"; robuster organisierte Seelen zogen eine Morgen-Kegelpartie im Garten der Korpskneipe oder einen Vorfrühschoppen vor. —

Natürlich schloß sich Werner den „Kirchgängern" an. Auf halber Höhe des Steinwegs kam Scholzens

Riesengestalt den Schlendernden entgegen. Er war bei Wichart gewesen, der ihm den Wickelverband abgenommen und ihm statt dessen je eine mächtige schwarzseidene, watteunterlegte Kompresse auf die linke Schädelseite und Wange gebunden hatte. Das sah gar martialisch und reckenmäßig aus.

Achenbach ging ihm entgegen und streckte ihm die Hand hin: „Guten Morgen, Leibbursch!"

Scholz mußte sich erst einen Augenblick besinnen. „Leibfuchs Achenbach — Morgen! Kater?"

„Keine Spur."

„Wohin?"

„Zur Elisabethkirche."

„Mädels begaffen?"

„Haha! ja!"

„Kindsköpfe. Ich geh kegeln."

„Was? Mit deinen Schmissen?"

„Macht nix. Morgen, Leibfuchs."

„Morgen, Leibbursch."

Scholz stieg den Steinweg hinauf, alle Cimbern zogen die Mützen vor dem gefürchteten Senior, und man stieg zur Kirche hinab.

Werner war neben Klauser geraten, und das freute ihn. Klauser war ein rechtes Gegenstück zu Scholz. Dieser war hager, unzugänglich, sarkastisch, Klauser etwas behäbig, von behaglicher Umgänglichkeit, sprach gern und mit melodischer Stimme, war ein großer Sänger und so weit Schwärmer, als sich das mit dem im Korps herrschenden Ton vertrug. Und Werner sagte sich, während er mit dem Zweit- chargierten plauderte, daß dieser ihm eigentlich geistig weit näher stände als der eherne, gladiatorenhafte Scholz. Aber wenn er zum zweiten Male hätte wählen sollen, er hätte sich abermals zu Scholz be- kannt...

Nun strebten aus Blütenballen und Maiengrün die braunen Türme von Sankt Elisabeth in keuscher Herrlichkeit hoch ins Blau. Eben setzte drinnen die Orgel brausend zur Schlußfuge ein, und aus der alten Pforte ergoß sich der Strom der Besucher. Stu- denten waren nicht zahlreich darunter, nur die weißen Mützen des Wingolf, der evangelischen Theologen- verbindung, tauchten pflichtmäßig auf. Denn das Hessenland war ja eine Vorburg des Luthertums... droben im alten Schloßsaale hatte jenes berühmte Religionsgespräch zwischen Luther und Zwingli statt- gefunden, das schon über der Geburtsstunde des neuen Bekenntnisses den Unsegensstern der Zwie- tracht hatte aufgehen lassen; und das Gotteshaus der heiligen Elisabeth war seit Jahrhunderten eine protestantische Predigthalle geworden.

Cimbria hatte nur Augen für die jungen Mädchen.

Die „ganz waschechten Cimberndamen" be- kannten sich auch äußerlich zur Farbe des Korps, in- dem sie hellblau an Sommer- und Ballkleidern jeder

andern Farbe vorzogen. Die Hessen-Nassauer-Damen
konnte man ebenso am Hellgrün erkennen — beides
selbstverständlich, soweit der Teint es zuließ . . . hier
war die Grenze der weiblichen Gesinnungstüchtig=
keit . . .

Eine der hellgrünen jungen Damen fiel Werner
auf, eine schlanke, sehr sichere Blondine mit ruhigen,
festen Blauaugen; sie erwiderte einen Gruß der
Cimbern, die sie von den winterlichen Museums=
bällen her kannte — selbstverständlich mit Ausnahme
der krassen Füchse, die gesellschaftlich noch nicht ein=
geführt waren. Und Werner wollte Klauser um den
Namen des Mädchens fragen; aber als er den Blick
zu dem älteren wandte, blieb ihm die Frage im
Munde stecken. Das Gesicht des Studenten zeigte
eine Veränderung, über die Werner erschrak . . .
einen Ausdruck, den er noch nicht kannte, aber ver=
stand: den der wilden, hoffnungslosen Leidenschaft,
unter der diese ganze hochstämmige, schon fast männ=
lich reife Gestalt sich zusammenzuziehen schien wie
unter einem furchtbaren körperlichen Schmerz . . .

Da fragte Werner nicht und ging still neben
dem schweigenden Korpsbruder den Steinweg hinauf.
Weit vorn flatterte ein hellgrünes Gewand, ein Ge=
wand, das nicht Cimbrias Farben trug . . . und an
diesem fernen lichten Farbfleck, der mit den Maien=
büschen der Berggärten zur Rechten wetteiferte,
hingen die Augen von Cimbrias Subsenior. Da

wurde Werner zumute wie einst, als er von Weis=
lingens Leidenschaft zur schönen Adelheid las.

Das kannte er noch nicht . . . was dieses Jüng=
lings Mienen verzerrte, seinen Augen diesen düstern
Fieberglanz weckte, das war doch noch etwas anderes
als seine, Werners, fromme Anbetung vor dem Al=
tare, den er seiner heiligen Elfriede aufgerichtet im
inneren Herzenskämmerlein . . . etwas anderes, als
die prickelnden Schauer, die ihn durchbebt hatten,
als heut morgen das schelmische Judenmädchen in
seine Kammer getreten war . . .

Was war es denn?

Liebe —?!

Und jene Gefühle, die er kannte, waren sie nicht
Liebe?

Oder gab es am Ende nicht nur d i e Liebe, son=
dern Liebe von vielerlei Art?

Der Knabe Werner wußte keine Antwort auf all
die stürmenden Fragen seines aufgewühlten Herzens.

Drei heftige, angstvolle Schläge von draußen an Werners Tür. Bumm! bumm! bumm! „Herr Achebach!"

Tiefe Stille drinnen.

Bumm! bumm!

„Herr Achebach!"

„Hrrm — hö — hm."

„Herr Achebach!" Bumm, bumm, bumm, bumm — bumm!!

„Wa? — was gibt's — wer ist denn da?"

„Ich bin's!"

„Wer — ich?"

„'s Babett! Se müsse uffstehe, Herr Achebach! Heechste Zeit zum Fechtbode! 's Friehstick hann ich scho mitg'bracht!"

„Ja, ja! Setzen Sie's nur vor die Tür!"

„Aber Se dirfe nit widder einschlafe!"

„Ne, ne, is gut!" — —

Herrgottsakra! Der Brummschädel! Ach so, gestern abend war spezielle Kneipe, und der lange Korpsbursch Papendieck, der trunkfeste Mecklenburger, der Fuchsmajor, hatte mal wieder nach allen Regeln des Bierkomments die Füchse „erzogen". Das merkte man am andern Morgen, und nun gar früh um halb sieben, wenn man von der Kneipe heimgekommen war — ja, wann eigentlich? Und wie eigentlich? Keinen Schimmer! Und nun schon wieder heraus! Teufel! Aber was war zu wollen? Fechtboden schwänzen tut zehn Mark Korpsstrafe — Zuspätkommen drei Mark — also in Satans Namen — raus!!

Golden stieg die Sonne über Augustenruh, durch= schimmerte das Schlafzimmer, daß die brennenden Augen sich schmerzhaft schlossen — — so, platsch, platsch, einen Schwamm nach dem andern über den gemarterten Schädel — ah, das tut herrlich! Und nun in die Kleider — Donnerwetter — da saß die Hose ja auf einmal verkehrt herum, wie hatte er die denn gestern nacht von den Beinen gezogen? So, anders rum wird 'ne Buchs' draus! Weste, so — nun das Band umhängen, aber nicht wieder verkehrt um, das Rote nach oben! Das kostet ja ebenfalls Beifuhr, ein Em fünfzig! Also aufgepaßt, wenn's auch schwer fällt — so, nun rasch einen Schluck Kaffee — das Brötchen? Unmöglich, es bliebe ja im Halse stecken... also die Treppen hinuntergestolpert und nun, trab, trab, zum Fechtboden! Und dabei dieser Dickschädel! Hol der Satan den Fuchsmajor! „Füchse, ich komm' euch den vierundzwanzigsten Halben! Füchse kommen den dreißigsten und einunddreißigsten Halben nach! Senior, Fuchsmajor und Füchse trinken einen Ganzen auf dein Wohl!" Himmel, wie war's nur

möglich, so viel Bier in einen armen kleinen Men=
schenmagen hineinzuschütten — —!

Und wie wohl gestern das Ende gewesen sein
mochte, das sich, wie stets, in alkoholischem Nebel der
Erinnerung entzog? Ob man wohl in seiner Besäuft=
heit auch die nötige „Direktion" bewahrt hatte? Nicht
zärtlich, nicht ungemütlich und krakehlerisch geworden
war — oder gar das besoffene Elend bekommen?
Nicht eingeschlafen auf der Kneipe? Oder gar den
Weg zur Tür nicht rechtzeitig gefunden, um dort die
alte Zechersitte zu üben, die ihm schon aus dem
Cicero bekannt war, und so Platz für neue Bierfluten
zu schaffen? Wehe, wenn anstatt einer freiwilligen
Explosion da draußen eine unfreiwillige unterwegs
erfolgt war! Na, im nächsten Renoncenkonvent würde
man's ja erfahren!

Renoncen — das war die offizielle Bezeichnung
für die Füchse — jawohl, Renoncen! Denn renon=
ciert, verzichtet hatte man ja auf die mühsam er=
kämpfte akademische Freiheit, als man sich dieser
heillos strammen Korpszucht unterwarf!

Doch da war der Fechtboden. Drinnen schon
reges Leben. Eilig legte alles Mütze, Rock und Weste
ab, den Paukwichs an: einen leinenen, wattierten, ge=
steppten Schurz um Brust und Leib, den steifen, nach
altem Schweiß stinkenden Stulpärmel über Hand und
Arm, die mächtig schwere, mit Eisenstangen und
Drahtgitter geschützte Korbmaske auf den Kopf, nun

den ungefügen Fechtbodenschläger in die Hand, und angetreten!

Himmel, war das ein Getöse, wenn zwölf, fünfzehn Paare gleichzeitig ihre Gänge schlugen! Bald dampfte die Luft von Schweiß und Staub.

„Leibfuchs Achenbach! hierher!" Der lange Scholz rief's, und herzklopfend folgte Werner. Die Anfangsgründe hatte der gemütliche, alte Universitätslehrer den Füchsen beigebracht, dann hatten die Korpsburschen die weitere Ausbildung in die Hand genommen — und da gab's nichts zu lachen . . .

„Also leg aus und schlage: Quart, Terz, Quart. Dazwischen immer sofort zurück in die Parade!"

Und bumm, bumm, nach jedem Hieb, den der Fuchs zaghaft geschlagen, dröhnte der Nachhieb des Lehrmeisters unparierbar auf Werners Maske.

„Oho! Du willst mucken? Nu warte, Söhnchen, das wollen wir dir mal abgewöhnen! Korb runter, Filzmaske auf!" Und statt des immerhin noch leidlich schützenden Eisenkorbes mußte nun der unglückliche Werner eine Maske aufsetzen, die zwar vor dem Gesicht mit Eisenstangen und Drahtgitter geschützt war, über Stirn und Schädel aber nur mit einer dünnen, sehr stark mitgenommenen Filzschicht. Auf die hagelten nun Scholzens Hiebe mit voller Wucht nieder, daß jeder Schlag fast den Schädel sprengen wollte und dicke, schmerzende Beulen aufquollen!

„So, mein Muttersöhnchen, das Reagieren, das

wollen wir dir schon austreiben! Laß das verdammte
Zucken mit den Augen! Stille gehalten den Schädel!
Hör gefälligst nicht auf zu schlagen, ehe ich aus sage!
So, jetzt wird's schon besser — Donnerwetter, den
Kopf nicht wegstecken, wenn die Hiebe kommen! Du
bist Korpsstudent, verstehst du mich?!"

Nach einer Stunde war's überstanden; seelen-
vergnügt warf man den Paukwichs in die riesigen
Kisten an den Wänden, kleidete sich an, und dann
ging's zum — Friseur.

Vor drei Wochen hatte Werner noch nicht gewußt, daß es überhaupt Männer gab, die sich frisieren
ließen; jetzt ließ er sich allmorgendlich nach dem Fechtboden wie die andern rasieren, obgleich von einem
Tage zum andern kaum ein Härchen sproßte; dann
wurde der Kopf gewaschen, pomadisiert, ein Scheitel
durchgezogen von der Stirn bis in den Nacken und
jedes Härchen rechts und links korrekt gestriegelt und
festgeklebt...

Und dann: „Wo gehst du hin?" — „Ich? Ins
Kolleg." — „Was? Ins Kolleg? Du bist wohl
meschugge! Du, ein Jurist? Ja, wenn du noch Mediziner wärst! Juristen brauchen in den ersten zwei
Jahren überhaupt nichts zu tun. Im dritten geht man
zum Repetitor und läßt sich einpauken... Kolleg ist
für die Minderbegabten..." — „Ich gehe aber
doch..." — „Na gut, wenn du dir nicht zu schade

bist für den Stumpfsinn, den die Professoren quasseln
... ich geh schwimmen."

Werner strebte zum Kolleg. Er kam an seiner
Wohnung vorbei. In der Haustür stand Rosalie; ihre
Augen hüpften wie ein paar muntere Schmetterlinge,
luden zu einem Schwätzchen in der Ladentür zwischen
Konfitürengläsern und Konservenbüchsen. — Werner
blieb standhaft; wie vor einer Prinzessin zog er tief
und korrekt die blaue Mütze und strebte zur Universität...

Klosterstille und Klosterluft, wenig Studenten in
den kühlen, dumpfen Gängen... nicht nur die Korpsstudenten schwänzten...

Im Institutionen-Kolleg vielleicht anderthalb
Dutzend Hörer. Der Professor kam, von einem kurzen
Trampeln begrüßt. „Meine Herren," begann er geschäftsmäßig, entfaltete dann erst sein zerlesenes, ver-
gilbtes Heft, nach dem er bereits seit Jahrzehnten all-
sommerlich denselben Lehrstoff in derselben Weise be-
handelte. „Der Kreis der klagbaren gegenseitigen
Konsensualkontrakte war ein festgeschlossener. Klagbar waren nach klassischem Rechte nur vier Verträge
mit typischem, genau bestimmtem Inhalt: nämlich
Kauf, Miete, Mandat und Gesellschaft. Formlose
gegenseitige Geschäfte, welche nicht unter einen dieser
Typen fielen, waren nicht klagbar. Aber auch diese
sogenannten Innominatrealkontrakte werden im Laufe
der römischen Rechtsentwicklung..." und so weiter in

dieſer Tonart. Die Hörer verſanken in Stumpfſinn, lauſchten kaum mit halbem Ohre den lebloſen Darſtellungen eines ſeit anderthalb Jahrtauſenden verſunkenen, verſchollenen Rechtszuſtandes, mit deſſen Schilderungen man ſie ödete, ohne irgendwelche Anſchauungen in ihnen zu erwecken, ohne anzuknüpfen an vorhandene Vorſtellungen und Begriffe, ohne ihre jungen Seelen anzulocken mit irgendeinem Lebenswert. Mumien breitete man vor ihnen aus, Mumien uralter Formen, mumienhaft war der Vortrag, eine Mumie, eine redende, ſchien gar dieſer alte Geheimrat ſelbſt, der ſeit Jahren vergeſſen hatte, daß da vor ihm junge, ſehnſüchtige Menſchenleben ſaßen... er aber redete wie die abſchnurrende Walze eines Phonographen, ſeelenlos und wie zu Seelenloſen...

Noch ſaß Werner täglich gewiſſenhaft ſeine drei Stunden Kolleg ab ... aber immer dümmer und alberner kam er ſich dabei vor; nicht lange mehr, das fühlte er, ſo würde er dieſem Hauſe den Rücken kehren, deſſen Lehrmethoden noch weit ſinnloſer waren als die des Gymnaſiums, dem er entflohen, und mit den Gefährten ſeiner Jugend bummeln, wandern, ſchwimmen, rudern, pouſſieren...

Endlich waren die drei Stunden in mühſamem Kampf gegen Schlaf und Ekel überſtanden, und erleichtert ſchlenderte der Student zum offiziellen Frühſchoppen...

Aber bitter waren ſeine Gedanken. Das alſo war

die universitas litterarum, das war das ersehnte freie Studium!

Beim Frühschoppen herrschte große Heiterkeit. Sie ging auf Kosten eines Korpsburschen, der mit etwas blassem Gesicht am Tische saß und in seinem Bierkruge statt des gewohnten Trunkes aus München ein dünnes Gebräu aus Rotwein und Selterswasser mischte. Alles ulkte ihn an, sprach ihm ein scherzhaftes Beileid aus, ohne daß Werner sich erklären konnte, was eigentlich der Grund der allgemeinen Heiterkeit sei. Er fragte einen der Korpsburschen, was denn eigentlich mit Dettmer los sei. Antwort: „Na, siehst du's denn nich? Er ist bierkrank, hat sich's bei 'ner Sau in Gießen geholt." Das begriff Werner nun ebensowenig. Aber der Dresdener Dammer hatte die Frage gehört und den verständnislosen Ausdruck in Werners Gesicht beobachtet. Er fragte: „Sag' mal, Achenbach, wo warscht denn du eigentlich noch uff der Penne (Gymnasium), sag' mal?"

„Nun, du weißt doch, in Elberfeld."

„Nu, da wart ihr wohl eine sähre unschuldige Gesellschaft?"

„Wieso?"

„Nu, daß du nicht verstehst, was eben mit Dettmern los ist?"

Und mit Grauen und Ekel vernahm nun Werner das Neue und Ungeheuerliche: jener Korpsbruder dort war nach Gießen gefahren, dort zu einer Dirne gegangen („ich sah ihn gehn in solch ein schlechtes Haus, will sagen ein Bordell", fiel's Wernern dabei aus dem Hamlet ein), und nach einigen Tagen, just heute morgen, hatte sich die Krankheit bei ihm eingestellt. Das alles fiel in Werners Seele wie lauter dumpfe, wuchtige Keulenhiebe. Wohl hatte er aus der Lektüre der Klassiker eine schattenhafte Vorstellung davon gehabt, daß es im Altertum Buhlerinnen und Lupanare gegeben habe, wußte auch, daß damals selbst Jünglinge edlen Blutes und vornehmer Sitten zu solchen Weibern gegangen waren, ja, daß selbst in der Gegenwart leichtsinnige, heruntergekommene und verwahrloste Menschen sich mit ähnlicher Schande besudelten, davon hatte er eine dunkle Ahnung. Aber daß junge Leute aus guten Familien, brave, harmlose Jungen wie dieser gute, semmelblonde Dettmer... Himmel, das war ja ungeheuerlich!! Und da schämte man sich nicht bis in den Tod, das gestand man ganz ruhig, und das Korps trat nicht ohne weiteres zusammen, um den Unwürdigen, den Ehrlosen auszustoßen, noch dazu, da er sich mit einer offenbar schmutzigen, widerwärtigen Krankheit besudelt hatte... nein, man faßte die Sache als ein harmloses Mißgeschick auf, fügte zum komischen Malheur den scherzhaften Ulk...

Himmel, dachte er, und mit denen sitze ich zusammen, mit denen trage ich die gleichen Farben...

wenn das meine Eltern wüßten, meine gütigen, liebe=
vollen Eltern . . . meine Mutter . . . aber auch mein
Vater . . . wußte er denn nicht, daß es so etwas gab?
Und wenn er's wußte, warum hatte er ihm nichts
davon gesagt? ihn nicht gewarnt vor diesen gräß=
lichen Gefahren?!

Aber wozu ihn w a r n e n? Denn hier gab's ja
für ihn, für Werner Achenbach, keine G e f a h r! —
Und er, der sich brennend nach Weibesliebe gesehnt,
er wies den Gedanken weit von sich, zu einem käuf=
lichen, verworfenen Weibe zu gehen . . . sich mit Geld
zu erhandeln, was nur süße Liebe, schwer atmender
Sinnenrausch gewähren dürfte, gewähren und
nehmen . . .

Der gutmütige Dammer, der erst schon im Be=
griff gewesen war, seine erheiternde Entdeckung von
Werners Kinderunschuld dem versammelten Kreise
der Korpsbrüder zu verraten, sah die düstere Er=
regung in des jüngeren Korpsbruders Gesicht und
nahm sich vor, den Ahnungslosen nun aber auch
gleich gründlich und freundschaftlich aufzuklären.
Und während der Frühschoppen die letzten Reste des
Katers von der speziellen Kneipe aus den Köpfen
der Cimbern hinwegspülte und scherzhaftes Geplau=
der, derbe Lieder und Trinkscherze hin und wider
flogen, sank von Werners Augen die rosige und
duftende Wolke — nackt und schamlos, geschminkt
und parfümiert stand vor ihm Frau Welt, die brüste=

starre Dirne, Frechheit und Geldgier im erloschenen, entweihten Auge...

Ein Fieberschauer schüttelte Werners Seele. Kaum war er imstande, den gemeinsamen Mittags= tisch des Korps noch mitzumachen. Er floh in die Bergwälder und rannte lange ziellos und grauen= geschüttelt umher.

Einige Stunden später stand er in Scholzens Arbeitszimmer vor seinem Leibburschen.

„Was willst du, Leibfuchs?"

„Ich bitte um meinen Austritt aus dem Korps."

„Nanu? Ist was passiert?"

Werner verneinte stumm.

„Dann sag' mir, bitte, deine Gründe."

„Ich passe nicht zu euch."

„So — — das erklär' mir gefälligst."

„Das kann ich nicht."

„So, das kannst du nicht. Aber weißt du, so einfach geht das denn doch nicht. Wenn du keine Gründe angibst, dann können wir dich nicht entlassen — in Ehren entlassen."

„Was? Ihr könnt mich doch nicht zwingen, im Korps zu bleiben?"

„Das nicht, aber wenn du ohne Grund austreten willst, dann entlassen wir dich nicht einfach, dann geben wir dich als unbrauchbar ab, das wird nach außen gemeldet, du kannst dann nie wieder in ein anderes Korps eintreten und kannst auch im späteren

Leben mancherlei Unbequemlichkeiten davon haben. Also ... rück mal raus."

Werner schwieg noch immer, und Scholz betrachtete ihn nun genauer. Der Cimbernsenior war in seinem sechsten Studienjahr; er hatte schon manchen jungen Fuchs ins Korps eintreten und sich entwickeln sehen. Er hatte unter den jüngeren Korpsbrüdern ein halbes Dutzend Leibfüchse. Um die älteren von diesen hatte er sich noch eifrig bemüht, sie angelernt und erzogen; später hatten seine Chargensorgen und sein medizinisches Studium ihm dazu keine Muße mehr gelassen. Vollends zu diesem da hatte er gar kein inneres Verhältnis. Aber nun machte er sich doch einen leisen Vorwurf, als er den jungen Korpsbruder vor sich stehen sah, schwer atmend, in dem weichen, ungeprägten Gesicht die deutlichen Spuren inneren Wirbels.

Und er hieß Wernern sich setzen, bot Zigarren an, suchte den Schlüssel zu des Knaben Herzen in die Hand zu bekommen. Und bald wußte er, was er wissen wollte.

„Ja, lieber Leibfuchs, daß die Welt ein bißchen anders aussieht, als du dir das bei Vatern und Muttern auf deiner Schulbank vorgestellt hast, da wirst du dich dran gewöhnen müssen. Und daß wir Korpsstudenten, und daß die deutschen Studenten überhaupt gerade keine Tugendengel sind, das stimmt auch. Aber das ist nun mal so. Das ist immer so gewesen... und du wirst das auch nicht ändern. Und gerade mit der sogenannten Liebe... sieh, ich bin Mediziner, und unsereiner hört und sieht da noch 'ne ganze Menge mehr davon als ihr Juristen zum Beispiel. Was willst du machen? Mit dreißig oder zweiunddreißig Jahren wirst du Amtsrichter, kriegst dreiundeinhalbtausend Mark — mit sechs= bis achtunddreißig kannst du zur Not mal eine Familie ernähren — und inzwischen? Willst du dir wirklich alle die langen Jahre so helfen, wie du dir jedenfalls bisher geholfen hast? Denn so siehst du mir auch nicht aus, als wärst du ein Phlegmatikus, der ein Mädel für einen Laternenpfahl ansieht. Ja, wenn du ein Fabrikarbeiter wärst, dann nähmst du dir jetzt mit deinen zwanzig Jahren ein Fabrikmädel von siebzehn, machtest ihr ein Kind, gingst dann dienen, inzwischen bleibt das Mädel mit ihrem Balg einfach bei den Eltern, jeder findet das selbstverständlich; wenn du auf Urlaub kommst, machst du ihr das zweite Kind, wenn du fertig bist, heiratet ihr, mietet euch eine Stube für zehn Mark und orgelt weiter, bis ihr euer Dutzend Orgelpfeifen beisammen habt. Aber so? Ja, was denkst du dir denn? Du mußt einfach zu Weibern gehen, du mußt! Und wenn du dir's heute noch verkneifst, in ein paar Monaten tust du's doch! —"

Werner saß stumm, den Blick zu Boden gesenkt, und hatte das Gefühl, als zöge jener ihn nackt aus und fähe kalt und ficher jedes Fältchen feines Leibes und feiner Seele.

„Die Weiber," fagte Scholz weiter, „die find beffer dran als wir. Die können warten. In denen fchweigt der innere Schweinehund, bis er geweckt wird. Aber unfer Corpus, der meldet fich von felber, wenn er fo weit ift! Und dann ift kein Halten mehr, dann heißt's entweder zum Mädel oder — — pfui Deuwel! — — Ich weiß nicht, ob man dir auch fchon erzählt hat, wie ich's gemacht hab'. Ich hab' mich auch geekelt vor dem Viehzeug, vor den Dirnen. Da hab' ich mir denn fogenannte anftändige Mädels herge= nommen — Dienftmädchen, Bürgermädchen, fo eine nach der andern im Lauf der Zeit. Na, und was ift paffiert? Drei Würmer hab' ich nach und nach in die Welt gefetzt. Daraufhin haben fich die armen Mütter mit ihren Eltern entzweit, haben ihre Stelle verloren, ich hab' mächtig berappen müffen, mein Alter hat ge= tobt, ich darf gar nicht mehr nach Haufe kommen — und da liegt gerade noch der Brief von einem fehr netten guten Mädel, die auch was gefangen hat; ich foll fie heiraten, fonft will fie ins Waffer. Weißte, fchön ift das verdammt nicht. Dann fchon lieber nach Gießen."

„Und... der Dettmer?"

„Ja . . . der hat fich ein bißchen angefengt . . . das läßt fich nicht vermeiden. Aber was willft du machen? Heiraten is nich, bleibt alfo nur huren oder

... na, du weißt schon. Oder hast du einen andern Rat?"

„Himmel — dann wär's doch besser noch, einfach auf alles zu verzichten ... auf alles ... bis man ... bis man heiraten kann."

„Versuch's doch mal! Haha! Versuch's doch mal! Vielleicht hast du ja für zehn Pferde Willenskraft ... dann bringst du's vielleicht fertig. Aber wenn du nicht zugleich wie ein Mönch lebst, die Augen zukneifst, wenn ein helles Kleid von weitem blinkt, nur wissenschaftliche Bücher liest, keinen Tropfen Alkohol trinkst, kurz, auf alle Lebensfreuden verzichtest — wenn du das nicht tust, mein Junge, und dann doch dabei enthaltsam leben willst... dann ruinierst du dir deine Nerven in Grund und Boden und sitzest in fünf Jahren im Irrenhaus — das garantiere ich dir. So, nu lauf und zerbrich dir den Kopf nicht über die Welt. Du hast sie ja nicht gemacht, und ändern wirst du sie auch nicht. Mach's, wie's die andern machen, laß dich belehren, wie man Ansteckung und Kinderkriegen vermeidet, oder häng' die Studien an den Nagel und werde Fabrikarbeiter. Ich weiß keinen andern Rat." — — — — — —
— — — — — — — — — — — —

Gott, Gott! Da stand Werner auf der Straße.

Und wie ihn das Gefühl hilfloser Einsamkeit übermannen wollte, da kam ihm der Gedanke an seine Heimat. Seinem Vater schreiben ... ihm alles erzählen, ihn fragen, was er tun solle. Aber dann sah er ein, daß es ihm unmöglich sein würde, auch nur schriftlich mit seinem Vater... warum hatte ihm der denn nichts von alledem gesagt? Warum ihn ins Leben hinausgestoßen, wie man einen Schuh vor die Tür stellt? Wußte der denn das alles nicht? War der denn anders gewesen, unschuldig, kampflos durchs Leben gegangen? Der hatte mit vierzig Jahren geheiratet und ihn, seinen Ältesten gezeugt... und vorher? Hatte der vielleicht auch Dienstmädchen und Bürgermädchen verführt, und liefen vielleicht irgendwo in der Welt Menschen in der Arbeiterbluse oder im Bauernkittel herum, die seine Halbgeschwister waren? Hatte der vielleicht auch einmal Rotwein und Selterswasser getrunken, wie C. B. Dettmer Cimbriae? —

Himmel, welch fürchterliche Gedanken! Welch ein Sturz von rosigen Wolkenhöhen hinab in bodenlose Nächte! Wo ein Halt, wo eine Hilfe?

— Werner war daheim. Er saß im Dämmern auf dem zerfessenen Plüschsofa seines Wohnzimmers und hatte den Kopf in den Armen auf die Tischplatte geworfen. Alles in ihm tobte.

Da klopfte es. „Herein!" Es war die blonde Babett.

„Entschuldige Se, Herr Achebach, ich hann nit gewußt, daß Se derheem sinn."

„Lassen Sie sich nicht stören, Babett."

„Darf ich die Zimmern zurecht mache?"

„Nur zu."

Einen scheuen Blick voll Güte und Verehrung warf Babett auf den Studenten.

Immer tiefer sank die Dämmerung in die Stube — nur des Jünglings hellseidenes Band und sein fahles Gesicht leuchteten aus der Sofaecke auf.

Und Babett hantierte im Zimmer. Brachte frisches Wasser, zog die Spreite vom Bette. Ihre junge Gestalt beugte sich über des Knaben unentweihte Lagerstatt.

„Babett . . ." heiser, schreckhaft fremd hatte das geklungen.

„Herr Achebach?"

Plötzlich stand Werner vor ihr, und wie sie, tödlich erschrocken, die Arme wehrlos niederhängen ließ, da fühlte sie sich umfaßt.

Wild, wahnsinnig umfaßt. Und ohne Widerstand gab sie sich den irren Küssen hin, die sie trafen, auf Haar und Stirn, auf Gesicht und Schulter.

Auf einmal war sie frei. Und der Student riß seine Mütze vom Tisch, stolperte hinaus.

Da mußte die junge Babett sich auf das Bett setzen und herzbrechend weinen.

IV.

Unter dem schmalen Türchen, das zum Delikateßwarengeschäft der Witwe Markus führte, stand die schwarze Rosalie und ihr Bruder Student. Die Geschwister zankten sich.

„Das kann ich dir sagen, Rosalie," sagte Simon, „wenn du nit irgendwie dafür sorgst, daß die Mama mir am Wechsel zulege tut, hernach tu ich noch emal e G'schicht mache, wo ihr alle zwei dran sollt zuviel kriege."

„Tu, was du nit kannst lasse," sagte Rosalie mit einem unendlich gleichgültigen Achselzucken. „Du bist ebe nit als Sohn von em Millionär auf d' Welt komme."

„Ich weiß, daß ich der Sohn von der alte Markus bin," knurrte Simon, und seine schmale blasse Wange glühte. „Aber ich weiß auch, daß die alte Markus Geld hat für ihrer Rosalie zehn neue batistene Sommerbluse zu kaufe, un denn tut's mer nit passe, daß ich als Student muß ins Vadders nachgelassene Kontorröckelcher erumlaufe. Wann ich soll erumlaufe wie e Fellcheshändler, hernach hätt mei Mutter nit gebraucht, mich Medizin studiere lasse."

„Ich kann mir auch nit denke, was se sich dabei gedacht hat, die alt Markus. Du un e Student! du un e Mediziner! en Herr Doktor! Wer krank is un dein Fisionomie sieht un tut dich noch zu Rat ziehe, den kannst immer gleich obe nach Kappel in d'Irrenanstalt bringe lasse!"

„Was? Du un mein Fisionomie schlecht mache? mein Fisionomie — die is mir wenigstens zu schad, um se von eime jede ablecke zu lasse!!"

„Simon!!" Wie eine Megäre sah das schöne Mädchen aus. „Ich kratz' dir die Auge aus auf der offene Straß!"

„Das kannst gern! Ebe kommt da euer Mieter, der Herr Korpsstudent, der Herr Cimbrefuchs Achebach — kratz nur — kratz! Dann weiß der auch gleich, was ihm emal von dir passieren wird, wann er dich leid is!"

Und mit Grinsen sah Simon, wie sich das Gesicht der Schwester plötzlich verwandelte, als Werner, die Kollegmappe unterm Arm, schmuck und geschniegelt, ein eben erstandenes Kornblumensträußchen im Knopfloch, von der Universität her die Wettergasse entlang geschlendert kam, seinen Arm lässig in den des guten Dammer geschoben.

Unwillkürlich strich bei diesem Anblick das Mädchen die losen Löckchen aus der Stirn, die sich, wie auch die Innenseite ihrer Hand, bei dem kurzen Wortgefecht rasch mit feinen Schweißtropfen bedeckt hatte.

Und Werner kam näher, sah Rosalie, sah ihr verheißungsvolles Lächeln und verabschiedete sich plötz-

lich und verlegen von dem grinſenden Dammer. Er
ſchritt an den Geſchwiſtern, die noch immer in der
Ladentür ſtanden, vorüber mit dem zeremoniell=re=
ſpektvollen Gruß, der Roſalien immer ſo rieſig an=
genehm übers Herz ſtrich, trat in den ſchmalen Son=
dereingang, der zur Treppe führte, und ſtolperte in
ſeine Bude. Roſaliens Lächeln machte ſeine Pulſe
hüpfen.

Kaum war er oben, da klopfte es, und Roſalie
trat ein, unterm Arm ein wohlbekanntes Paket: den
grauen Leinenſack, in dem er alle drei Wochen ſeine
Wäſche nach Hauſe ſchicken ſollte . . . das hatte er
vor kurzem zum erſten Male, nach Mutter Achenbachs
ſtrengem und ach ſo zärtlich gemeintem Befehle, ge=
tan, und wunderlich war ihm zumut, wie da die
Sendung der guten, vergötterten Mutter unterm Arm
der filia hospitalis bei ihm eintraf . . .

„Da, Herr Achebach — fünfzehn Pfennig hat's
koſt!" ſagte Roſalie und legte das Paket auf den Tiſch.

„Ah — Sie haben's ausgelegt, Fräulein Ro=
ſalie? Tauſend Dank — hier . . ." Er zog ſein Por=
temonnaie heraus — aber . . . kein Pfennig fand
ſich vor — auch nicht einer.

„Himmel — was haben wir denn heut für'n
Datum?"

„De ſechsundzwanzigſte — ach ſo!"

Student und Mädel ſahen ſich an und mußten

lachen, daß ihnen die Tränen die Backen herunter=
liefen.

„Noch vier Tag, dann kommt der Stephan!"

„Inzwischen kann ich zehnmal verhungert sein!"

„Korpsstudent, un verhungern in Marburg? —
gibt's nit — wär auch schad um Ihne!"

„So — finden Sie?!"

„Allemal!" Ein Blitz aus den dunklen Augen
sagte: ja, ich mein's wirklich so. Werner war ganz
benommen vor Glückseligkeit. „Nu? de Wäsch von
Haus? Soll ich Ihne helfe auspacke?"

Das meinte Werner nicht verschmähen zu dürfen,
und behaglich sah er zu, wie die gewandten runden
Finger die Knoten der Verschnürung lösten.

Aber die Öffnung des Sackes war mit Mutters
sorgfältigen, gleichmäßig sauberen Stichen vernäht,
und Werner mußte sein Taschenmesser hergeben —
daß ihn dabei die runden Finger streiften, war nicht
seine Schuld, und daß diese flüchtige Berührung ihm
ins tiefste Herz hineinschauerte, auch nicht. Und wieder
war's ihm wunderlich, daß die Stiche alle, die seine
Mutter so sauber und akkurat, so treusorglich und
liebesgetrost einen neben den andern hingesetzt, nun
von einem schimmernden flinken Händchen mit einem
raschen Schnitt getrennt wurden . . .

Als nun aber die Wäsche zum Vorschein kam,
ward Werner doch rot und verlegen und wollte das
Amt des Auspackens den allerliebsten Fingern ent=

ziehen. Aber das ließ Rosalie sich nicht gefallen. „Stelle Se sich nur an die Kommod — ich geb's Ihne an!" Und ohne Scheu zählte sie ihm vor: „— — zwölf, dreizehn, vierzehn Hemde — — zehn, elf, zwölf Paar Unnerhose — — zehn, elf, zwölf, dreizehn Nachthembe — uh, was habe Se für schön gestickte Nachthembe!"

Und dabei lachte sie ihn dreist an, und als sie sein Erröten sah, lachte sie noch viel stärker.

Indessen das Auspacken und Einräumen der Wäsche war ohne Zwischenfall beendigt, nur daß Werners Stimmung einen Augenblick umschlug, als Rosalie unter Lachen und Späßen zwischen den Taschentüchern und Strümpfen eine Trüffelwurst, eine Büchse Ölsardinen, ein Stück Gervais, eine Schachtel Zigaretten, ein Paket Schokolade und einen dicken Brief mit der Aufschrift „An dich!" zutage förderte. Der Brief verschwand in Werners Rock= tasche, und als ob Rosalie empfunden hätte, daß sie in diesem Augenblicke auf Werner nicht mehr zu wirken vermöge, verdoppelte sie ihre Lustigkeit.

„Ah! Zigarette! un sicher gute!"

Ihre Augen funkelten begehrlich.

„Wollen Sie eine?" Werner hatte noch nie ein weibliches Wesen rauchen sehen. Doch — einmal auf Reisen eine Russin im Eisenbahnwagen.

„Aber allemal!" Mit den Fingernägeln ritzte Rosalie die Verpackung auf, und eins, zwei, drei hatte sie die Zigarette entzündet. Nach ein paar Zügen stand sie vor Werner: „Die is fir Ihne!" Und eh' er sich's versah, hatte sie ihm die angerauchte Zigarette zwischen die Lippen geschoben. Er fühlte die Wärme, den Hauch von Feuchtigkeit auf dem Mundstück, und eine wilde Sehnsucht kam ihm nach diesen hüpfenden Lippen.

Rosalie zündete sich auch eine Zigarette an, saß auf der Sofalehne, baumelte mit den Beinen, rauchte stumm, ließ die blauen Nebelflöckchen lässig durch die Lippen steigen und sah Werner an, der, wie ein Schuljunge, der nicht mehr weiter kann, zu ihr aufschaute.

„Nu?" sagte sie nach einer Weile.

Werner schwieg und zerbiß das Mundstück seiner Zigarette. Seine Kinnbacken bebten leise.

„So e hübscher Jung — un so langweilig!" sagte Rosalie.

„Langweilig? finden Sie mich langweilig?"

„Arg," sagte Rosalie.

Langsam drehte sich Werner herum und ging ans Fenster, starrte durch die tief zusammengezogenen Vorhänge auf die Wettergasse hinaus.

„Gude Morge, Herr Achebach!" sagte Rosalie und ging langsam, lauernd zur Tür. Jetzt mußte er sich doch umdrehen, mußte sie in die Arme nehmen — das war doch bei den andern auch so gewesen...

Aber Werner drehte sich nicht um, und mit

einem mißtönigen Lachen der Enttäuschung ließ Ro=
salie die Tür ins Schloß knallen.

Und Werner fiel in einen Sessel. Er zog den
Brief der Mutter aus der Brusttasche. Die wohlbekannten, geheiligten Schriftzüge . . . „An dich!!"

Und auf einmal konnte Werner weinen.

Bange, wilde Tränen . . . aber doch Tränen . . .

Kindertränen, Sehnsuchtstränen, wie sie vor wenig
Tagen im selben Zimmer die blonde Babett geweint
hatte.

„An dich!" Wie mochte sich Mutter sein Leben
vorstellen — und wie anders war das Antlitz der
Wirklichkeit — —

Ja, in seinen Briefen, da dichtete er den Eltern
ein akademisches Idyll vor . . . ein Gegenstück zu
jenem, das des Vaters Jugenderzählungen dem Fa-
milienkreise vorgezaubert hatten . . . ein Idyll aus
Becher= und Schlägerklang, aus Festen der Freundschaft und Festen der Wissenschaft, aus schwärmeri-
schen Spaziergängen im Mondenschein mit be-
geisterten Freunden . . . und die Wirklichkeit?

Verkatertes Auffahren morgens früh bei Babetts
Wecken, eilig hinuntergeschüttetes Frühstück, Galopp
zum Fechtboden, eine Stunde Zitterns und Bebens
unter der Behandlung der ausbildenden Korps=
burschen, dann der Friseur, ein paar Stunden schläf-
rigen, verständnislosen Hindämmerns im Kolleg,
Frühschoppen, Mittagessen in der von Mensur= und

Weibergesprächen ausgefüllten Runde der Korps=
brüder — dann ein endloser, bleierner Nachmittags=
schlaf, ein Bummel auf der Wettergasse, eine Kegel=
partie auf der Kneipe, und abends — Spiel= oder
offizielle Kneipe, aber hier wie dort Bier — Bier
— Bier ... endlose Ströme Bier ... Halbe und
Ganze, einfache, doppelte, dreifache Bierjungen, Bier,
Bier, Bier ... und wenn der Magen rebellierte,
eine Flucht nach draußen, eine Entlastung, ein
Schütteln des Ekels und Grauens ... und dann
wieder hinein in den dumpfen, von dichten Tabak=
wolken überlagerten Raum, und wieder Bier — Bier
— Bier ...

Und dazwischen immerfort, von diesem wahn=
sinnigen Alkoholkonsum geschürt, die unseligen
Sinnenkämpfe ...

Das war sein Leben, das war die heißersehnte
akademische Freiheit ...

Ja, Werner weinte lange und heiß vor dem
Briefe, aus dessen Aufschrift Mutterhoffnung,
Mutterstolz, Mutterglaube so schlicht und ruhig ihm
ins Auge schauten.

Dann riß er den Brief auf. Der meldete nicht
viel Neues: sprach von der Eltern Befriedigung, daß
der Sohn sich glücklich fühle auf der Hochschule, er=
zählte von kleinen Freuden und Leiden daheim,
brachte die Grüße des Vaters, der Brüder, den Kuß
der unversieglichen Mutterliebe.

Und wieder einmal war es Werner, als könne er's nicht mehr tragen, als müsse er dies Joch, das er freiwillig auf sich genommen, abwerfen . . . aber was dann?

Dann mußte er verzichten auf dies ganze Studentenleben, nach dem er sich so gesehnt, verzichten auf den Schmuck der Korpsfarben, den Glanz des Auftretens, in dem sich seine ungefestigte Seele, ach so gerne doch! sonnte —

Denn in eine andere Verbindung eintreten, dieser Gedanke konnte ihm niemals kommen; soviel meinte er schon vom akademischen Leben begriffen zu haben, daß die anderen Korporationen doch nichts anderes seien als Korps zweiter bis siebenter Klasse. Also verschwinden, versinken in das Dunkel des Finkentums, verzichten auf die glanzvolle Zusammengehörigkeit mit allen Angehörigen des hohen Kösener Verbandes, der sämtliche Korps und ihre alten Herren zusammenschloß zu einer imposanten Masse gleich Erzogener, gleich Gesinnter, zu einem starken Rückhalt in den einstigen Kämpfen des wirklichen Lebens... ohne den historischen Schmuck der Farben durch seine Studentenjahre gehen, wie irgendein Kommis... angewiesen auf den Verkehr in irgendwelchen obskuren Kneipen — die angesehenen waren der Tummelplatz der Couleuren und darum für den „Finken" fast unmöglich — angewiesen auf den Zufall, der ihm einen Kreis von Kommilitonen zuführen möchte, mit denen er einigermaßen harmonieren könnte ... am Ende gar dem Spotte ausgesetzt, als sei es die Angst vor dem langen Messer gewesen, die ihn aus dem Korps getrieben — —

Nein — lieber aushalten ... die Zähne zusammenbeißen ... saufen mit der Kraft der Verzweiflung, der Eifrigste sein auf dem Fechtboden, damit wenigstens die niederdrückende Fuchsenzeit bald ihr Ende finden möchte ... und dann eine Rolle spielen im Korps — Chargierter werden — Senior wie Scholz... S.=C.=Fechter... herrschen... Macht ausüben ... herausragen über die andern, Primus omnium auch in dieser Welt, wie er's auf dem Gymnasium gewesen ...

So kämpfte Werner Enttäuschung und Widerwillen hinunter und stülpte am Ende ein wenig beruhigter die Mütze auf den Kopf, um vor dem Frühschoppen noch einmal die Wettergasse auf und ab zu schlendern.

Und ganz vergessen hatte er über diesem Sinnen und Kämpfen, daß die erste Quelle seiner Tränen und Kümmernisse das schöne Mädel gewesen, die ihm so deutlich gemacht, daß sie nicht schmachte und platonisch trachte, nein, daß recht inwendig ...

Und er merkte auch nicht, daß seinem blonden teutonischen Wandel aus der Dämmerung des Ladens der alten Markus zwei dunkle Augenpaare folgten; in Spott und dennoch in aufsaugendem Be=

gehren das eine, in wildem, dumpfem Neiderhaß das andere.

Simon stand ganz allein. Auf dem Gymnasium in Marburg war er in seiner Klasse der einzige Jude gewesen. Jahrelang hatte er ein paar Freunde unter seinen Mitschülern gehabt; und wenn auch der Sohn des Delikateßwarenhändlers niemals in die Häuser der Bürgerssöhne eingeladen worden war, niemals den Besuch seiner Freunde unter seines Vaters Dach empfangen hatte... in jenen Jugendjahren hatte das Scheusal des Rassenhasses doch nicht zwischen den Bankgenossen gestanden, Simon war nicht allein gewesen inmitten seiner Kameraden. Aber dann, als er in die oberen Klassen aufrückte, war's langsam gekommen: die unbegreifliche, allmähliche Abkehr der Schulkameraden von ihm, die unbegreifliche, ungreifbare Vereinsamung. In Sekunda und Prima des Gymnasiums herrschte schon die Weltanschauung der akademischen Jugend, und diese schied den Juden aus dem Kreise der gleichberechtigten Kommilitonen aus.

Nun war Simon Student in der Heimatstadt, die zugleich eine Hochburg des Antisemitismus war, und die Herkunft aus dem Käseladen, seine armselige Börse verschloß ihm sogar die Möglichkeit, sich den wenigen semitischen Kommilitonen anzuschließen, die sich aus Unkenntnis der Verhältnisse nach Marburg verirrt hatten.

Darum hockte er tagaus, tagein in seinen kolleg=

freien Stunden im Laden der Mutter. Nicht einmal
ein eigenes Stübchen besaß er während des Se=
mesters, denn das winzige Haus enthielt außer den
drei Schlafzimmern, die im Erdgeschoß lagen, nur
noch die zwei Zimmer im Mittelstock, die Werner
inne hatte, und daneben noch eine zweite Studenten=
wohnung, die aber nur ein Zimmer hatte. Doch das
war in diesem Sommer ärgerlicherweise unvermietet
geblieben. Indessen durfte man ja, vier Wochen nach
Semester=Anfang, die Hoffnung noch nicht aufgeben,
und das Zimmer blieb leer und wartete.

Simon nannte also im Hause seiner Mutter
nichts als sein Schlafzimmer sein eigen, und so war
er um die Mittag= und Abendstunden immerfort
im Laden zu finden.

Hier gab es wenigstens etwas zu sehen; die
Kunden kamen und machten Einkäufe, hielten auch
wohl einen Schwatz mit der Mutter oder mit Rosalie,
und Simon beteiligte sich manchmal daran; nament=
lich machte es ihm Vergnügen, die samt und sonders
in die hessische Landestracht gekleideten Dienstmäd=
chen durch gewagte Scherze derbsten Kalibers zum
Kichern und Quieken zu bringen. Niemals aber war
er zu bewegen, auch nur die kleinste Handreichung zu
tun. Und so war denn seine Gegenwart der Mutter
und Rosalien gleich verdrießlich. Die Mutter brum=
melte wohl mal ihren Ärger darüber halblaut vor sich
hin; Rosalien war es eine besondere Genugtuung,

den Bruder bei jeder Gelegenheit fühlen zu lassen, daß er im Wege sei. Ging sie aber bei ihm vorüber mit einer Schieblade voll Reis oder Sago, mit einer Trittleiter, so konnte Simon sicher sein, einen festen Puff mit der ersten besten scharfen Holzkante abzubekommen.

Und Simon ließ sich's gefallen. Er stieß nicht wieder — schimpfte nur selten einmal. Er beneidete die schöne Schwester um ihren wundervollen Körper, um die schlenkernde Lustigkeit ihres Temperaments . . . er beneidete sie, und doch war sie aller Stolz seines Lebens . . .

Er hatte eine dunkle Ahnung, daß manches vorging zwischen ihr und den Studenten, die Semester für Semester die drei Zimmer im Mittelstock des elterlichen Hauses bewohnten . . . eine dunkle Ahnung . . . und diese Ahnung war in seinem lichtlosen Leben die schreckhafte Finsternis, in die seine nachtgewohnten Blicke nur mit Grausen hineinstierten.

Seitdem er vom Gymnasium entlassen worden war und ihm das medizinische Studium die Augen geöffnet hatte, umlauerte er jeden Schritt, jede Bewegung, jeden Blick und jedes Wort der Schwester, wenn er daheim war. Kam er vom Kolleg zurück oder vom Präparierboden, so galt sein erster, forschender Blick der Schwester: was mochte sie inzwischen getrieben haben?

Und wenn er jeden Couleurstudenten mit zähneknirschendem Pariahaß betrachtete — eine kaum zu unterdrückende, würgende, kehlumschnürende Raserei packte ihn jedesmal, wenn er die Mieter seiner Mutter sah . . . es waren seit Generationen Angehörige des Korps Cimbria . . . einer von denen, das fühlte er, das fraß an ihm als ein unwiderlegliches Wissen, einer von denen hatte einmal den ersten Jugend= zauber von seiner Schwester lachendem Munde ge= küßt, einer sie zuerst in den Armen gehalten, einer sie wissend gemacht . . . und der jetzt da oben wohnte, dieser blonde, blauäugige Rheinländer, der besaß viel= leicht jetzt ihren Leib . . .

Und darum mußte sich Simon Markus jedesmal abwenden, wenn er Werner Achenbach im Hausflur, im Laden, auf der Treppe begegnete — mußte sich abwenden, um den fürchterlichen Drang in sich hin= einzuwürgen — den Drang, jenem die blaue Mütze, das Band abzureißen und seine Zähne in den weißen Hals des Jünglings zu bohren . . .

Heute war Rosalie, das hatte Simon wohl ge= merkt, alsbald nach Werners Rückkehr zu ihm hin= aufgestiegen und länger als eine Viertelstunde in seiner Stube geblieben . . . was mochten die zwei in dieser Viertelstunde da oben getrieben haben? Das riß an Simons Herzen, an seiner Phantasie, seinen Sinnen . . . Bilder quälten ihn, die er immer weg= stieß, und die dennoch immer, immer wiederkamen . . . und derweil kauerte er auf einem Schemel hinter

dem Kontorpult in der Ecke des Ladens . . . eine be=
ständig schwälende Petroleumlampe hing dahinter und
goß ein fahles Licht über seine ungeschlachte Nase, daß
die rechte Gesichtshälfte von einem breiten Schlag=
schatten überschnitten wurde. Und Rosalie hantierte
indessen munter und ahnungslos inmitten des Raums
hinter den Verkaufstischen . . . sie hatte alle Hände
voll zu tun, so kurz vor Mittag.

Eben kam ein großes, blondes Mädchen in licht=
grünem Waschkleide, vor deren Eintritt die Dienst=
mädel, Offiziersburschen und Laufjungen ehrerbietig
zur Seite wichen. Sie warf einen raschen Blick auf
die Gasse zurück und lächelte unwillkürlich leise be=
friedigt, als draußen in diesem Augenblick die pracht=
volle Gestalt des Zweiten Chargierten der Cimbria
vorüberspazierte — Klauser hatte das Mädchen, das
sein ganzes Wesen beherrschte, in dem niederen Laden
verschwinden sehen, und ohne sich einen Moment zu
besinnen, trat er gleichfalls ein.

„Fräulein Hollerbaum?“ sagte Rosalie dienst=
eifrig, „womit kann ich Ihne diene?“

Marie Hollerbaum mußte einen Augenblick über=
legen, da sie nur eingetreten war, um zu versuchen, ob
Klauser ihr wohl folgen würde. Schließlich verfiel
sie auf ein halbes Pfund Datteln.

Klauser trat heran und zog die Mütze.

„Guten Tag, Fräulein Hollerbaum.“

Marie nickte nur, aber daß sie rot wurde, konnte sie nicht hindern, noch verbergen.

„Darf ich fragen, ob Sie morgen abend auf der Museums-Reunion sein werden?"

„Oh, ich denke doch — und Sie?"

„Ich bin da — aber ich werde um halb elf nach Hause müssen."

„Ach so —" lächelte sie, „Samstag?! Mit wem?"

„Herr Seydelmann."

„Was?! Na, dann sollten Sie aber lieber am Freitag nicht tanzen."

„Wenn Sie tanzen, komme ich."

„Ich kann's Ihnen nicht verbieten. Guten Morgen, Herr Klauser!"

Sie hatte ihre Datteln in ihren Pompadour gleiten lassen, nickte kurz und schwebte hinaus. Klauser stand mit abgezogener Mütze und starrte so hinge= nommen hinter ihr drein, daß die Mägde und Burschen die Köpfe zusammensteckten. Kaum konnte er auf Rosaliens Frage die Bestellung einer Büchse Ölsardinen zusammenbekommen. Wie er hinausging, grinste Rosalie zu ihrem Bruder hinüber, und er grinste selig mit. Mochten diese Affen, diese Fatzken sich vergaffen, in wen sie wollten, wenn's nur nicht Rosalie war.

Aber kaum hatte Rosalie einen Teil der harren= den Kunden abgefertigt, da kam ein anderer Besuch:

ein junges Bürgermädchen, etwa zwanzig Jahre alt, durch ihre einfache, schwarze Tracht als Ladnerin kenntlich.

„Tag, Lenche," sagte Rosalie, strich die Rechte an der Schürze ab und reichte sie über die Theke hinüber der Angekommenen. „Aber — was hast, Mädche?"

Die blauen Augen der Angekommenen standen voll Tränen.

Ein Schauer überlief ihre schlanke, feste Gestalt. „Salche, ich muß dich spreche — allein muß ich dich spreche — du mußt mer helfe, sonscht —"

„Na, da geh im Zimmer — ich komm — nur ebe die Kunde muß ich abfertige... gleich is Middag, da wird's still."

V.

Lenchen tastete sich zitternd in das halbdunkle Hinterzimmer. Dort stand im dunkelsten Winkel der fettige Ledersessel, von dem aus die alte Markus ihren Laden zu leiten pflegte. Seit ein paar Tagen war er leer gewesen; das mühselige Weibchen mit dem verknitterten Ledergesicht hatte vor Asthma die zwei Treppen nicht hinuntergekonnt und lag nun oben im Bett, keuchend und schwitzend vor Angst, immerfort rechnend und rechnend, wieviel Ausfall ihre Krankheit für ihr Krämche wohl bedeuten möchte. Sie hielt sich noch immer für die Seele des Ge= schäfts und ahnte nicht, daß das zerfahrene, verliebte Salche längst die Zügel in die Hand genommen hatte und strammer hielt, als Mutter Sidonie sie jemals gehalten. In ihren verlassenen Sessel verkroch sich nun Lenche Trimpop. Kaum vermochte das rumplige Gerät ihre mächtigen Hüften zu fassen; es knackte in allen Fugen, aber Lenche achtete nicht darauf . . . einen Augenblick Rast, irgendwo, wo es keine Men= schen gab, die sie kannten, einen Augenblick . . . sie schloß die Augen und saß ganz still . . . aber nun schauerte sie zusammen . . . da war es wieder, dies fürchterliche Pochen in ihrem armen Leibe . . .

„Na, Lenche, was bringst gut's?"

Frisch, rosig, nach allen möglichen Spezereien
und Eßwaren duftend, stand Rosalie vor der
Freundin.

„Ach, Salche — ich muß ja sterbe, Salche!"

„Was mußt? Sterbe? Bist nit gescheit?!" Und
Rosalie kniete neben der Freundin und umfaßte ihren
Leib — —

Was war das?!

„Lenche —!!"

„Ja, Salche — das is es —"

„Nit möglich — Lenche — wie hast denn das
angefange? Na, aber so e Dummheit! Bist denn erst
gestern uf d' Welt komme?! Nu wer — wer — von
wem hast es denn?"

„Kennst du de Scholz?"

„De Scholz? De lange von de Cimbre? De
Erste von de Cimbre?"

Lenchen nickte und schluchzte stoßweise vor
sich hin.

„De Scholz — na, wer kennt den nit in Mar=
burg?! Wie kann mer sich auch mit so eme einlasse?
Das weiß doch jedes Kind in Marburg, daß der
schon e Stücker drei hat unglücklich gemacht! Hast
denn das nimmer g'wußt, Lenche?"

„Ach, Salche — du kennst en nit, Salche! Du
kennst en nit, wie ich en kenn! — Das is einer,
Salche — wenn der dich will, da kannst de nit nein
sage!!"

Salche mußte in sich hinein lachen. Nein sagen würde sie ja vielleicht nicht ... aber so wie dem dummen Lenchen würde es ihr trotzdem nicht gehen.

„Ach, Salche, sag mer nur, was fang ich jetzt an?"

„Was de anfangst? Du kriegst dei Kindchen, un der Scholz muß zahle!"

„Oh, Salche, du kennst doch mei Babber — der tut mich dotschlage, wenn er's merkt! Ach, un mei Mutter! Un mei Stell verlier ich, un — oh, Salche, ne, ich muß sterbe! Ich geh in de Lahn geh ich, Salche!"

„Es is nit so schlimm, Lenche," sagte Rosalie. „Es hann als mehr Mädche Kinner kriegt un sinn nit in de Lahn gange. Wie lang is es denn schon?"

„Es is noch aus em vorige Jahr, glaub ich."

„Himmel, schon im sechsten Monat! Ja, dann wirst es wohl nimmer lange verberge könne, un für bei de Hebamm in Frankfurt zu gehn, is es auch schon e bißche zu spät, da könnst bös ereinfalle ... na, da geh doch zum Babber un sag's em, fresse kann er dich nit!"

„Ne, Salche, das is ganz unmöglich, das gibt e gräßlich Unglück, dot tut er mich schlage, gewiß un wahrhaftig, das kann ich nit, da hab ich kein Kurasch for, och, Himmel, was mach ich nur, was mach ich nur?"

„Weiß denn dein Scholz davon, wie es mit dir steht?"

„Der weiß es, dem hab' ich's gesagt, nu, er hat mer gesagt, daß er selbstverständlich tät das Kind bezahle — aber . . . heirate will er mich nit!"

„Heirate? Der Scholz dich heirate? Hast de dir das am End gar in de Kopp gesetzt?"

Lenchens blonder Scheitel sank tief nach vorn. „Ach, Salche . . . was redt mer sich nit alles ein, wenn mer eine mag . . . un mer denkt, wenn de so viel für en tus, hernach muß er doch auch was für dich tun . . ."

„Ja, wenn du so e dumm Gans gewese bis, hernach geschieht dir nit mehr wie recht . . ."

E dumm Gans! — Langsam, stockend hob Lenchen an, der Freundin alles zu erzählen. Wie ihr's zuerst aufgefallen war, daß der lange Scholz so gar viel Schlipse und Kragen brauchte — wie er ihr das erste Veilchensträußchen brachte . . . wie sie stolz war, daß der berühmteste Student in Marburg, er, von dem ihre Freundinnen und Kolleginnen so viel zu munkeln wußten, daß der ihr offenkundig huldigte, ihr, der armen Schreinerstochter, der blutjungen Ladenmamsell — und dann der erste Ausflug, der erste Tanz am Sonntag draußen in Marbach, unmittelbar nach dem Beginn der Herbstferien . . . und dann der Heimspaziergang durch die Augustvollmondnacht — am andern Morgen wollte er in die Ferien reisen,

auf zwei Monate fort . . . und dieser Abschied am
Waldrand — und wie sie sich erst schon losgerissen
hatte — und dann doch zu ihm zurück mußte —
zurück in das Waldesdämmern... und andern Mor=
gens war er doch fort gewesen... und dann nach zwei
Monaten dieses Wiedersehen, ach, und die Dutzende
von Mittag= und Abendstündchen, wenn sie auf dem
Heimweg vom Geschäft in seine Bude geschlüpft war,
und inmitten all der fürchterlich interessanten Dinge,
der Wände voller bunter Mützen, Bänder, Schläger,
Farbenschilde, Photographien als selige Beute in
seinen Armen gelegen hatte... und niemals, niemals
hätte sie's fassen können, daß das einmal enden könnte
— daß das Leben sie aus diesen Armen reißen könnte
— nein, das war ja unmöglich... war's nicht Wunder
genug, daß sie sein war? Was wollte dagegen das
andere sagen, was noch fehlte: daß er sie mitnahm,
heraus aus ihrer armseligen Häuslichkeit, heraus aus
dem Lärm und Brodem der väterlichen Werkstatt, aus
Elterngekeif und Kindergebrüll, aus dem öden Einer=
lei ihres Berufslebens, hinaus in die höhere Welt,
der er angehörte... das mußte ja kommen, das würde
kommen... denn das wußte sie ja nicht, daß er selber
doch noch am Anfang stand, am Anfang eines so=
zialen Kampfes, der nicht viel minder hart als der
ihre sein würde, eines Kampfes um Amt und Brot —
— für sie war er immer ein Gott gewesen, ein Gott,
der leicht und kampflos auf Wolken wandelte, er, der

junge Student, deſſen Vater die dreihundert Mark Monatswechſel, die er dem Sohne zukommen laſſen mußte, als Frauenarzt in Hannover auch nicht mit Spazierengehen verdiente ...

„So e dumm Gans!"

Oh, Gott, und nun?! Nun war es aus ... ſeit ſie ihm d a s erzählt hatte, war es aus ... ſo feſt hatte ſie an ihn geglaubt, ſo dumm und ſicher ſich auf ihn verlaſſen, daß er ſie heilig halten würde, nun doppelt heilig ...

Das alles erzählte ſie Roſalie, und wenn das ſchöne Mädchen anfangs Luſt gehabt hatte, die Freundin recht gründlich auszulachen ... das Lachen verging ihr nach und nach, und dumpf und wuchtend überkam ſie das Gefühl, daß ihrer beider Geſchick doch im Grunde das gleiche ſei: den jungen Herren in patenten Anzügen, in blinkenden Mützen und Bändern als Spielzeug zu dienen, um dann eines Tages achtlos beiſeite geworfen zu werden, abge= welkte, entblätterte Roſen, in den Staub, in den Gaſſenkot, in die ganze Armſeligkeit ihres dürftigen Daſeins ...

Und ſo weinten am Ende die beiden Mädchen ... und das forſche Salche mußte die Freundin ohne Troſt ziehen laſſen ... Nur daß Lenchen nicht in die Lahn gehen ſollte, hatte Roſalie ſich verſprechen laſſen.

Kaum war Lenchen fortgeſchlüpft, da klangen und klirrten draußen Stimmen und Jugendſchritte.

Hundegebell erscholl dazwischen, Aufschlagen eisen=
beschlagener Stockspitzen klapperten auf dem holprigen
Pflaster. Das Korps Cimbria kam vom Frühschoppen
und zog die Wettergasse entlang zum Mittagessen im
Museum. Hell blinkten die blauen Mützen, die ele=
ganten Sommerwesten und drüber die frischen Bän=
der im Mittagsglaste der Maisonne. An dreißig
Jünglinge zogen vorüber, alle frisch, rosig, wohlge=
nährt, die feisten Wangen der Älteren von mancher
roten Narbe zerrissen; laut schwatzend schritten sie
dahin, die Herren, die Fürsten dieses Städtchens.

Herzklopfend stand Rosalie, haßgrinsend ihr
Bruder Simon hinter den Ladenfenstern. Mancher
Blick flog aus dem Schwarm suchend herüber nach
der Tür, unter der sonst stets das schmucke Juden=
mädchen zu sehen war, wenn Cimbria vorüberzog.
Aber diesmal suchten die Blicke der Cimbern um=
sonst — Rosalie mochte ihr verweintes Gesicht nicht
zeigen ... umsonst suchten auch Werner Achenbachs
heiße Augen nach dem roten Munde, der ihn vor
wenig Stunden so gebefreudig angelacht ...

Nicht nach Werners Anblick fahndete diesmal
Rosalie... sie suchte den langen Scholz, den sie sich
bislang eigentlich nie so recht genau betrachtet ...

Da kam er, inmitten der Korpsbrüder, den Kopf
im Nacken, die Augen halb geschlossen; durch das
Gewirr der alten Schmisse auf seiner linken Wange
zog sich rotleuchtend die neue Errungenschaft des

erften Beftimmtages. Jnmitten der ſchwaßenden und lachenden Freunde ging er ſtumm, unnahbar, herriſch in ſich geſchloſſen.

„Dettmer!“ Eine Stimme wie Schwerterklang. Roſalie ſah, wie der Angerufene, der um einige Paare vor Scholz ſchritt, herumfuhr, gehorſam ſtehen blieb und ehrerbietig, mit leichtgelüfteter Müße, im Weiter- ſchreiten den Worten des Seniors lauſchte.

Das arme Ladenmädel drinnen hatte in ſeinem Leben niemals andere Angehörige der herrſchenden Klaſſe zu Geſichte bekommen, als dieſe jungen Stu- denten. Sie bebte bei Scholzens Anblick, als ſei ein Gott in Mächten und Prächten an ihr vorüber- geſchritten.

VI.

Marburgs Bürgerschaft gliederte sich in zwei Kasten: in die Gesellschaft und in das, was nicht zur Gesellschaft gehörte. Ob der einzelne Mensch, die einzelne Familie in die eine oder die andere Klasse zu rechnen sei, darüber entschied ein sehr einfaches Unterscheidungsmerkmal: die Mitglieder des Vereins „Museum" bildeten die Gesellschaft; wer diesem Kreise nicht angehörte, war ein unqualifiziertes Lebewesen. Die Mitglieder der Behörden, der Universität, der städtischen Verwaltungskörperschaften, das Offizier= korps des Jägerbataillons, ferner auch sämtliche pri= vate Akademiker und die wohlhabenden Kaufleute gehörten dem Verein an. Die Studenten konnten um ein Geringes die außerordentliche Mitgliedschaft erwerben, und so waren die Angehörigen der Korps, Burschenschaften, Landsmannschaften, akademischen Turnvereine ohne Ausnahme museumsberechtigt.

Aber auch innerhalb der Gesellschaft gab es noch zahlreiche engere Zirkel, die, wenn auch in Einzel= heiten rivalisierend, doch im ganzen und großen noch eine innere gesellschaftliche Hierarchie in zuerst jäh, dann langsamer absteigendem Aufbau bildeten.

Daß die jungen Korpsstudenten sich nur an ge= wisse genau bezeichnete oberste Schichten dieser Hier=

archie zu halten hätten, wurde ihnen vom Fuchsmajor an jedem Renoncenconvent eingeprägt. Werner wußte also schon ganz genau, als er zu seiner ersten Museumsreunion schritt, daß er beileibe nicht mit jedem Mädchen, das ihm etwa gefallen möchte, tanzen dürfe; daß er sich vielmehr, bevor er sich vorstellen lasse, jedesmal bei einem Korpsburschen zu erkundigen habe, ob die betreffende Dame auch dem Kreise angehörte, in dem das Korps verkehrte.

Aber er wußte noch zu wenig vom Leben, um sich durch die engen Schranken, innerhalb deren er Vergnügungen und Anregung suchen durfte, sonderlich beengt zu fühlen. Er war nach und nach schon so weit Cimber geworden, daß er es selbstverständlich fand, nur mit „Cimberndamen" zu tanzen. Für sein blau=rot=weißes Empfinden kamen die anderen so wenig in Betracht, als etwa für einen römischen Bürger der ältesten Zeit die Frauen derjenigen fremden Völkerschaften, mit denen kein commercium et connubium bestand.

Und so spähte er denn, als er in den Museumsgarten trat, zunächst unwillkürlich nach den hellblauen Kleidern, in denen sich die ganz waschechten Cimberndamen bei festlichen Gelegenheiten zu präsentieren pflegten, und erschaute ihrer eine nicht geringe Zahl. Dann aber fesselte ihn doch das Gesamtbild, und er machte an der Eingangspforte des Berggartens halt; unwillkürlich zog er die Mütze, tupfte mit dem

Taschentuch den Schweiß von der Stirn und ließ die Augen wandern.

In drei Terrassen baute sich der Garten auf; unter blühenden Linden, unter dem noch hellen Bronzebaum weitschattender Blutbuchen zogen da gedeckte Tische sich hin. Es war fünf Uhr nachmittags, und die Maisonne flimmerte munter durch die Wipfel, tupfte mit blinkenden Lichtbüscheln die hellen Gewänder der Damen, die in langen Reihen beim Kaffee saßen; in ihrer Mitte sah man zuweilen das bequeme Sommerjackett, den ergrauten Kopf, den Panamahut eines arbeitsfreien Familienvaters. Sonst war das männliche Geschlecht einzig und allein durch die Studenten vertreten. Weder die Offiziere des Jägerbataillons, noch die Beamten, soweit sie nicht Alte Herren einer Korporation waren, verkehrten auf den Museumsfestlichkeiten. Sie fühlten sich durch das Überwiegen der grünsten Jugend um ihr Behagen gebracht.

Aber die Studenten! Auf den ersten Blick hatte Werner natürlich seine Korpsbrüder erspäht, deren schon eine stattliche Zahl versammelt war. Daneben der Tisch der Hessen = Nassauer, deren hellgrüne Mützenreihe so lustig leuchtete, wie das junge Lindengrün darüber, und der Tisch der Westfalen, die jetzt im Sommer statt der schwarzen Mützen weiße Stürmer trugen.

In gewissem Abstande vom S. C. dann die

Burschenschaften, violette Alemannen und ziegelrote Arminen, und alle die anderen Korporationen, deren Nam und Art Werner noch immer nicht ganz sicher beherrschte.

Und an allen Tischen scholl lustiges Geplauder, überall wurden von schwitzenden Kellnern Flaschen= batterien angeschleift, überall konnte man beobachten, wie in riesigen Steinguttöpfen von sachverständiger Hand über die Würzeblättlein des Waldmeisters end= lose Moselfluten ausgegossen wurden, bis eine Flasche Wachenheimer Schaumwein, Kostenpunkt zwei Mark zwanzig Pfennige, dem Gebräu die letzte festliche Vollendung gab.

Und zwischen den leuchtenden Farbflecken der Damenkleider, den grellbunten der Burschenmützen konnte ein sorgfältiges Auge schon jetzt ein geheimes Hinüber und Herüber erkennen, einen Austausch von Blicken hin und her — — als wären da unsichtbare Drähte gespannt, fluteten feine, geheime Ströme hin= über und herüber, hin und her, im Maienhauch, unterm leise schwankenden Lindenlaub, getragen von den schaukelnden Wogen der Orchestermusik, hinüber, herüber, herüber, hinüber . . .

Und Werner empfand das alles im Schauen. Eine große Freudigkeit weitete ihm die Brust. Sein erster Ball! Wenn auch nicht im kerzengeschmückten Saale, nicht im feierlichen Winterschmuck — dafür

in Sonn' und Lindenluft, bei Mückentanz und Amsel=
schlag.

Ach, hinein in diese duftenden Wogen, diese far=
bigen Fluten — Leben, Jugend, hinein in deine fest=
liche Fülle, hinein, hinein!

Hinein, dorthin, wo lose Locken wehen und helle
Augen flackern, wo weiche, schmiegsame Mädchen=
gestalten in raschen Rhythmen sich wiegen, wo alles
Verheißung ist und Sehnsucht und Erfüllung und
freigebendes Auskosten der gnädigen Stunde! Hinein
— hinein!

Mit souveräner Nasenhebung schritt Werner an
den Tischen der Turner und Burschenschafter vor=
bei, mit feierlich abgezogener Mütze an den Nieder=
lassungen der Hessen und Westfalen, mit lächelnder,
doch auch zeremonieller Verbeugung trat er an den
Cimberntisch, wo man ihn willkommen hieß, nicht
mit jugendlich lautem Hallo, sondern mit der ge=
messenen Heiterkeit, welche die Korpsstudenten über=
all zur Schau trugen, wo sie sich beobachtet wußten.
Dann setzte er sich zu den Mitfüchsen, die ihn, den
Rheinländer, als Bowlesachverständigen willkommen
hießen. Und Werner, eingedenk, wie oft er dem ge=
selligen Vater beim Bowlenbrauen hatte helfen
müssen, war bald eifrig beschäftigt, das Gebräu an=
zusetzen und, was bei der Waldmeisterbowle so
wichtig, es abzukosten, ob auch die Kräuter schon ge=
nügend „gezogen" hätten.

Inzwischen beobachtete er die Korpsbrüder und
entdeckte bald die ihm schon bekannten Beziehungen.
An der Spitze des Tisches saß Scholz, eisern, blasiert,
gleichgültig: die Damen der Gesellschaft kamen als
unnahbar für ihn nicht in Betracht... Aber neben
ihm saß Klauser ... den Ausdruck seines Gesichtes
kannte Werner schon, und mit einer leichten Links-
wendung des Kopfes folgte er den starren, gebannten
Blicken seines Korpsbruders... natürlich, da drüben
saß ja die schöne Marie Hollerbaum, neben einer
zarten, grauhaarigen Dame, umringt von einer Schar
junger Mädchen, wieder in Hellgrün, der Grundfarbe
Hasso-Nassovias, die dem Cimbernherzen nun einmal
fatal war... Ihr Kopf mit dem blumenwippenden
Sommerhütchen hing nach vorn über einer Häkel-
tändelei — aber jetzt — jetzt hob sie den Kopf, und
ein Blick blitzte aus umdunkelten Augen unter dem
Hutrand hervor, daß Klauser den mächtigen Brust-
kasten dehnte und aufflammenden Gesichts rasch ein
ganzes Glas Bowle hinunterstürzte.

Und glänzte nicht auch Dammers Bemmchen-
gesicht wie frisch geschmiert? Drüben saß ja, in neu-
trales Weiß gekleidet, das ganze Vogtsche Pensionat,
anderthalb Dutzend frischester Mädelgestalten, rechts
und links des Tisches aufgereiht ganz wie zwei Reihen
Täubchen auf der Stange, sorgsam behütet von den
ruhelosen Augen einer unendlich gutmütig dreinschau-
enden Vorsteherin und dem Falkenblick der hageren

Mademoiselle . . . aber „Kätchen, das fießeste Mädichen" zu erspähen glückte Werner nicht... die Kinder sahen alle egal aus . . .

Und poussierte nicht auch der biedere Korpsbursch Dettmer heftig mit den Augen, obwohl er an der Bowle nicht teilnahm, und vor ihm noch immer Rotwein und Selterswasser verräterisch aufgebaut waren? Aber auch er, ob er schon das schmutzige Gift aus Gießen noch mit sich herumschleppte, ließ seine Blicke zum Vogtschen Pensionate hinüberschweifen, und da entdeckte Werner auch gar bald ein Madonnenköpfchen voll himmlischer Kinderunschuld, dessen friedvolle Augen halb bewußt widerstrebend, halb unbewußt hingebend die Blicke des blaubemützten Studiosen auffingen, dessen Gesicht durch die Blässe der Krankheit einen Ausdruck von Geist bekommen hatte, der ihm in gesunden Tagen fremd war.

Ach, es waren wenige unter den Cimbern, die nicht an irgendeiner Stelle des weiten Museumsgartens einen Haltepunkt für ihre Augen, ein Ziel ihrer feurigen Blicke gefunden hatten. Die wenigen Unberührbaren aber vertieften sich um so eifriger in die Bowle.

Und die Mütter, die Pensionsvorsteherinnen sahen schmunzelnd, friedvoll dem Treiben zu. Es war immer so gewesen in Marburg. In ihrer Jugendzeit hatten auch sie ganze Generationen von Studenten durchgeliebt... das war nun einmal das Schicksal

der jungen Mädchen in einem kleinen Universitäts-
nest, wo der Student die anderen Tänzer und Cour-
macher verdrängte... schließlich blieb doch einmal
einer hängen... und wenn nicht... dann wurde man
eben alte Jungfer... das sollte ja auch anderswo als
in Universitätsstädten vorkommen... mochten sie sich
doch ihres Lebens freuen, die jungen Dinger... und
wenn auch einmal ein paar Rendezvous und Küsse
dabei vorkamen... daran sind wir Alten ja seinerzeit
auch nicht gestorben... ernstere Gefahren drohten den
jungen Damen ja nicht von Studenten... dafür gab's
andere Mädchen... bequemere, gefahrlosere Gelegenheiten.

Und der Tanz begann. Im Nu liefen all die
bunten Farbflecke durcheinander, flossen hinüber und
herüber und mündeten dann in einen schmalen Strom,
der sich nun mitten zwischen Tischen und Menschen-
gruppen hindurch zur obersten Terrasse emporwand,
wo unter freiem Himmel das niedere bretterne Tanz-
gerüst aufgeschlagen war. Und das krachte nun un-
willig unter der Last von Jugend, die sich darüber
hin ergoß.

Werner hatte nicht engagiert. Er wollte sich's
erst mal ansehen. Und etwas in ihm jauchzte und
frohlockte still und gelassen im Anschauen von so viel
brünstiger Jugendkraft, so viel festlich aufschäumender
Lebensfülle.

Er sah dem Tanze zu, sah, wie Klauser Marie

Hollerbaum fest im Arm hielt und, ein etwas stür=
mischer, doch sicherer Tänzer, sie durch das Gewühl
der Paare steuerte; dabei kam's ihm nicht darauf an,
dies Paar rechts, jenes links beiseite zu schieben oder
auch zu stoßen.

Gleichzeitig bemerkte er aber auch, daß derjenige,
mit dem Klauser morgen den schwersten Gang seines
korpsstudentischen Lebens zu bestehen haben würde,
daß der Hessen=Nassauer=Senior Seydelmann ohne
zu tanzen beiseite stand und des Gegners Eifer mit
unmerklichem Lächeln verfolgte.

Aber fest und hingebend lag die schlankerblühte
Mädchengestalt in Klausers Arm, und Werner wußte,
daß auch ihn kein Morgen, kein künftiger Kampf
gehindert haben würde, das Glück eines solchen
Augenblickes in sich hineinzutrinken, wenn ... wenn
jene hier gewesen wäre, nach der ihn auf einmal eine
süße Sehnsucht überfallen hatte ... jenes einzige weib=
liche Wesen, das bisher zu seiner Seele gesprochen
hatte.

Elfriede! Wie ein Heimweh überkam den Zu=
schauenden der Gedanke. Nein, er würde keine
„Sonne" haben in Marburg, er würde niemals hier
draußen das bebende Jauchzen, den wunderver=
heißenden Ruck am Herzen spüren, den ihr Anblick
ihm stets gegeben ... niemals das wilde, heilige
Glück, wie er es daheim empfunden, wenn er sie im
Konzert, bei einem Feste erkannt, nie den lastenden

und dennoch beseligenden Schmerz, wenn er sie hatte vermissen müssen.

Elfriede! Das war ihm mehr als ein Name, als das Symbol ihrer Person: es war ihm eine Zauberformel . . . bei deren Erklingen die innersten Pforten seines Herzens weit, weit aufsprangen, auf daß ein Festzug einziehe, dem alles folgte, was es Seltenes, Heilig-Herrschendes gab auf Erden und in den Himmeln aller Vergangenheiten und kommenden Tage . . .

Aber der Tanz war aus, und um den schauenden Jüngling schwoll nun der Strom der Tänzer dem Ausweg zu. Und um ihn herum nichts als glühende, tief atmende Mädchenfrätzchen, scherzende, schwitzende Knabengesichter, alles hell, alles warm, alles duftend vom Hauch gepflegten, gehüteten Jugendlebens, alles brandend, brausend von Heiterkeit und sehnsüchtiger Kraft . . .

Und wieder klang's in ihm: hinein!

Und als sein Fuchsmajor an ihm vorüberstrich, der hagere Papendieck, ein wuschliges Blondköpfchen an seiner Seite in einem weißen Spitzenfähnchen, da ließ er sich vorstellen und bat um den nächsten Tanz. Mit kecker Neugier musterte ihn die Kleine — nickte dann dem Fuchsmajor den Abschied, zog ihre feuchte Hand aus seinem Arm und sagte zu Werner: „Wollen wir gleich hier oben bleiben?"

„Ei, warum denn nicht?"

„Na also! Los!"

Und schon fühlte Werner das Händchen in seinem rechten Arm, fühlte, daß sie ihn mit einem leichten Druck rechts herum zog, und da schwenkte er denn rasch herum, daß auch sie ein bißchen flog, und lachend trollten die beiden in einen von wildem Wein übersponnenen Seitengang hinein.

„Na, also zunächst mal, wie heißen Sie eigentlich?" sagte die Blonde, trat ihm gegenüber und musterte ihn nochmals recht eingehend. „Ich hab' Ihren Namen bei der sogenannten Vorstellung natürlich nicht verstanden, wie immer."

„Also Achenbach, Werner Achenbach, Cimbriae, studiosus juris aus Elberfeld... und Sie, Fräulein?"

„Ich heiß' Ernestine Buchner, bin aus Siegen in Westfalen und bei Tante Vogt in Pension — nun wissen Sie's!"

„Danke — also Sie studieren auch hier — auch erstes Semester?"

„Ne, zweites — Brandfuchs!"

„Ich bin Krasser —"

„Das weiß ich — sonst kennte ich Sie ja schon vom Winter her."

„Was? Kennen Sie denn alle tausend Marburger Studenten?"

„Die Korpsstudenten kennen wir bei Tante Vogt jedenfalls alle und nun gar die Cimbern: Frau Vogt ist ja 'ne Alte Dame von Ihnen!"

„So? Das wußte ich ja noch gar nicht."

„Doch — ihr verstorbener Seliger, der Sanitäts=
rat, war Alter Herr von Ihrem Korps. Ihr Korps
und unsere Pension haben doch überhaupt Kartell
— innige und alte Kartellbeziehungen — wissen Sie
das denn nicht?! Wie gefällt Ihnen denn dieser
Betrieb?"

„Betrieb?" fragte Werner. „Was für ein Be=
trieb?"

„Na, hier die Hopserei! die Wald=, Wiesen=
und Hecken=Hopserei!"

„Ach so, Sie meinen die Reunion? Nun — seit
einigen Minuten — ganz erträglich."

„Quasseln Sie nich! Komplimente sind bei mir
nicht angebracht. Haben Sie denn einen Schimmer
vom Tanzen?"

„In der Tanzstunde hat der Tanzlehrer mich
immer gelobt . . ."

„Und seitdem —?"

„Hab' ich bis heute keinen Schritt mehr ge=
tanzt."

„Und wie lange ist das her?"

„Vier Jahre," sagte Werner etwas kleinlaut.

„Oh, Sie Unglückswurm — oder vielmehr ich
Unglückswurm! — Na, Kopf hoch, ich kriege Sie
schon rum. Aber wenn Sie mir auf die Hühneraugen
treten, dann schmeiß ich mit feuchtem Lehm."

Etwas verblüfft sah Werner zu dem strammen

Figürchen an seiner Seite herunter. Sie reichte ihm
gerade bis über die Schultern. Ein völlig kindliches
Gesicht, das Mündchen eines verzogenen Backfisch=
chens, und —

„Sie — schnell, kehrt, marsch, marsch!" rief die
Kleine plötzlich erschrocken, „da ins Gebüsch!"

„Himmel — was ist denn los?"

„Mademoiselle kommt! Jedenfalls hat sie beim
Abzählen eines von ihren Küken vermißt, und nu
kommt se und will mich bei de Hammelbeine kriegen!"

Und eh' er sich's versah, stak Werner mit seiner
„Dame" mitten in einem blühenden Jasmindickicht.
Draußen spürte die Mademoiselle herum.

„Hier bleiben wir, bis der Tanz losgeht! Ich
find's ganz nett hier — Sie auch?"

„Ich auch," sagte Werner, ganz benommen.

„Raum ist in der kleinsten Hütte", sagte Ernestine
pathetisch, „für ein glücklich liebend Paar. Glück=
lich liebend! Hehe! Sie machen gar kein sehr glück=
liches Gesicht! Wollen Sie wohl mal schnell ein
glückliches Gesicht machen?"

Und dabei hatte sie seine beiden Arme oberhalb
der Ellenbogen gepackt und schüttelte ihn ganz derb.

Und Werner wurde warm. Das lachende Milch=
und Blut=Gesicht vor seiner Nase, von lauter feinen
Schweißperlchen Stirn und Näschen bedeckt, die losen
Löckchen, die ihm manchmal kitzelnd ins Gesicht
wehten, dies dralle Figürchen dicht vor seiner Brust

und die Umklammerung der festen kleinen Fäuste
um seine Arme . . .

> „Auch von Lieb umgeben
> Ist Studentenleben —“

Schon umspannten seine Hände ihre Taille, er
zog sie an sich heran, und sie hob ihr Mäulchen seinem
Kuß entgegen —

Da schoben sich die Zweige des Bosketts auseinander, und dazwischen erschien das gelbe Gesicht der
Mademoiselle.

— — — — — — — —

Die Mademoiselle hatte Werner energisch anbefohlen, ihr und der trotzig leise schluchzenden kleinen
Westfälingerin einen ordentlichen Vorsprung zu lassen.
So stak Werner im Boskett und versuchte, sich die
Folgen dieses Abenteuers auszumalen. Er nahm als
gewiß an, daß Frau Vogt, die „Alte Dame“, sich
beim Korps über ihn beschweren und man ihn dann
mit Schimpf und Schande hinauswerfen würde.

Wie ein beim Naschen erwischter Köter kroch er
tief gesenkten Hauptes aus dem Gebüsch und schlich
an den Korpstisch zurück.

„Nanu?“ rief der lange Papendieck. „Wo hast
du denn die kleine Siegerländerin gelassen? Eben
geht doch der Tanz los?“

Werner wies nur mit stummem Kopfnicken zum
Tisch des Vogtschen Pensionats hinüber.

„Was? — eingeheimst? nanu? haft du am Ende gar —?"

Werner hielt es für das beste, dem Fuchsmajor die ganze Sache offen zu erzählen. Der lachte übers ganze Gesicht und sah den jungen Fuchs mit einem Ausdruck an, dem selbst der unerfahrene Werner entnehmen mußte, daß er, Werner, statt einer Korpsstrafe entgegenzugehen, in der Achtung seines Erziehers um einige Haupteslängen gestiegen sei.

Aber sein Tatendrang war dennoch vergangen. Und statt abermals um eine Tänzerin zu werben, vertiefte Werner sich in die Bowle. Aber nicht weichen wollte von ihm ein süßes und neues Gefühl; als er die blonde Ernestine an sich gezogen, da hatte er ihre Arme umspannt... O Gott, waren die seltsam weich und kühl gewesen! — Und als sie Brust an Brust vor ihm gestanden, da hatte er an seinem Herzen etwas noch viel Weicheres gefühlt... das wollte nicht fort von ihm, dies quälend=entzückende Gefühl... ihm wurde ganz wirr davon. Und er trank unmenschlich. —

Und das Fest ging seinen Gang. Aber dem Hin= und Herströmen der Tänzerpaare, über den Wirbeln und Verschlingungen ihrer Rundtänze und Kontres senkte sich die Nacht. Kühle kam. Hunderte bunter Lampions flammten auf. Und immer weiter ging's: Lanciers, Polka, Walzer, Walzer, Walzer ...

Röter flammten die Wangen der Burschen, höher atmeten die jungen Brüste der Mädchen unter leichten Batisthüllen, doch strenge Sitte, eiserne Kavalierspflicht türmte eine trennende Schranke... und wenn auch das eine oder andere Paar sich auf ein paar Minuten in einen Laubengang verlor... mehr als ein paar scheue Küsse forderte auch der Keckste, bewilligte die Leichtsinnigste nicht. Kavalier und Dame ... so standen sich diese jungen Kinder gegenüber. Und dabei waren fast alle diese Jünglinge schon wissend; fast alle hatten sie schon weit, weit abseits der Sphären dieser bürgerlichen Wohlanständigkeit, in dunklen, dumpfen Lasterhöhlen das Geheimnis des Lebens ergründet ...

Hier aber gaben sie sich als die korrekten, kittelsaubern Gentlemen, denn sie trugen die Farben ihrer Couleur, ihres Korps, und die jungen Mädchen an ihrem Arme waren Damen... Damen, deren Reinheit von der Pistole bewacht wurde, für deren Unschuld das Leben von Vätern und Brüdern bürgte.

Und sie waren ahnungslos. Die Schlimmsten und Schlauesten unter ihnen, für die das Storchmärchen Kinderspott, die sich einbildeten, wunder wie aufgeklärt zu sein über die Bestimmung der Geschlechter, sie waren reine Engel gegen die Jünglinge, zu denen sie aufschauten, die aus dem Anschmiegen ihres jungen Körpers, aus dem Duft ihrer holden Wärme das süße Gift friedloser Sehnsucht sogen, das so manchen von ihnen spät nach dem Tanz in geheime Winkel trieb, wo für ein paar Silberlinge zu erkaufen war, was Sitte und Satzung hier dem Sehnenden lockend zeigte und dann hämisch aus den Armen riß . . .

Auch Werner sehnte sich. Es trieb ihn von dem Zechertisch weg, wo um den immer neu aufgefüllten Bowlennapf die Köpfe der Trinkenden immer schwerer, die Augen immer stierer wurden... höher stieg er in den Garten, und die leichten Walzermelodien, der Mondflimmer, der das Tal mit flutenden Nebeln füllte, der Nachtigallenruf aus den Uferbüschen drunten in der Ferne wühlten das Blut in ihm auf, der Wein in seinem Hirn, die Erinnerung an jenen Augenblick hastigen Erhaschens verwirrten sein Wollen... Leib und Seele ächzten auf, ihre Sehnsucht schrie ineinander: ein Weib . . . ein Weib . . .

Da, als er fast taumelnd an dem Boskett vorbeischlenderte, in dem Ernestine ihm ihre Lippen geboten, vernahm er drinnen ein Geflüster:

„Es ist Zeit für dich, Liebster — wahrhaftig, es ist Zeit — schon dreiviertel elf... ich will nicht, daß der greuliche Seydelmann dich mir morgen zu arg zurichtet . . .“

Und dann eine Stimme, die er kannte:

„Noch einen Kuß, Liebchen — noch einen Kuß —“

Und eine Stille, ach, eine lange Stille . . .

„Willst du mir das Däumchen halten morgen?"

„Aber gewiß!"

„Tu's lieber nicht — du meinst es nicht ehrlich — du bist eine Hessen-Nassauer-Dame —"

„Mit dir mein' ich's ehrlich —"

„Liebste — komm — so — und so — und nun — nun müssen wir gehn!"

„Hast du mich lieb — Willy?!"

„Du! Marie! Du! — — hast du mich auch lieb, Marie?"

„Willy — Willy... meiner — mein Willy!"

„Meine Braut — meine süße, süße Braut —"

Und da traten sie aus dem Gebüsch, der Klauser und sein blonder Schatz... und sie an seinem Arm, so schritten sie dem fernen Lärm des Tanzes zu, durch den Mondglast der Berggartenwiese . . .

Und Werner war allein . . .

Allein? Warum?

Wußte er nicht auch ein paar Arme, die sich ihm auftun, ein paar Lippen, die sich ihm nicht versagen würden?

Rosalie! Er sah ihren gewährenden Blick, ihr ermutigendes Lächeln . . .

Er hatte eine geheime Angst vor dem wissenden, überlegenen Ausdruck ihrer Augen... aber in dieser Stunde . . . sie war ein Weib . . . ein Weib —!!

Seinen Stock, den er am Bowlentische stehen

gelassen — ein schönes Stück, eine Dedikation Dammers — ließ er im Stich ... er flog nach Hause, immer nur von dem Gedanken beseelt, daß er an Rosaliens Zimmertür pochen müsse ... mochte dann kommen, was da wolle, er mußte anklopfen, er mußte ...

Er zog die Schuhe aus, schlich die zwei Treppen hinauf ... oft knackten die trockenen, jahrhundertalten Dielen ... dann hielt er lauschend den Atem an ...

Ihn fror, seine Hände flogen, seine Kinnbacken schlotterten ...

Nun stand er oben vor der Tür ... die Hand lag auf der Klinke — —

In diesem Augenblick faßte ihn ein solch jähes Zittern, daß er sich kaum auf den Beinen halten konnte. Ein wilder Schrei — ein Schrei, der nichts Menschliches hatte, ein Klang wie das Todesgeheul einer waidwunden Bestie — war draußen, drunten in der Tiefe erklungen — — zum offenen Flurfenster hinein ...

Bebend schlich er ans Fenster und spähte hinaus. Monddurchwoben lag das breite Lahntal zu seinen Füßen; tief unten zog sich die Straße, daneben gingen die ruhigen Wasser des Flusses. Da unten — da unten mußte es gewesen sein ... ein Schrei aus Menschenmund war das gewesen ... aber ein Schrei, wie Werner noch keinen gehört hatte.

Doch alles blieb still und ruhig drunten. Alles schlief . . . niemanden schien die schreckhafte Stimme geweckt zu haben . . .

Werner ging nicht zu Rosaliens Tür zurück. Er tastete sich in dumpfem Beben die Treppe hinunter . . . im Zimmer riß er die Kleider vom Leibe, kroch zähneklappernd ins Bett und versank tief, tief in die unfruchtbaren Schauer seiner Knabeneinsamkeit——

VII.

Der Spuk der Nacht war verweht, die wilden Beklemmungen des Begehrens waren gelöst, der rätselvoll grauenbange Schrei der Finsternis im Ohr verhallt. Der erste Junimorgen wob überm Lahntal, und munter schritt Werner, wie jeden Samstagmorgen, dem Schlachtfeld Ockershausen zu. Er hatte den Weg über Schloß Dammelsberg gewählt und freute sich seiner Wahl.

Ach, dies altersbraune Schloß, wie ruhig und trutzig reckte es seine ungefügen Mauern und Dächer in das junge Blau. Und von den Terrassen zu seinen Füßen, welch eine Schau in die Tiefe! Gen Norden überflog Werners Blick die Häuser des Städtchens im Grunde, aus deren modriger Alltäglichkeit die unverwelkliche Zauberknospe Sankt Elisabeth sich hob. Die Stadt verlor sich nach rechts in die breite, tannenbergumsäumte Lahnebene, nach links verkroch sie sich in die lieblichen Blütenbüsche des Marbachtals . . . und da grüßte auch, nur um ein geringes unter Werners Standpunkt, aus schmuckem Berggarten die altersmächtige Cimbernlinde, drunter das ehrwürdige bescheidene Korpshaus, nicht unähnlich einer schlichten Bauernhütte; aber von seinem Dache flatterte lustig die blau-rot-weiße Fahne, schon ein wenig ausgefranst vom Zerren des Frühlingswindes, ausgebleicht vom Maiensonnenblick, doch das Symbol des Bundes, dem Werner seine Jugend verschrieben, geheiligt durch seinen Willen, sie als eines Heiligen, seines Heiligsten Gleichnis gelten zu lassen. Und wie befreit von schweren wuchtenden Qualen atmete der Jüngling die sonnenduftende, taugekühlte Morgenbrise: sie kam vom Dammelsbergwald und brachte den Geruch der blühenden Eichen mit.

Und Werner schritt unterm mächtigen Torbogen durch, und vor ihm lag die südliche Lahnebene nach Gießen zu, ganz durchhellt von Morgenprächten. In weitem Bogen umschlossen von lichtgrünen Bergwäldern, vom Silberzickzack des Flusses durchflirrt, fern überragt vom düstern burgtrümmer = überzackten Frauenberg, reckte sich die schimmernde Flur. Und um den Schloßberg hatten sich, hoch herauf geklettert vom Ufersaum der Lahn, die braunen Ziegeldächer des Städtchens gelagert, wie eine rastende Pilgerschar, aus deren Mitte die Helme reisiger Begleiter aufragten — die stumpfen Kirchturmhelme . . .

Ein gelbes Band, lag drunten ein Stück der Ockershäuser Chaussee, die sich bald in jungen Blütenhalden verlor: Fliederblüten wölbten violette Sträuße über der Burschenwalstatt. Und auf der Chaussee erkannte Werners Auge die wandernden Farbtupfen: blaue, grüne, weiße Punkte, alle zu dem bekannten Ziele strebend . . .

Aber Werner hatte einmal allein des Weges wandern wollen und schwang nun rüstig sein dünnes Gymnasiastenstöckchen, das ihm heute den gestern abend im Stich gelassenen Couleurstock ersetzen mußte. Bald nahm der Dammelsbergwald ihn auf, er war allein, er war glücklich, sein Herz schlug vor Jugend und Überschwang, er mußte singen:

„Wohlauf, die Luft geht frisch und rein,
Wer lange sitzt, muß rosten . . .
Den allersonnigsten Sonnenschein
Läßt uns der Himmel kosten . . .“

Viktor Scheffels Verse und eines ihm unbekannten Tonsetzers Weise waren ihm nur das gleichgültige Fahrzeug seines Morgenglückes . . .

Und was war im Tiefsten seines Freuens Grund? Daß er gestern nacht umgekehrt war von der Schwelle, hinter der die schöne Rosalie schlief... daß ein unbekanntes Etwas, der grausige Widerhall eines geheimnisvollen Ereignisses ihn abgelenkt hatte vom Ziele seiner brünstigen Dränge.

Eine Reinheit wogte durch seine Seele, ein Hauch von jungfräulicher Frische, der keuschen Stille des Morgenwaldes verwandt, die sein rascher Fuß durchwallfahrtete . . . und in diesem frommen Morgenfrieden jubilierte sein Herz noch lauter als sein Mund, lobpries einem unbekannten Geber solcher Gnadenfülle, streckte sich allem Guten und Großen entgegen, das heranzuwehen schien und in den wiegenden

Kronen der Eichen einen Morgensang des Lebens harfte.

Reinheit! Reinheit! War es nicht doch besser, die Sehnsucht der Sinne niederzuringen und Sieger zu bleiben des Begehrens? Konnte man so selig stolz seines Weges ziehen, wenn man genossen hatte? Lag nicht doch ein tiefer Sinn in der alten Mär vom Baum der Erkenntnis?

Waren Tugend und Keuschheit nicht am Ende doch mehr als Maulkörbe für feige, geduldige Hunde?

Wernern war's, als blinke aus jedem frischen Tautropfen ein Ja auf diese Frage ihm entgegen, als wehe der Morgenhauch ihm Kraft und Kampftrotz in die Seele, in die Sinne, zu wahren die Unschuld und fromme Tumbheit seiner Kinderjahre, abzutun die buhlerischen Wünsche, Herz und Leib in priesterlichem Stande zu erhalten bis auf jenen fernen, fernen Tag, der auch ihm einst Erfüllung brächte... jene Erfüllung, die nicht anders als — — Elfriede heißen konnte...

Elfriede! Elfriede! Es war ihm eine süße Musik, diesen Namen zu denken, in seiner Seele nach den Zügen zu suchen, die ihm immer in traumhafte Fernen entflossen. Doch da: er hatte, er haschte ihr Bild, ihr Profil, wie er's noch vor wenig Wochen daheim beim letzten Konzert im Kasino lange hatte betrachten dürfen ... und dazu hatten sie droben Beethovens

Zweite gespielt, und als der zweite Satz erklungen war, da hatte er diese Weise mit dem Bilde der Geliebten vermählt und Elfriede getauft ... und nun umschwebte, umrauschte, umschattete ihn wieder diese kühlend, heilend, heiligende Weise, umhegte das Bild des fernen, kaum gekannten Mädchens sein schauerndes Herz und weckte ihm Räusche von Hoffnungen und Gewißheiten künftiger Glücksüberschwänge, daß ihm die Gegenwart versank, daß er sich enthoben fühlte dem Sinn der Stunde in eine flutende Fülle sinnlos heiligen Glücksgenießens.

Aber — der Wald war zu Ende, steil senkte sich der Fußpfad, Ockershausen war erreicht — da zogen die blau=rot=weißen, grün=weiß=blauen Völkerschaften heran, und im Winde verflatterten Träume und Beseligungen ... die Gegenwart, die Wirklichkeit war da.

Karboldunst und Zigarrenqualm, Blutbrodem und Bierhauch umfing den waldgeschmeichelten Sinn und weckte ihn vollends zum Tage. Und schon klangen die Kommandos der Sekundanten, schmetterten krachend die Körbe zusammen, knallten die flachen Hiebe auf die Stulpen und Köpfe der Paukanten ...

Der kleine Dammer focht seine Rezeptionspartie: es war seine vierte Mensur, die entscheiden sollte, ob er nun zum Blau=rot der Füchse das blutumworbene Weiß der Korpsburschen und damit die vollen Rechte

eines Angehörigen des Cimbernbundes erhalten solle.
Darum hatte er eine überlegene Partie bekommen,
einen Gegner, dem er eigentlich nicht gewachsen war,
den dicken Zweiten der Westfalen. Herr Bracken
schonte seinen Gegner gutmütig eine Weile, denn
Cimbria und Guestphalia standen augenblicklich gut
miteinander, und Bracken gönnte dem andern Korps
den neuen Korpsburschen, dem allgemein beliebten
gutmütigen Dresdener das Band. Er schonte ihn, damit die Mensur lange genug dauere, um als Rezeptionspartie vor dem sehr strengen Korpskonvent der
Cimbria angerechnet werden zu können. Aber schließlich war er wohl allzu sorglos gewesen: plötzlich schlug
der Cimbernfuchs eine kecke Tiefquart und spaltete
dem Subsenior der Westfalen beide Lippen und die
Nasenspitze. Fast schien's, als wollte der Westfalen-
paukarzt die Verantwortung für ein längeres Stehen-
lassen des Zweitchargierten nicht mehr übernehmen;
aber Herr Bracken, der nicht imstande war, zu sprechen,
stampfte mit dem Fuß auf und schüttelte so energisch
den Kopf, daß der Paukarzt achselzuckend zurücktrat.

„Herr Unparteiischer, von unserer Seite aus
kann's weitergehen!“

„Silentium — Pause ex!“

„Fertig!“

„Los!!“

Krach, krach, krach —

„Halt!“

„Halt!!"

Die Sekundanten hatten's beide faſt in derſelben Sekunde gerufen, aber auch aus der Korona waren unwillkürlich Haltrufe ertönt. Donnerwetter! Da hatte es ihn aber gehaſcht, den kleinen Cimbernfuchs!

„Herr Unparteiiſcher — wir erklären die Abfuhr!"

„Silentium! Cimbria erklärt Abfuhr nach ſechs Minuten!"

„Herr Unparteiiſcher, bitte zuvor noch drei Blutige auf ſeiten von Cimbria zu erklären!"

„Silentium! Drei weitere Blutige auf ſeiten von Cimbria! Wünſcht einer der Herren noch Erklärungen? — Silentium, Menſur ex!"

Dammer war ſchauderhaft zugerichtet. Jeder Hieb hatte geſeſſen. Anhieb auf Außenquart ins linke Ohr, zweiter Hieb auf Quart, linke Schädelſeite der Länge nach geſpalten bis auf die Knochen, dritter Hieb auf Terz, Lappen bis tief in die Kopfſchwarte hinein, Knochenſplitter in allen drei Schmiſſen ... aber Dammer fragte nichts nach ſeinen Abfuhren ... während wahre Güſſe Bluts über ſeine Stirn und Wangen rannen, ſuchten ſeine Augen nur den Blick ſeines Leibburſchen, der ihm ſekundiert hatte, um aus ſeinen Mienen zu leſen, ob er auch gut geſtanden... aber Kruſius, der Leibburſch, hatte nur auf ſeine Sekundantenaufgabe geachtet und war ſeiner Sache nicht ganz ſicher — — er mußte ſich ſelbſt erſt informieren. Doch alles schien befriedigt, und so klopfte er dem Blessierten beruhigend mit der vom Sekundierstulp befreiten schweißdampfenden Rechten auf die Schulter . . .

„Brav, Leibfuchs!"

Da lachte Dammer glückselig unter der Paukbrille, unter den rinnenden Quellen seines Blutes hervor:

„Nu, denn —! Ich dank der ooch scheen, Leibbursch! Na, Wichart, nu kucke du zu, wie du mich wieder wirscht zusammenbringen!"

„Maul halten!" brüllte der gutmütige Paukarzt; „du hast grad' genug!"

Werner hatte Dammern zur Flickstubentür begleitet und das kurze Gespräch zwischen Krusius und dem Abgeführten aufgefangen. Er freute sich unendlich für Dammern, daß dieser nun Korpsbursch sei und das Ziel erreicht haben würde, für das er nun viermal Stirn und Wange dem Schläger des Gegners geboten. Und das Herz schlug ihm höher in dem Wunsche, auch ihm möchte es bald vergönnt sein, vor einem hohen S. C. zu Marburg die Blutprobe des Muts und der Standhaftigkeit abzulegen. Aber noch eine andere Probe hatte Dammer zu bestehen. Werner drängte sich in die Flickstube, wo eine ganze Schar von Korpsburschen der Cimbria sich um den Paukarzt und seinen Patienten gruppiert hatte und die Hälse streckte, um die mordsmäßigen Abfuhren des

Brandfuchsen etwas näher zu betrachten. Es gelang Wernern, an der Seite durchzuschlüpfen, und nun erst sah er, wie grauenhaft der wackere Freund zersäbelt war. Rechts hing ihm die halbe Kopfschwarte als großer mit Haaren besetzter Lappen nach außen; links war die Schläfe von vorn bis hinten gespalten, und darunter hing das linke Ohr von vorne nach hinten mitten durch halbiert, in zwei trübseligen Fetzen herunter. Wichart war offenbar eine Sekunde in Verlegenheit, wo er eigentlich anfangen solle. Aber er entschied sich für den Schläfenschmiß, weil dort die Schlagaderäste zu toll spritzten; rasch und gewandt fuhr er mit Pinzetten in die Zuflußkanäle der durchschlagenen Arterien hinein und klemmte die dünnen Schläuche, aus denen das Herzblut spritzte, zusammen; bald baumelten vier solche Arterienfänger aus der Stirnwunde heraus. Dann kamen die Arterien vor dem Ohre dran, und nun begann, da der ärgste Blutstrom gestillt war, die Desinfektion. Aus einem Irrigator ergossen sich Ströme kalten Wassers mit Karbollösung in die Wunden und spülten sie rein, damit der Arzt zunächst den Zustand des Knochens untersuchen könne. Und da runzelte der sonst immer ruhige und gemütliche Wichart einen Augenblick die Stirn, so daß die zuschauenden Korpsburschen näher herandrängten. Das ärgerte wieder den Arzt, und er schrie: „Donnerwetter, schert euch raus, alle zusammen raus! Scholz, sorg mal, daß ich hier Luft kriege!"

Werner wollte sich drücken, wie alle andern, aber Wichart rief: „Das Füchschen kann bleiben und dem Dammer die Waschschüssel halten, sonst fällt mir der am Ende noch ab!“ So durfte Werner weiter zu= schauen, und freute sich, seine Nerven bereits so weit gestählt zu fühlen, daß er dem blutigen Schauspiel mit Interesse folgen konnte. Aber dennoch krampfte sich sein Herz in die Höhe, als nun der Paukarzt mit einer scharfen Zange in die Wunden fuhr und erst die losen Knochensplitter herausholte, dann aber die noch halb festsitzenden mit kräftiger Drehung losbrach. Bei dieser Prozedur stieß Dammer, der bisher keine Miene verzogen hatte, einen nicht unterdrückbaren rauhen Kehlton aus.

Dann wurde abermals mit dem Irrigator nach= gespült, und nun begann das Rasieren. Mit scharfem Messer barbierte Wichart kunstgerecht einen Finger breit neben den Kopfnarben die Haare weg, um freie Hand für das Nähen zu haben. Dabei strömte aus den Wundrändern von neuem das Blut, und auf Wicharts Befehl mußte Werner das Waschbecken, das Dammer vor sich auf der Stuhllehne hielt, aus= gießen, da es völlig mit dunklem Blut gefüllt war, und mit frischem Karbolwasser füllen, das aber auch in zwei Sekunden tief dunkel gerötet war. Dabei schaute er zufällig auf und sah, daß am andern Ende des kleinen Zimmers der Korpsdiener Peter bereits den nächsten Paukanten — Klauser — anbandagierte.

Mit Entzücken haftete Werners Auge eine Sekunde lang an dem entblößten Oberkörper des wunderschönen Jünglings; dabei fiel ihm aber auf, wie matt und unstet sein Gesichtsausdruck war. Doch ein „Aufpassen!" Wicharts rief ihn zu seiner Pflicht zurück, und indem er den Fortgang der Flickarbeit verfolgte, blieb ihm keine Zeit, dem zweiten Chargierten weiterhin Aufmerksamkeit zu schenken.

Er beobachtete sorgfältig, wie Wichart nun zunächst mit Fäden aus Katzendarm ganz innen die knorpligen Häute der Ohrmuschel zusammennähte, wobei Dammer wiederum verhalten aufstöhnte; dann wurde in gleicher Weise die Knochenhaut zusammengeheftet, und immer spülte dazwischen der Irrigator. Dann ging's an die Außennähte. Stich für Stich drangen die krummen Nadeln, von der Pinzette in unfehlbar sicherer Hand geführt, in das Fleisch seitlich der Wunde, durch deren Grund hindurch und an der anderen Seite wieder heraus. Dann wurden die Fäden abgeschnitten und ihre Enden sorgsam zusammengeknotet.

Mitten in der Arbeit bemerkte Werner plötzlich, daß Dammer ganz grün an Gesicht und Händen wurde, und seine Finger, welche die Flickschüssel umklammert hielten, nachließen. Er machte Wichart aufmerksam, der nahm schnell die Schüssel weg, reichte sie Wernern, damit der sie auf den Tisch setze, und unterstützte Dammers Schultern, die eben zurücksinken wollten. „Schnell! einen Kognak und eine Flasche Selterswasser!"

Werner sprang. Als er zurückkam, war Dammer schon wieder bei Besinnung, nur der Blick seiner Augen war glasig und matt. Gierig trank er seinen Sodaschnaps.

Eben trat Scholz im Sekundierwichs herein: „Na, Klauser, wo bleibst du?"

„Wichart ist noch nicht fertig mit Dammer."

„Ach, nur noch ein paar Nadle — macht schon immer los, so fix wird der Klauser sich doch nit haue lasse!"

„Na, dann raus!"

Und wenig Sekunden später klirrten draußen im Saale die messerscharfen Kommandoworte, krachten die Körbe der Schläger blechern zusammen.

Gar zu gern wäre Werner entwischt, um die Mensur des Zweiten anzusehen. Aber Wichart konnte seine Hilfe noch nicht entbehren.

„Du hast dich ganz gut gehalte, Füchsche," sagte er. „Bist eigentlich Mediziner?"

Dabei zog er Nadel um Nadel mit maschinen= mäßiger Sicherheit durch Dammers feiste Schädel= schwarte.

„Nein — Jurist," sagte Werner.

„Warst schon mal auf'm Präparierbode?"

„Was ist das, Präparierboden?"

„Nun, die Anatomie, wo die Medizinfüchs das Mensche-Tranchiere lerne!"

„Nein, da war ich noch nicht — möcht' aber gern mal hin — wenn du mir dazu verhelfen könntest, Wichart, ich wäre dir sehr dankbar."

„Nu, das is e einfache Geschicht — komm Montag 'mal runner um zehn, ich bin ja Prosektor."

Das gedachte Werner sich nicht zweimal sagen zu lassen. Dabei fiel ihm eine Anekdote aus seines Vaters Jugendzeit ein. Sein Vater hatte ursprünglich Medizin studieren wollen. Als gar junges Bürschchen war er zur Hochschule gekommen, und der erste Besuch auf dem Präparierboden hatte ihn so entsetzt, daß er an der Tür des Saales umgekehrt und schleunigst zur Universitätskanzlei gestürzt war, um sich von der medizinischen zur juristischen Fakultät überschreiben zu lassen. Werner erzählte das Wichart, der herzlich lachte; auch Dammer wurde jetzt, am Ende der Schinderei, munter und lachte etwas jämmerlich mit.

„Na, ich denk, du wirst nit weglaufe," meinte Wichart, „du bist nit so zärtlich."

„Ich hoffe nein."

„Für alle Fäll kannst du dir ja vorher en Eimer gebe lasse, damit du wenigstens nit de Vorsaal verunreinigst."

Und wieder lachten alle drei. Und draußen schmetterte dazwischen Gang auf Gang, Kommandos, krachende, dumpfdröhnende Hiebe, das Halt der Se-

kundanten und ihr Gekläff um Inkommentmäßig-
keiten, dann schwüle Pausen — neue Kommandos,
neue Hiebe. Wie mochte es draußen stehen?

Eben hatte Wichart eine feste Watteverpackung
um Dammers Schädel und linke Kopfseite verstaut
und so gründlich mit Stärkebinden umwickelt, daß nur
Augen, Nase und Mund aus dem weißen Paket her-
vorschauten — da entstand, unmittelbar nach Beendi-
gung eines Ganges, draußen jene allgemeine Bewegung, die das Ende der Mensur verriet, und gleich
darauf trat Klauser, den bandagierten Arm noch auf
den Händen des Schleppfuchses ruhend, blutüber-
strömt herein. Hinter ihm Scholz und ein paar andere Korpsburschen, alle ganz merkwürdig still und
blaß.

„Nu?“ fragte Wichart.

„Quartabfuhr nach achteinhalb Minuten,“ sagte
Scholz in unheilverkündendem Ton. Dann riß er den
Sekundierstulp ab und schleuderte ihn auf den Boden,
Mütze und Schurz hinterher.

„Hm?“ machte Wichart.

Scholz schlug zweimal mit der Rechten durch die
Luft, eine Geste, die deutlich erkennen ließ, daß
irgend etwas Schlimmes passiert sei.

„Na, kommt raus!“ sagte Scholz. Und alle
Korpsburschen gingen. Hastig vollendete Wichart
Dammers Verband, hieß ihn Hemd, Weste, Band
und Rock anlegen, schickte ihn und Werner hinaus.

— Drinnen blieben nur der blessierte Klauser und der Paukarzt.

Werner begriff nicht, was vorgefallen sein mochte. Er sah, daß draußen der Fuchsmajor alle Korps= burschen zusammenberief und sie alle sich aus dem Saale entfernten. In dem dumpfen Gefühl, daß etwas Böses sich ereignet haben müsse, fragte er Dammer: „Hast du eine Ahnung, was die Korps= burschen eigentlich haben?"

„Nu ja, nu ne — Klauser hat, scheint's, iebel gefocht'n."

„Wieso?"

„Schlecht gestanden scheint er äbens zu haben."

„Nun, und —?"

„Na — du siehst doch, daß de Korpsburschen zum A. O. C. C. (außerordentlichen Korpskonvent) sein abgetreten — da werden sie wohl beschließen, Klausern auf unbestimmte Zeit hinauszutun."

„Und — was wird dann weiter mit ihm?"

„Dann muß er Reinigungspartie fechten."

„Und . . . dann kommt er wieder ins Korps hinein?"

„Wenn seine Mensur als Reinigungsmensur ge= nügt, dann wird die Dimission aufgehoben."

„Und wenn sie . . . nicht genügt?"

„Ja — dann tun sie'n äbens ganz raus= schmeißen tun sie'n dann." — —

Dammer hatte richtig vermutet.

Nach wenigen Minuten kamen die Korpsburschen zurück, alle tief ernst und gedrückt; der Fuchsmajor ging zuerst zu den Senioren der beiden anderen Korps und machte diesen mit feierlich abgezogener Mütze eine kurze Meldung, dann rief er die Füchse in einen Winkel des Saales zusammen und befahl:

„Silentium für den A. O. R. C. (außerordentlichen Renoncenkonvent)."

Er und alle Füchse nahmen die Mützen ab.

„Es wird den Renoncen aus dem C. C. mitgeteilt: C. B. Klauser Zweiter seiner Charge entsetzt und derselbe auf unbestimmte Zeit dimittiert. — Hat jemand sonst noch etwas vorzubringen? Silentium — so ist der A. O. R. C. geschlossen."

Schweigend setzten die Füchse die Mützen auf und gingen beklommen zu ihren Plätzen.

Über den Tischen der Cimbern lag ein dumpfes Schweigen. Aber auch bei den beiden andern Korps ging es minder lebhaft zu als sonst. Man ehrte Cimbrias Muttertrauer über die Strafe, die sie an einem ihrer Söhne hatte vollziehen müssen, den sie vor andern wert gehalten hatte.

Leise tauschten auch die Füchse ihre Ansichten über das schmerzliche Ereignis aus. Die Brandfüchse behaupteten fast alle, sie hätten während der Mensur ganz genau gemerkt, daß Klauser schlecht stände.

„Er hat mehrfach den zweiten Hieb ausgelassen," behauptete einer.

„Als er die Temporalisabfuhr bekam, hat er ganz merklich reagiert," wußte ein anderer zu melden.

„Mir hat seine ganze Haltung von Anfang an nicht gefallen. Es war, als ob er gar nicht recht bei der Sache gewesen wäre."

„Ja, als ob ihm eigentlich alles wurst wäre. Als ob er immerfort an was anderes dächte."

„Hat er ja vielleicht auch getan." Zwischen den ernsten Betrachtungen ein heimliches, verstohlenes Schmunzeln auf allen Lippen.

„Einmal hat er mitten im Gange aufgehört zu schlagen."

„Das hab' ich auch gemerkt — als er die Terz weghatte: er machte ein ganz verdutztes Gesicht."

Was der eigentliche Grund von Klausers Dimission sei, vermochte Werner sich aus all dem Wirrwarr der Ansichten nicht recht klar zu machen. Er beschloß, seinen Leibburschen zu befragen.

Aber da kam er schön an. „Das sind deine Sachen nicht!" schnauzte Scholz den Leibfuchs an. „Sorg, daß du selber anständig fechten lernst, und überlaß das übrige den Korpsburschen! Wenn du mal selber das Band hast, dann magst du mitreden."

Mit hängenden Ohren schlich Werner zu seinem Platze.

Es war ein trüber Tag für die Cimbern. Noch eine ganze Reihe von Mensuren folgte, und bei fast allen war Cimbria als weitaus stärkstes Korps be=

teiligt, aber die frisch=fröhliche Raufstimmung der an=
dern Tage fehlte. Die Entgleisung des zweiten Char=
gierten war so rasch nicht zu verschmerzen. Geschäfts=
mäßig wickelte sich der Tag ab.

Am Spätnachmittage kehrte man heim. Dammer
fuhr seines Wickelverbandes halber in der Mensur=
droschke. Der starke Blutverlust hatte ihn müde ge=
macht, er schlief, tief in die Wagenecke gedrückt, und
als die Kalesche am Vogtschen Pensionat vorüber=
rollte, verfehlte er die Gelegenheit, das Herz des
„süßesten Mädchens" durch den Anblick seines Zu=
standes zu rühren und mit noch tieferer Bewunderung
für seinen Mannesmut zu erfüllen.

Vergebens hatte Werner sich nach dem unglück=
lichen Klauser umgesehen. Der hatte, nachdem Wi=
chart ihn geflickt und verbunden hatte, von Scholz
die offizielle Mitteilung bekommen, daß er seine
Charge verloren habe und dimittiert sei. Das hatte er
schon vorher gewußt. Er hatte eine ihm sonst ganz
fremde Unsicherheit und Apathie während der Men=
sur selbst deutlich genug empfunden, aber er war
ihrer nicht Herr geworden. Das Benehmen seiner
Korpsbrüder aber unmittelbar nach der Mensur hatte
ihm, dem Erfahrenen, genug gesagt. Und dennoch
schnitt es ihm ins Herz, wie Scholz so kalt und ge=
messen vor ihm stand und ohne ein Freundeswort,
ohne ein Beben in der Stimme ihm eröffnete:
„Klauser, ich habe dir aus dem C. C. mitzuteilen,

daß du deiner Charge entsetzt und auf unbestimmte Zeit dimittiert bist." Dann hatte Scholz sich umgewandt und ihn stehen lassen wie einen Geächteten.

Da nahm er das Band vom Riegel, und statt es über die Weste zu hängen, wie sonst beim Ankleiden, ließ er's stumm in die Tasche gleiten. Und die Korpsmütze versteckte er unter der Weste... Aber seinen Wickelverband zog er eine schwarze, seidene Mensurmütze bis tief in die Stirn, griff zum Stock und wollte gehen.

Der gute Wichart hatte ihm schweigend zugesehen. Klauser fühlte seinen Blick und wandte sich zu ihm.

„Wann bin ich wieder so weit, Wichart?"

„In vierzehn Tagen, Klauser!"

„Was . . . erst in vierzehn Tagen —?!"

„Ja — Temporalisabfuhr —- Knochensplitter — so lange wirst du wohl aushalte misse."

„Himmel!"

„Na, so vierzehn Tag — die sinn doch fix herum!"

„Vierzehn Tage in Dimission —-"

„Kopf hoch, Klauser! Bist ja so e strammer Kerle —"

Ein Händedruck, und Klauser ging einsam hinaus. Er stieg dumpf brütend die Treppe hinunter und ging allein nach Marburg zurück — den Weg,

den er heute morgen in Träumen voll wilder, jung=
junger Seligkeit hergekommen war.

Denn das hatte er ja seinen Korpsbrüdern nicht
sagen können, daß er die ganze Nacht kein Auge
zugetan hatte — daß er nichts anderes hatte denken
und träumen können, als daß sie nun sein sei —
seit gestern abend ... seine Verlobte, seine Braut
— seit jenem Spaziergang im Museumsgarten, ab=
seits vom Fiedeln der Walzergeigen, seit jenem kurzen
Augenblick im Jasminboskett, der ihm den ersten
Kuß seines Lebens gebracht hatte — den Kuß einer
Liebe, die, so wähnte er, nur mit dem Schlagen
dieses stürmischen Herzens enden könne ...

Und nun?!

Langsam tropften schwere Tränen aus dem Auge
des Jünglings, der inmitten der Jugendspiele
Mannesrechte und Mannespflichten auf sich ge=
nommen und darüber den Schmuck der Jugend ein=
gebüßt hatte.

Schwere Tränen tropften auf die Brust, an der
gestern Mariens gelber Flechtenbau geruht hatte,
auf der heute das Band Cimbrias fehlte.

Schwere Tränen, Kindertränen ...

Am Spätnachmittage hielten die Korpsburschen
der Cimbria nochmals außerordentlichen Korpskon=
vent ab, und zwar auf der Kneipe. An Klausers
Stelle wurde der dritte Chargierte, Krusius, Dam=
mers Leibbursch, beauftragt, interimistisch die zweite

Charge zu versehen, und ferner beschlossen, die Brander Böhnke, Dammer und Ehlert, deren Rezeptionsmensuren am Vormittage den Anforderungen eines wohllöblichen C. C. genügt hatten, ins engere Korps zu rezipieren. Das wurde diesen Glücklichen, die man schon ohne Angabe des Zweckes auf die Kneipe bestellt hatte, in feierlichster Form eröffnet, indem der Außerordentliche Korpskonvent sich sofort als „Feierlicher Korpskonvent" konstituierte, die rezipierten Brander vorlud, ihnen ihre Aufnahme eröffnete, ihnen den Burscheneid auf die Konstitution des Korps abnahm und sie feierlich mit dem blaurot=weißen Bande schmückte.

Hernach war's noch eine Stunde Zeit bis zum Beginn der speziellen Kneipe. Das benutzten die Jungburschen selbstverständlich, um sich dem staunenden Marburg alsbald im neuen Schmucke der drei Farben zu zeigen. Auch Dammer hatte sich soweit erholt, daß er, trotz seines bis zur Unkenntlichkeit vermummten Kopfes, die Wettergasse herunterschlenderte bis zum Pensionat Vogt. Aber seine Sehnsucht erfüllte sich nicht: die Vogtei saß jedenfalls beim Abendessen.

Auf der Kneipe sah er sich allerdings zum Genusse eines Gebräues aus Ei, Kognak und Rotwein verurteilt, das er durch ein Röhrchen trinken mußte, da der angeschlagene Kaumuskel Trinken im eigentlichen Sinne und Essen verbot. Trotzdem war er selig.

Und auch das Korps überwand in der Freude über seine drei Jungburschen allmählich die Mißstimmung über den Verlust des Subseniors. Ach ja, der Lebende hat recht, und was ist ein einzelner unter einer Schar von mehr denn vierzig!

Vielleicht am aufrichtigsten und dauerhaftesten trauerte Werner um Klaufer. Er sah immer noch den Freund am Arm des schönen Mädchens aus dem Boskett in den Mondflimmer hineintauchen und meinte noch den unerhört süßen Nachhall der gestammelten Worte zu hören:

„Willy — meiner — mein Willy . . .“

Nun lag der Arme gewiß einsam und schlaflos daheim und fühlte das Brennen seiner Wunden und seiner Scham . . .

Und warum?!

Grausam — grausam . . .

Und Werner betrank sich.

VIII.

„Du — Salche — hernach muß ich dich allein
spreche!"

So hatte am Sonnabend früh der Studiosus
Simon Markus seine Schwester im Laden angezischt.

„Hernach, wenn ich aus'm Kolleg zurückkomm!"

Seine Augen schielten flackernd an der unförm=
lichen Nase entlang, deren wulstige Flügel bebten.

„Hernach? Warum nit gleich und nit hier? Was
du mir zu sage habe kannst, das kann e jed's heere!"

„Nein! das kann nit e jed's hören!"

Damit war er aus dem Laden gestolpert und zur
Anatomie geschlendert, den Rücken gekrümmt von
der Last unfaßbarer Qualen.

Rosalie hatte keine Ahnung, was ihren Bruder
so erregte. Und darum, als der heimkehrende Bruder
sie ins Hinterzimmer zog und anfauchte:

„Ich hab's gehört, heut nacht!"

— da konnte sie mit unschuldigster Verwunde=
rung antworten:

„Was hast geheert?"

„Ja, mach nur e Gesicht! Heut nacht is er aus
deinem Zimmer komme und de Trepp erunter gange!"

„Aus mein Zimmer? Ja, w e r denn?"

„Wirscht's schon wisse!"

„Hernach bitt ich mir aus!! Wer soll in mei'm Zimmer gewese sein heut nacht?"

„Na, der Achebach — hä? oder gar nit?!"

„Bist verrickt, Simon?!" Ihre Augen funkelten gefährlich, ihre Finger krallten sich. Sie glaubte, der Bruder wolle sie ganz grundlos beleidigen.

„Ich hab's geheert! Die Trepp is er nunter auf de Sock! Ich weiß es! Aber ich tu'n haue! Ins Gesicht schlag ich em, dem Affe, dem Fatzke!"

„Du, Simon, mach dich nit unglücklich! Es is nit wahr, ich weiß von gar nix weiß ich!"

Simon überlegte. Eigentlich hatte er ja wirklich nichts anderes gehört als einen Schrei draußen, drunten, an der Lahnstraße . . . der ihn aufgeweckt hatte . . . und dann einen verstohlenen Schritt, abwärts, die knackenden Dielen hinab . . . sachtes Öffnen der Tür zum Zimmer, das der junge Korpsstudent bewohnte . . . sonst nichts . . . vielleicht wußte Rosalie wirklich nichts — vielleicht war wirklich nichts geschehen —

„Salche! sieh mer an!! —?"

Seine Finger krampften sich um des Mädchens stramme Oberarme.

„Au, du tust mich kneife!"

„Is wahr, daß du von nix weißt?"

„Ich hab dir's gesagt — laß mich in Friede!! Verrickt biste, verrickt! Laß mich in Friede!! Un wenn's gewese wär, tut's dich was angehe? Hä? Bist du mei Vormund?"

Tränen standen in ihren Augen, halb des Schmerzes über den rauhen Griff des Bruders, halb der Wut über seine Anmaßung — ja, wenn er wenigstens noch einen Grund gehabt hätte — aber es war ja nicht mal was passiert . . .

Simon ließ ihre Arme los, nachdem er sie mit einem letzten harten Ruck einen Schritt zurückgeschoben.

„Dei Vormund bin ich nit, Gott sei's gelobt! Un ob mich das was angeht, das is mer egal, verstehst? Das ein will ich dir sage: ich leid's nit, daß du eine an dich eranläßt von dene Kerle . . . von dene geschwollene Korpsstudente, von dene dicknäsige Großschnauze . . . und wenn du's tust, den Betreffende den schlag ich in die Fresse, un wenn's Mord un Totschlag drum tät gebe!!"

Und damit rannte er hinaus — er schnappte nach Luft . . . in seinem Herzen war eine so lichtlose, grauenhafte Finsternis, daß er nicht wußte, wie das Leben ertragen . . . allein er gemieden, geschnitten von den alten Schulkameraden, ohne Möglichkeit, Freunde zu finden, dem blöden Herzen der hinsiechenden Mutter, dem lebenslüsternen der saftstrotzenden Schwester entfremdet, einsam, arm . . .

Ja, wenn er nach Berlin gekonnt hätte! Da,

das wußte er, gab es große Zirkel jüdischer Studenten, die in freundschaftlichem Zusammenschluß, im Genuß der Literatur und Kunst einander den Fluch ihres Blutes vergessen machen konnten . . . nein, dort galt dieser Fluch überhaupt nichts . . . dort war das Judentum eine Macht, beherrschte Presse, Literatur, Bühne.

Aber in Marburg . . . in dem ausgewucherten Hessenlande, wo seine Glaubensgenossen, das mußte er als billig denkender Mensch zugeben, einen Teil des Fluches verdient hatten, der ihren Schritten folgte —

Und fortlaufen? sich auf eigene Faust durchschlagen?! Das hieße, den einzigen Menschen, mit dem ein menschliches Band ihn verknüpfte, das hieß die Schwester schutzlos zurücklassen, ein Spielzeug jener Bande, die er wütender als alles haßte: der blonden, vierschrötigen Söhne Teuts, die dies Nest beherrschten mit ihrer ganzen knallprotzigen, reckenhaften Arroganz, ihrer siegessicheren, gladiatorenhaften Dreistigkeit — die über die Studentenschaft das Schreckensregiment des Schlägers, des Säbels, der Pistole führten und stark genug waren, jedem Kommilitonen, der ihre Weltanschauung nicht teilte, das Leben in Marburg unerträglich zu machen. Fühlten sich doch selbst die theologischen Verbindungen, der protestantische Wingolf genau so gut wie die katholische Verbindung Rhenania, schwer bedrückt durch die Übermacht und alte Herrlichkeit der Waffenverbindungen.

Und der arme Judenknabe floh in den dunkelnden Wald und warf sich an finsterster, einsamster Stelle ins Moos. Seine Hände krallten sich in die kühlen Polster. Tränen waren ihm versagt, aber ächzen konnte er hier ungehört und ungestört. Und er preßte den breiten Mund, die wüste Nase tief in das Grün und brüllte wie ein waidwundes Wild sein Weh in die Mooskissen hinein — sein lebenzerfressendes Weh über den sinnlosen Fluch, der auf seinem Volke lastete, der täglich neu auf ihn und seine Blutsgenossen getürmt wurde von jenen, die längst nicht mehr an den Heiland glaubten, den seine Voreltern vor zweitausend Jahren ans Kreuz geschlagen haben sollten.

— — — — — — — —

Rosalie aber nahm sich vor, Werner das Vorgefallene zu erzählen und irgendwie herauszubekommen, ob er wirklich in der Nacht vor ihrer Tür gewesen. Sie zweifelte kaum daran. Und das machte ihr Blut hochheiß. Sie wollte diesen keuschen Josef munter machen, sie hatte sich's in den Kopf gesetzt, seine zitternde Unschuld zu besiegen. Sie kannte sich schon genügend aus unter dieser bierfrohen und raufstolzen Jugend, um wittern zu können, daß hier ein edleres Blut kreiste, eine Seele von sonderlicher Art um ihren angeborenen Adel rang. Das war's, was sie ahnte: dieser war nicht wie die anderen. Und darum wollte sie ihn haben. Ein Raffinement, das auch weit erfahrenere Frauen als Salchen Markus gereizt hätte, würzte ihr Begehren nach dem weichen Knaben, der so mannhaft wider die Dränge seines Blutes kämpfte; daß er nicht feige war, daß seine Flucht vor ihrer Nähe nicht eine Chamade der Armseligkeit, sondern des Stolzes war, das las ihr Weibinstinkt in dem scheuen, doch lodernden Auge. Und sie dünkte sich schön und feurig genug, um würdig zu sein, diese tastende Seele in das tiefste Geheimnis des Lebens und der Schönheit einzuweihen.

Sie würde ihn fragen, ob er an ihrer Tür gewesen, sie würde zürnen und ihre Verzeihung sich abbetteln lassen ...

Aber wenn sie gehofft hatte, Werners noch am Samstag habhaft zu werden, so sah sie sich enttäuscht. Werner kam erst spät von Ockershausen zurück, fragte nur im Laden, ob Briefe gekommen seien, und war gleich wieder hinaus.

Und als Rosalie mitten in der Nacht von einem Lärm im Hause erwachte, da konnte sie hören, daß das junge Blut, nach dem es sie verlangte, sich recht gründlich ausgetobt hatte. Das war ein Gepolter auf der Stiege, ein Türenschlagen, ein Anstoßen an Möbeln und Waschgeräten in der Stube!

„Dunner, der hat geladen!"

Rosalie kicherte in ihre Kissen.

Am Sonntagmorgen schlief der Student bis halb eins, stürzte dann, ohne nach seinem Frühstück geklingelt zu haben, zum Frühschoppen. Und Rosalie wußte, daß sie ihn nun am ganzen Sonntag nicht so leicht mehr zu Gesicht bekommen würde. Denn sonntags pflegte das Korps gleich nach dem Mittagessen zum „offiziellen Erbummel" aufzubrechen, einem gemeinsamen Spaziergang zu einem der herrlichen Ausflugsorte der Umgegend. Gegen Abend kehrte man dann heim, und in der Regel ging alles sofort zur Kneipe, wo in dem prächtigen Garten des Korpshauses der Sommerabend mit Kegelschieben, Skat und Quodlibet zu Ende genossen wurde.

Aber vielleicht würde der Student nach der Rückkehr vom Spaziergange noch einen Augenblick von der Kneipe heruntergesprungen kommen, um die Sonntagsgarnitur gegen eine ältere Mütze, ein schon bierbegossenes Korpsband einzutauschen?

Darauf wollte Rosalie hoffen, denn die Gelegenheit zu einem Schäferstündchen kam so günstig nicht vor dem übernächsten Sonntag wieder. Die Mama Markus hatte sich nämlich erholt, und wenn sie munter war, verlangte sie von ihren beiden Kindern abwechselnd den Liebesdienst, daß eins sie zu ihrer gleichfalls verwitweten Schwester, der Frau Isidora Mayerstein auf der Ketzerbach, begleitete, wo man einige Stunden verplauderte. Diesmal war Simon an der Reihe, die Mutter zu geleiten, und so würde

sie von nachmittags fünf bis neun allein im Hause
sein, da auch Babett Ausgang hatte und in ihr
Heimatdörfchen Frohnhausen gepilgert war.

Und sie mochte nicht lange warten. Er sollte, er
mußte kommen! Sie wollte es, sie wollte es!

Als nach dem Nachmittagkaffee die Mama am
Arme ihres Sohnes die Wettergasse hinabgehumpelt
war, schloß Rosalie den Laden zu, legte die schweren
Holzläden vor, verwahrte sie mit den Eisenriegeln
und stieg in ihr Zimmer empor. Sie hatte noch Zeit,
vor sieben würde Werner nicht kommen. Inzwischen
wollte sie Toilette machen.

Sie kramte eine viereckig ausgeschnittene Batist=
bluse heraus, bei deren Anblick sie lächeln mußte,
denn sie hatte schon einmal, im vorigen Sommer=
semester, ihre Wirkung erprobt. Hehe! der gute
Bennert! Fritzchen! Damals war er dritter Char=
gierter der Cimbria gewesen. Es war sehr nett ge=
wesen mit ihm. Simon war damals noch ein ahnungs=
loser Primaner gewesen mit einem unerschütterlichen
Schlaf... Bennert ein hübscher, strammer, rotbäckiger,
sommersprossiger Westfale ... ein wackerer Liebes=
kamerad ... allerdings kein Werner Achenbach...
jetzt war er inaktiver Korpsbursch und büffelte in
Berlin zum Referendarexamen. Anfangs hatte er
noch geschrieben ... ungeschlachte Briefe, die stets
schlossen: „Dein Dich liebender Fritz" — dann war's
eingeschlafen ...

Aber die weiße Bluse, die wußte noch von jenem ersten Abend zu erzählen . . . es war Zeit, daß sie einmal etwas Neues erlebte.

Und wie Rosalie ihren Spiegel befragte, da war sie sicher, daß dieses neue Erlebnis nicht mehr fern sei. Himmel! so gab's doch in Marburg keine zweite!

Und sie wollte! sie wollte! sie wollte! —!!

Sie stieg die Treppe hinunter, setzte sich auf Werners Sofa, nahm ein Buch vom Tisch und begann zu lesen. Sie hatte schon seit ihrer Backfischzeit von der Lektüre ihrer studentischen Mieter profitiert und hatte so eine wirre Menge Bücher durcheinander verschlungen, von den Wahlverwandtschaften bis zu Casanovas Memoiren . . . dies Buch kannte sie noch nicht; es trug die Zahl des laufenden Jahres, 1887, und führte den Titel: Frau Sorge. Der Verfasser hieß Hermann Sudermann.

Sie las und war rasch gefesselt.

Aber plötzlich, nach etwa einer Stunde, legte sie das Buch mit einem Ruck aus der Hand. Auf der sonntagnachmittagstillen Straße klang das Klappern der Spazierstöcke, klang Hundegezänk und der wohlbekannte Cimbernpfiff . . .

Sie fuhr ans Fenster. Fünf, sechs Cimbern kamen von der Barfüßergasse her die Wettergasse entlang, offenbar vom Spaziergang zurück: sie hatten rote Köpfe, Sonnenbrand, frische Luft und Alkohol leuchteten um die Wette von ihren Gesichtern. Sie

lachten laut und unaufhörlich; ihre Mützen saßen im
Nacken; mancher von ihnen schlug mit dem Spazier=
stock einen Lufthieb nach dem andern. So trollten
sie des Wegs entlang, bogen den Pfad nach dem
Korpshause zu und verschwanden. Alles war wieder
sonntagsstill; die ganze Wettergasse schien ausge=
storben; nur ein mageres Kätzchen schlich den Rinn=
stein entlang; schon war die Sonne längst hinterm
Schloßberg verschwunden; Dämmerung sank auf die
Straße, tiefere lag in den Winkeln des schlichten
Studentenstübchens.

Und Rosalie dehnte sich in ihrer einsamen,
quellenden Schönheit. Sie sehnte sich bis zum Ver=
schmachten nach dem Knaben, dessen Jugendträume
diese Stube durchwitterten. Dort standen die Bilder
seiner Eltern, der schöne Weißkopf des Vaters mit
den leuchtenden Augen, die Rosalie so gut kannte.
Dort die herberen Züge der Mutter, aus denen ein
kräftiges Wollen sprach: von diesen Linien meinte
Rosalie kaum scheue Spuren in dem Gesichte des Er=
sehnten zu finden. Und da lag ein Päckchen frisch
vom Photographen gekommener Bilder. Werner selbst.
Ja, das war er, seine noch verschwommenen, unaus=
geprägten Züge, sein suchendes Auge. Grellbunt
leuchtete die grob aufgesetzte Bemalung der Mütze
und des Bandes. Das mußte sie haben; kurz ent=
schlossen mauste sie eins und schob's in ihre Schürzen=
tasche. Sie wollte ihn schon entschädigen.

Und wieder klangen draußen Schritte und frische Stimmen, und wieder fuhr Rosalie ans Fenster. Und wieder waren es andere als der, dessen sie wartete.

Und sie stöberte ruhelos in dem Stübchen umher, drehte jeden Gegenstand, den sie bemerkte, in den Fingern; inzwischen liebäugelte sie mit dem Sofa, steckte gar den Kopf ins Nebenzimmer und warf dem Bette einen vertraulichen Nicker zu ... das alles kannte sie ja so gut ...

Und doch war ihr jungfräulich, war ihr bräutlich zumute ... als wenn sie rein wäre, wie jener, dessen unberührte Jugend sie an ihre lechzenden Brüste pressen wollte.

Da — da — Schritte auf der krachenden Stiege, polternd im lichtlosen Dämmer des Flurs — — an der Klinke eine tastende Hand — und Werner stand im Rahmen.

„Fräulein Rosalie — —"

„Ach — guden Abend, Herr Achebach — grad e bißche aufgeräumt hab ich da in der Stub —"

„Ich dank Ihnen schön —"

„Na — sinn Se spaziere gewesen?"

„Na — der übliche Sonntagsnachmittags=Erbummel ... wir waren in Wehrda draußen."

Er hatte seine neue Mütze an die Wand gehängt und eine ältere aufgestülpt. Nun nahm er auch ein älteres Band herunter, knüpfte es an das neue, das er trug, und zog es durch Abziehen des alten unter den Rock. Dabei stand er von Rosalie abgewandt. Seine Finger zitterten.

„Herr Achebach!"

„Fräulein Rosalie?"

„Ich muß Ihne mal was frage —!"

„Nun?" Er fuhr herum — der Ton der Frage hatte so seltsam geklungen . . .

„Herr Achebach — sinn Se in Freitag nacht obe vor mei'm Zimmer g'wese?"

„Fräu—lein — — Rosalie —"

„Sie —?" sie drohte mit dem Finger.

„Ach Gott — ich — ich werde wohl . . . bekneipt gewesen sein — entschuldigen Sie nur — es soll nicht wieder vorkommen —"

„Ja — was ich Ihne sagen wollt — mei Bruder hat's geheert, wie Sie nunner sinn gange, un er hat mir de greeßte Skandal gemacht deshalb. De greeßte Skandal!"

„Fräulein Rosalie — ich werde morgen . . . mit Ihrem Herrn Bruder sprechen . . . und ihm sagen, daß Sie gar nichts . . . ich meine, daß ich allein —"

„Um Gottes wille, das mache Se nur nit, die größte Unannehmlichkeit könnt das gebe! Schon so grad schlimm genug is es gewese!"

„Ach, verzeihen Sie mir doch nur — ich — Himmel, ich könnt mich prügeln deshalb —"

„Ja, verzeihe, verzeihe! Sie habe gut rede! Sie

ſinn der große Herr, ich bin das arm Mädche, was alles muß ausbade!"

„Fräulein Roſalie!" Er tat einen Schritt auf ſie zu — endlich, endlich.

„Ach, Herr Achebach —!"

„Wollen Sie mir verzeihen?!" Er ſtreichelte ihre Hand, ihren Arm — endlich! Endlich!

Und fünf Minuten ſpäter hatte ſie ihn auf dem Sofa.

Und Werners Faſſung ſchwand. Die wilden Küſſe des Mädchens machten ihn toll.

Da fuhr Werner plötzlich auf: draußen klang der Cimbernpfiff!

„Himmel, meine Korpsbrüder!"

„Verflucht! Laß ſe doch pfeife!"

Einen Augenblick lauſchte Werner den Pfiffen, die ſich dringender wiederholten.

Plötzlich polterten Schritte auf der Stiege.

„Die Tier! Is de Tier abgeſchloſſen?! Schnell! Tu ſe zuſchließen!"

Werner fuhr auf — verdammt! Der Schlüſſel ſtak draußen!

Es war zu ſpät — da tauchte eine blaue Mütze aus der Dämmerung — ein gebieteriſches, hageres Geſicht — der lange Scholz — —

„Guten Abend, Leibfuchs!"

„Leibburſch, du? Guten Abend —"

„Na, warum haſt du denn auf meinen Pfiff nicht reagiert, wenn du doch zu Hauſe biſt? —"

„Oh, ich — — womit kann ich dir dienen?"

„Ich wollt mir nur 'ne alte Mütze bei dir holen — es ſcheint ein Gewitter zu kommen." Und ſchon war Scholz in der Stube. Vom Sofa leuchtete Roſaliens helle Bluſe. „Ach, ſo!! — Ei, ſieh doch den Duckmäuſer! Wer iſt denn das?"

„Fräulein Roſalie Markus — meine filia hospitalis —"

„Ah — filia hospitalis —!

> „Denn keine iſt aequalis
> Der filia hospitalis!"

ſang Scholz mit näſelndem Ulkton.

„Mach mal Licht an, Leibfuchs! Die ſchöne Roſalie Markus iſt wert, daß man ſie auch mal bei Lichte beſieht!"

Verſtört, faſſungslos zündete Werner die Petroleumlampe an. Scholz nahm ſie und leuchtete Roſalien ins Geſicht.

„Verdammt! Dich hab' ich eigentlich noch nie ſo recht angeſchaut, Mädel! Hat keinen ſchlechten Geſchmack, der kleine Leibfuchs."

Roſalie ſprang auf, um zu entfliehen.

„Was, weglaufen? Jetzt, wo's grad gemütlich wird?"

Und die ſtählernen Finger des Seniors der Cimbria umklammerten Roſaliens blühende Hand-

gelenke, preßten das ringende Mädchen widerstands=
los ins Sofa zurück.

„Au, mein Arme — lasse Se los, Sie — Sie
ung'schliffener Mensch, Sie!"

„Wenn du brav bist!"

Rosalie war frei, sie rieb sich die Handgelenke.
„Da, sehe Se nur, wie Sie mich verdruckt habe!" Sie
hielt die Handgelenke unter die Lampe, Scholzen ent=
gegen; in der Tat, die Finger des jungen Mannes
hatten sich wie eiserne Handschellen in dem weißen,
schwellenden Fleisch eingeprägt.

„Na ja! So geht's, wenn man mir nicht pa=
riert!" lachte Scholz behaglich. Seine grauen Augen
musterten kennerhaft die Gestalt des Mädchens und
hafteten an dem Ausschnitt der Bluse.

„Donnerwetter! Ich kann nur staunen! Ich
kenne mich doch sonst aus unter den Marburger
Mädeln — warum hab' ich dich eigentlich bisher
übersehen? Nun hat der kleine Leibfuchs da dich
mir weggeschnappt. Schade!"

„Oh — weggeschnappt!" sagte Rosalie gedehnt.

Scholz zog, wie freudig erstaunt, die Augen=
brauen hoch. Also noch nicht? Das wäre! lag in
diesem Blick, der Rosalie galt. Und dann über die
rechte Achsel zu dem Jüngeren, der noch immer re=
gungslos und hilflos dastand:

„Na, Leibfuchs? Du schweigst ja in sieben
Sprachen?!"

„Gehſt du mit zur Kneipe, Leibburſch?" fragte Werner heiſer.

„Oh — wenn du zur Kneipe willſt, ich will dich nicht abhalten. Ich ... wenn du erlaubſt, daß wir noch ein Weilchen auf deiner Bude bleiben ... dann möchte ich Fräulein Roſalie gern noch ein Augenblickchen Geſellſchaft leiſten."

„Das ſollt mer grad fehle!" höhnte Roſalie und ſtand abermals auf, aber ihr Blick ruhte freundlich auf dem Unverſchämten und mied das brennende, düſtere Auge des Knaben, den ſie vor fünf Minuten ſo wild geküßt.

„Schönes Kind, du zwingſt mich abermals zu Gewaltmaßregeln!"

„Herr Scholz, mache Se jetzt keine Unſinn un laſſe Se mich vorbei!" Sie mochte Werner ſo tief nicht kränken.

„Alſo heute nicht? Dann ein andermal, du ſüßer Racker!" Und während Roſalie an ſeinen Knien vorbeiſtrich, packte er ſie dreiſt um die Hüften. Sie riß ſich los, warf noch einen ſpöttiſch-bedauernden Blick auf Werner, einen ſchmollenden, doch verheißungsvollen auf Scholz und war hinaus.

„Du, Leibfuchs, die Kleine ſpann ich dir aus, für die biſt du noch zu jung," ſagte Scholz. „Wenn du der in die Finger fällſt, dann bleibt für die Menſuren nichts mehr von dir übrig."

Und gleichmütig hing er ſeine Mütze an die

Wand, nahm die beste ältere, die da war, stülpte sie auf den Hinterkopf und sagte: „Komm, Leibfuchs, wollen zur Kneipe!"

Er blies die Lampe aus, schob seinen Arm in den Werners und zog ihn zur Tür.

Und willenlos, kampflos folgte Werner.

IX.

Und abermals war das Geheimnis, die Erfüllung an Werner vorübergegangen. Und als er andern Morgens im Bette übersann, wie alles gekommen war, da erfüllte ihn nicht mehr die dankbare
Stimmung selbstbewahrter Reinheit . . . da empfand
er nichts als Scham und Groll gegen sich selbst.
Diesmal hatte er den Becher nicht selbst von den
Lippen gedrängt, ein Stärkerer war gekommen und
hatte den zagen Händen des Knaben den Trank
entrissen. Und er hatte nicht einen Finger zur Ab-
wehr geregt. Er fühlte: das konnte Rosalie ihm nicht
verzeihen. Ihren Abschiedsblick vergaß er nicht; der
brannte noch immer mit ätzender Schärfe in seiner
Seele. Klein und feige hatte er sich die Geliebte entreißen lassen.

Die Geliebte! Hahahaha!!

Dieser Gedanke kam ihm läppisch vor.

Wer ihm noch vor wenig Monaten gesagt hätte,
daß man ein Weib küssen, ihren Besitz stürmisch begehren könnte, ohne sie zu lieben?!

Wenn jetzt einer gekommen wäre und hätte ihm
erzählt, Rosalie sei in der Nacht gestorben — würde
er eine einzige Träne um sie vergossen haben?!

Was war denn das nun, was ihn zu dem wundervollen Geschöpf gezogen hatte?

Werner hatte keinen Namen für dies Gefühl. Und dennoch wußte er, daß es ein Glück war, ein süßes, leuchtendes, trunken machendes Glück, das an ihm vorübergegangen war für immer.

Für immer?

Ja, für immer. Diese Stunde würde nicht wiederkommen. Diese Stunde, die ihm vergönnt hätte, seine so lange aufgestaute Sehnsucht in den Schoß eines Mädchens auszuschütten, das ihm alle seine Schönheit als freudiges Geschenk entgegengeworfen hatte, das sein gewartet, das ihn begehrt hatte in hinlechzendem Verlangen. Begehrt hatte... und nun nie mehr begehren würde, da er sich unmännlich gezeigt hatte.

Und in seinem Herzen war eine tiefe Trauer um ein verlorenes Glück ...

Ja, um ein Glück!

Der Primaner in ihm versuchte ihn zu belehren, daß ja doch dies Glück eine Sünde gewesen wäre —

Sünde —!! Hahahaha!

Wo waren die Begriffe hingekommen? Sünde — Schuld!

Das Leben wußte nichts von ihnen. Das Leben kannte nur zwei Empfindungen, nur zwei Seelenstände: Glück ... und Leid ...

Narr, wer das Glück von sich stieß! Zehnfacher Narr, wer sich's rauben ließ!

Das Leid, das mußte man wegstoßen — das zu=
bringliche Leid, das immer wieder von selber kam —
dem mußte man mit Keulen auf den Schädel dreschen,
daß es heulend entweichen mußte . . .

Und haschen, haschen das flüchtige Glück . . .

Er hatte es entweichen lassen —

„Du Narr! Du Esel!!" Er schlug sich mit der
geballten Faust vor die Stirn.

Babett brachte ihm das Frühstück. Er hatte das
liebe Kind, dessen Mund seine ersten Küsse einst
empfangen, seit jenem Abend nicht mehr beachtet.
Und still wie ein Schatten war das schlichte Mädel
durch sein Zimmer gehuscht, nie hatte ein Blick ihn
daran erinnert, was zwischen ihnen vorgefallen.

Heute zum ersten Male ließ er seine Augen auf
ihr ruhen. War die vielleicht sein Schicksal? Er
brauchte wohl nur den Finger auszustrecken —

Aber nein — die da begehrte er nicht. Was
war sie gegen Rosalie?

Sie hatte seinen prüfenden Blick gefühlt, und
ein tiefes Rot stieg aus ihrem Brusttuch bis unter
die Wurzeln der zurückgestrichenen Haare. Aber er
blieb stumm.

Und stumm schlich Babett hinaus.

Nach dem Fechtboden ging Werner zur Ana=
tomie, um von Wicharts Gefälligkeit Gebrauch zu
machen und den Präparierboden zu besichtigen. Es
war ohnehin Zeit. Die warmen Tage waren nahe,

und da würde der Präparierboden geschlossen werden müssen.

In der Vorhalle fahndete Werner nach einem dienstbaren Geist, gab dem seine Karte für Wichart und wartete. Und wie er so stand, ging hin und wieder die Tür zum Präpariersaal auf, und Studenten gingen ab und zu. Sie trugen lange, graue Leinenkittel und hatten die Ärmel wie Schlächter aufgestreift. Die Kittel waren wie mit braunen Farbkrusten beschmutzt, die Hände dunkel gefärbt . . .

Und aus dem Saale quoll ein Dunst, der sich schwer auf Werners Brust legte. Der Qualm von Zigarren- und Pfeifenrauch, gemischt mit einer andern, einer süßlich-faden Witterung... Werner fühlte sich unaussprechlich ekel.

Der Anatomiediener kam: „Der Herr mecht schon immer in de Saal gehe."

Und Werner trat ein. Unter der Tür meinte er fast zu ersticken an dem widerlichen Brodem, der auf ihn zuquoll. Aber das Bild arbeitender Menschen fesselte seinen Geist und half ihm den Schauder der Sinne bändigen.

An vielen kurzen Tischen saßen an hundert Studenten, fast ausnahmlos junge Semester wie Werner. Alle qualmten sie, alle saßen sie tief gebeugt, alle hatten sie irgendein seltsam formloses Etwas in der Hand, an dem sie mit scharfen Instrumenten herumschnitzelten. Neben jedem lag ein aufgeschlagenes

Buch mit Illustrationen in rot und blau, oder deren mehrere ... und der Blick der Arbeitenden ging hin und her zwischen den Abbildungen ihrer Bücher und den Gegenständen in ihren Händen.

Und diese Gegenstände waren leblose Teile menschlicher Körper.

Als Werners Augen das Gesamtbild des Saales aufgenommen und nun zum Einzelnen strebten, fiel ihr erster Blick auf einen blutjungen, bartlosen Menschen von kindlichem Gesichtsausdruck, der ein langes menschliches Bein unter den Händen hatte. Er war beschäftigt, die einzelnen Muskeln von den zwischenliegenden Schichten aus Fett und Bändern zu befreien und herauszulösen. Eben hatte er einen breiten, roten Schenkelmuskel lospräpariert, schob seine Rechte darunter her, strich mit der Linken befriedigt, wie liebkosend über den gesäuberten Muskel und schmunzelte selbstzufrieden vor sich hin, im Bewußtsein sauber besorgter Arbeit. Werner mußte in all seinem Schauder lächeln.

Und er ging weiter von Tisch zu Tisch. Hier wurde ein Arm, dort ein Fuß, dort eine Hand zersäbelt. Und staunend sah Werner diese selbstverständliche Ruhe und Gelassenheit, mit der diese gleichaltrigen Jünglinge das Geheimnis des Meisterstücks der Schöpfung erschürften, geschäftsmäßig, mit dem sachlichen Ernst von Knaben, die ein Spielzeug zertrümmern, um seinen Mechanismus zu ergründen.

Schließlich stand er hinter einem Studenten, der vor sich einen menschlichen Kopf liegen hatte. Die von Haaren entblößte Schädelhaut war durch einen Schlitz von der Nasenwurzel bis zum Hinterkopf gespalten, dann die Schädeldecke flach abgesägt worden, und aus der Gehirnhöhle hatte der Arbeitende das Hirn losgetrennt und gesäubert. Eben war er fertig geworden und ließ die quabblige, schaukelnde Hirnmasse auf einen Porzellanteller gleiten. Erleichtert atmete er auf, empfand, daß jemand hinter ihm stehe, und wandte sich herum. Es war Scholz.

„Tag, Leibfuchs! Na? Was suchst du denn bei uns?"

„Tag, Leibbursch! Wichart hat mich aufgefordert, mir hier die Sache mal anzusehen."

„So, so — na, wie gefällt dir's denn in dem Ausschank?"

„Na — gefallen? Jedenfalls interessiert mich's riesig."

„Nicht wahr? Und dann riecht's auch so gut."

„Entschuldige, Leibbursch — was treibst du denn hier? Ich denke, du stehst schon ziemlich nahe vor'm Staatsexamen?"

„Na — immerhin noch anderthalb Semester — aber du hast recht — eigentlich hab' ich hier ja nichts zu suchen... uneigentlich aber mach' ich hier Studien für meine Doktordissertation. Schau dir das mal an! Das ist die Denkmaschine. Das muß eigentlich jeder

gebildete Menſch mal geſehen haben. Das und 'ne
Entbindung. Dann kommt man dahinter, daß der
Menſch ein grad ſo armſeliges Viech iſt, wie alle
andern. So die Romanſchreiber und die Dichter
und ſo 'ne Leute: die müßten das mal ſehen, dann
würden ſie nicht ſo viel idealiſtiſchen Blödſinn
quaſſeln."

Dieſe Logik war Werner unbegreiflich. Mit
tiefer Ehrfurcht betrachtete er die opaliſierende Maſſe
auf dem Teller. Ihm war, als wachſe vor dieſem
Anblick das Geheimnis des Denkens und Schauens
nur tiefer ins Unermeßliche hinab. Wenn nicht eines
Gottes kommandierende Allweisheit dies millionen=
fach verſchlungene Chaos von Gängen und Fäden
und Äderchen gebildet, wenn das alles „geworden
war", ſo ſich entwickelt hatte im Laufe der Jahr=
millionen — war das nicht tauſendmal wunder=
barer — weckte es nicht tauſendmal tiefere Ehr=
furchtsſchauer?!

Das alles zuckte nur als dumpfes Ahnen durch
des Knaben Hirn . . . von dem Naturerkennen der
Zeit waren nur erſt flüchtige Blitze in die dumpfe
Geiſtesdämmerung der Elberfelder Oberprima ge=
drungen.

Und er ſtand vor dem Sitz des Lebens, wie er
manchmal in heimiſchen Fabriken oder auf der großen
Düſſeldorfer Gewerbeausſtellung vor ſieben Jahren
den rieſigen Maſchinen gegenübergeſtanden hatte;

das eine konnte man so wenig begreifen wie das andere; nur eine Anschauung von einer tiefdurchdachten, langsam und kämpfend herangereiften Zwecktüchtigkeit und Bedeutungsfülle strömte, wie von jenen schwerfälligen eisernen Kolossen, von dem Unbegreiflichen, dem ewig Rätselhaften des Seins wie von dem Menschengeiste, der rastlos sich selber zu ergründen trachtete. Und der nüchterne, eiserne Gesell da vor ihm, der ihn vor wenig Stunden um einen süßesten Augenblick betrogen, wuchs in diesem Moment für Werners Empfinden zu einem Pionier des Geistes empor, der auf oft betretenen, nie bis zum Ende verfolgten Pfaden tiefer und tiefer in den Urwald des Unbegriffenen einzudringen trachtete . . .

Da schreckte ein Ruf ihn aus seinem Sinnen:

„Achenbach!"

Wichart stand unter einer Tür, die zu einem Nebengelaß führte; auch er in Kittel und aufgekrempelten Armeln, wie Werner ihn schon von der Mensur her kannte.

Werner schob sich zwischen den Schemeln der arbeitenden Studenten hindurch und begrüßte Wichart, streckte ihm die Hand hin. Aber der sagte:

„Ne, Füchsche, Hand gibt's net — ich hab schon gearbeitet!" und er hielt dem jungen Korpsbruder die besudelte Hand unter die Nase: „Kannscht es rieche?"

„Ach, Wichart,“ sagte Werner, „ich bin dir ja kolossal dankbar! Es ist großartig interessant!“

„Nit wahr? Aber wart nur, jetzt sollst was zu sehe kriege, was mer auch nit alle Tag vor die Auge bekommt. Ebe ist was Neues bracht worde: 'ne Selbstmörderin, wo se gestern abend unne bei Frohn= hause aus der Lahn gezoge habe!“

Und er zog Werner ins Nebenzimmer. Dort standen zwei Anatomiediener, der eine hatte eine Säge in der Hand, der andere hielt etwas fest —

„Warte Se eine Augenblick, Michel,“ sagte Wi= chart und schob Wernern ganz heran.

O Gott — —!!

Ein junges Weib, ein schönes, wunderschönes Mädchen... eine Leiche... schon bläulich angelaufen, ein wenig gedunsen vom Wasser — aber...

Das also war des Weibes Leiblichkeit!!

Oh, so ganz anders, als der Jüngling sie ge= träumt hatte...

Das Weib und der Tod — da lagen sie beide vor des Knaben Augen — schleierlos — allüber= mächtig...

Tot... und warum tot?

Eine Selbstmörderin —! Aus dem Wasser ge= zogen!

O Gott, o Gott!

Aus blühender Lebensfülle in die nasse, kalte Flut —

Wichart schien die Frage von Werners zucken=
dem Gesichte gelesen zu haben. Er wies auf den
Leib, der sich stark wölbte.

„Da steckt's drin!" sagte er. „Das hat sie ins
Wasser gebracht. Ja, Kerlche, so is das! Aber se
könne ja die Finger nit davon lasse —! Der Vater
is en Schreiner mit zehn lebendige Kinner, un in
seiner Wut, daß se in de Schand komme is, hat er se
uns verkauft."

Wernern schüttelte das Grauen so unbezwing=
lich, daß er mit einem jähen Laut die Luft durch die
klappernden Zähne zog.

In dem Augenblick trat Scholz ein. „Na, Wi=
chart, was habt ihr denn da gut's?"

„Willst es Gehirn habe?" fragte Wichart und
wandte sich zu einem Instrumentenschrank.

Plötzlich sah Werner, wie Scholzens Augenlider
sich weit aufrissen, die Stirn sich hoch in Falten zog,
der Unterkiefer wie haltlos herunterklappte. Und
beide Hände tasteten langsam, irr am grauen Kittel
herauf nach dem Kragen. So stierte er mit blicklosen
Augen eine Sekunde lang auf die Leiche . . . und
noch eine Sekunde . . . dann machte er kurz kehrt
und war hinaus.

Himmel — was war ihm?!

Einen raschen Blick voll zähneknirschend angst=
vollen Forschens ließ Werner in das Totenantlitz

gleiten — ja — sie war's — sie war's — Lenchen Trimpop.

Wichart hatte nichts bemerkt. Er kramte unter seinen Instrumenten und holte eine große Schere heraus. Die gab er dem einen der harrenden Anatomiediener und deutete auf das lang und naß herunterhängende Blondhaar der Leiche. „Schneiden's ab! Du kannst dir den Kopf gleich mitnehme, Scholz! Nanu? Wo ist denn der Scholz?"

Werner konnte nicht antworten. Er drückte Wichart die Hand und stammelte, totenhaften Gesichts: „Adieu, Wichart, ich danke schön." Dann taumelte er hinaus.

„Is wohl aach kee Mediziner nit, der Herr?" meinte Michel, der Anatomiediener, und setzte die Schere an.

X.

Gott, Gott! —

Ein Mensch war in Verzweiflung getrieben!

Ein junges, blütenjunges Leben hatte flüchten müssen aus der Welt, in der es Eltern gab, Geschwister, einen Mann, dem es in Liebe angehört... in der es Mutterhoffnung gab... aber keine Heimat ... keine Rettungshand ... nicht Luft noch Licht zum Leben ...

Was würde sich nun ereignen?

Eine Katastrophe, ein Weltuntergang ...

Aber draußen flimmerte die Sonne heiß und heiter auf dem Straßenpflaster, übergoldete die Stadt und den friedlichen Fluß, in dem ... das würde man nie vergessen können ... und nie diesen Anblick, nie diesen fahlleuchtenden, mütterlichen Mädchenleib mit nassen Blondsträhnen und den grünlichen Flecken ... nie ... nie ...

Heim! heim! ins Dunkel, in die Einsamkeit ...

Er fand in Dumpfheit seine Straße, seine Stiege, sein Sofa ... wühlte sich in eine Decke, fror und schluchzte und sann.

Da stürzte Rosalie heulend herein: „Herr Achebach, Herr Achebach! Ach, das Malheur, das Malheur!"

„Fräulein Rosalie?"

„Meine Freundin, es Lenchen Trimpop, is in de Lahn gange!" sie fiel in einen Stuhl, sie heulte, sie ächzte, stoßweise schrie sie es heraus.

„Un ich weiß auch, weshalb! E Kind hat se, un ich weiß auch von wem! Vom Scholz hat se's gehabt, von eurem Scholz —!!"

— — — — — — — —

Ja, nun würde die Rache kommen. Die da, dies Mädchen, das gestern der Überrumpelung des Sieggewohnten fast erlegen war... die wußte nun, wer er war... die würde nun durch alle Straßen von Marburg heulen: der erste Chargierte der Cimbern ist schuld, daß das Lenchen Trimpop ins Wasser gegangen ist! Und dann würden die Steine Echo schreien, die Leute sich auf den Verführer, den Mörder stürzen wie auf eine gefährliche Bestie und die Rache der Menschheit an ihm vollziehen...

Nicht, daß er wieder ein „Balg" in die Welt gesetzt — nicht das war das Ungeheuerliche... sondern daß er hatte die in Verzweiflung sterben lassen, die ihm ihr Alles gegeben... das war's, das würde Rosalie als Anklägerin in alle Lüfte heulen, und die Steine würden Echo schreien...

Mit schlotternden Knien suchte Werner um die Mittagsstunde den Kreis der Korpsbrüder auf, die er im Quentinschen Lokal beim Frühschoppen wußte. Er glaubte nicht anders, als daß er alles in wilder

Verstörung antreffen würde. Aber sehr behaglich kneipend saßen die Füchse im Garten über der hohen Terrassenmauer. Die Korpsburschen, hieß es, seien auf der Kneipe im C. C.

Ah! also dort vollzog sich das Strafgericht!

Aber nein.

Bald kamen die Korpsburschen: sofort sah Werner an ihren Gesichtern, daß nichts von besonderer Bedeutung vorgefallen.

Und bald wurde den Füchsen aus dem C. C. mitgeteilt: „C. B. Scholz, gewesener Dritter Erster, Erster, Erster, Erster ad interim tritt von seiner Charge ins Korps zurück und derselbe mit Farben inaktiv. Unter demselben Datum definitive Chargenwahl: Papendieck, gewesener Fuchsmajor, Erster, Krusius, gewesener Dritter, Zweiter, Dettmer Dritter. Unterm selben Datum: i. a. C. B. Scholz, gewesener Dritter, Erster, Erster, Erster in Berlin.“

Also das war das Ende? Das war alles?!

Ja, da mußte doch etwas nachkommen! So konnte das doch nicht ausgehen?!

Rosalie würde reden! Ja, die wußte ja nicht bloß, wie Werner, aus Anzeichen — — die wußte aus dem Munde der Toten, was geschehen war!

— — — — — — — —

Rosalie schwieg. Ein paar Tage lang hatte sie verweinte Augen... lief ein paar Tage im Hause herum, ohne wie sonst zu trällern und zu pfeifen —

dann pfiff und trällerte sie wieder. Und hatte geschwiegen.

Und nichts geschah . . . nichts.

Ein paar Tage sprach man in Marburg davon, daß eine Tischlerstochter sich ertränkt habe; sie solle ein Verhältnis mit einem Studenten gehabt haben, das nicht ohne Folgen geblieben sei: dann war Lenchen Trimpop vergessen. Als wäre eine Mücke ertrunken.

Und niemand klagte ihren Mörder an. Niemand kannte ihn. Niemand.

Doch, einer: er — Werner! —

Er würde die Stimme erheben müssen, er würde zeugen müssen gegen den weiland Senior Cimbrias, den gefürchteten S.=C.=Fechter, gegen seinen Leibburschen!

Was konnte alles daraus werden —?!

Eine furchtbare Katastrophe im Korps!

Vielleicht würde später Scholz ihn fordern . . . gar auf schwere Waffen — auf Säbel . . . auf Pistolen!

Was konnte daraus werden?!

Und mit Schaudern malte Werner sich alle möglichen ungeheuerlichen Folgen seiner Enthüllung aus.

Vielleicht würde sich Scholz, wenn das Korps ihn exkludierte, das Leben nehmen . . .

Aber das wäre dann eben die Nemesis, die Rächerfaust der Erinnyen:

„Wir heften uns an seine Sohlen,
Das furchtbare Geschlecht der Nacht!
— — Geflügelt sind wir da, die Schlingen
Ihm werfend um den flüchtgen Fuß,
Daß er zu Boden fallen muß!"

O ja, er kannte seinen Schiller! Er wußte, daß es eine ewige, rächende Gerechtigkeit gab . . . und wie durch jener Kraniche Mund der Mord des frommen Sängers an die Sonne kam; er, Werner, war das Werkzeug der Vorsehung, des Weltenrichters, den tödlichen Frevel an dem armen Schreinerskinde zu rächen!

Mochte kommen, was da wolle! —

Und er ging zu Papendieck, seinem verflossenen Fuchsmajor, dem neugebackenen Ersten Cimbrias.

Der lange Senior saß mit der Pfeife vor einem medizinischen Buche und „strebte" fürs Physikum. Er war etwas ungnädig über die Störung. Er war meistens ungnädig, seit er Erster geworden war.

Aber bald wurde er aufmerksam. In seinem Gesichte zuckte es ganz wunderlich, als Werner stammelnd, glühend seine Anklage vorbrachte.

„Na — büst fertig?" sagte er, als Werner schwieg und in zuckender Spannung den Gestrengen ansah.

„Ich bin fertig."

„Na, nu will ick dir mal wat sagen, lütt Jung. Du hast 'n Vagel. Awer 'n utgewassenen. Nu gah nah Hus, lütt Jung, un leg di up't Ohr."

Werner sprang auf. „Habe die Güte, mir das zu erklären!" Seine Augen funkelten so bedrohlich, daß Papendieck sich zu einer Erläuterung verstand.

„Zuerst, min Sähn, mußt du dir klar machen, daß allens, wat du wissen willst, man Hirnges — pinste sind, Hirnges—pinste — versteihst du mir? Sonst nix! Scholz hat große Augen gemacht, wie er die Leiche von dem unglücklichen Mädchen ge= sehn hat, und denn is er weggegangen. Das is allens! — Aberst nu will ich mal annehmen, es verhielt sich allens wirklich so, wie du dir das zu= sammenklaviert hast, was wäre denn nu denn dorbi? Wat? Sollen wir vielleicht unsen Senior von drei Semestern mit Schimpf und Schann rutsmiten, weil so'n doemliches Ding sich ihm von Rechts wegen an'n Hals hätt smeten? Wat? Scholzen, den f—trammsten Korpsf—tudenten in Marburg?! Nee, nee, min Sähn, da büst du hellschen schiew gewickelt! Un nu gah, min Sähn, un wenn ick dir nen gauden Roat soll gewen: denn swig din Mul! versf—tehst du mich?! sonsten kann dich das noch hellschen slecht bekommen! Der Scholz, weißt du, der versf—teht keinen S—paß!"

Werner war draußen. Alles wirbelte um ihn her.

„Ich durchbohr den Hut und schwöre:
Halten will ich stets auf Ehre,
Stets ein braver Bursche sein."

Nicht wahr? So hatten sie doch gesungen auf

dem S.=C.=Antritts=Kommers beim Landesvater? Das war doch der feierliche Burschenschwur, den sie damals alle miteinander getan?!

Ja, was war denn Ehre, wenn d e r nicht ehr= los war?!

Aber, Werner Achenbach, schlag an deine eigene Brust! Hat nicht vor wenig Tagen dieser selbe Scholz, den du verdammst, dich davor bewahrt, zu tun, was jenes Mädchen in den Tod getrieben hat?!

Doch nein... nicht jene trunkenen Stunden, in denen die Tote das Leben in ihren Schoß empfangen hatte — nicht die waren's, um die Werner den Ver= führer verdammte.

Jene späteren, kalten, rohen, die gekommen sein mußten, in denen Scholz der Genossin glücklicher Nächte seinen Beistand versagt hatte, versagt haben mußte... hatte nicht Scholz ihm selber gestanden, daß ein Mädel, das etwas „gefangen" habe, sich hilfeflehend an ihn gewandt habe... er solle sie heiraten, sonst müsse sie ins Wasser gehen? Er hatte keine Hilfe für sie gefunden... hatte sie verzweifeln und sterben lassen... das war's... das war für Werners Empfinden die eigentliche Ehrlosigkeit, das endgültige Verbrechen, der unsühnbare Mord.

Waren sie denn alle so, die Blau=rot=weißen, wie dieser Papendieck?

Eine andere Stimme wollte Werner hören... alle die Jünglinge um ihn herum standen mitten drin in diesem Treiben . . . waren noch beeinflußt von Scholzens Persönlichkeit, die anderthalb Jahre lang das Korps in fester Zucht gehalten hatte. Eine menschlichere Stimme klang in Werners Ohren nach, die Stimme eines jungen Mannes, der schon an der Schwelle des wirklichen Lebens stand — Wicharts.

Er suchte ihn auf, erzählte ihm den Sachverhalt.

„Ja," sagte der, „das sieht em ähnlich, dem Scholz. Er kann's nu mal nit lasse. Was willst mache? Laß doch die Mädche ihre siebe Sache beisamme behalte!"

„Wichart! und das könntest du . . . das brächtest du fertig, den Menschen noch länger als Korpsbruder zu behandeln? So einen Ehrlosen?!"

„Ehrlose? Na, Fichsche, die hohe Töne, die wolle mer lieber unnerwegs lasse un wolle der Sach mal ruhig auf de Grund gehe. Sieh mal, wann e Mädche sich emal tut hernehme lasse, hernach muß se's doch von vornherein wisse, was das absetze kann, möglicherweis. Sieh mal, in Deutschland werde jedes Jahr hunnertunachtzigtausend uneheliche Kinner gebore. Ob da nu eins mehr oder eins weniger komme wär — darum wär die Welt nit unnergange. Oder meinst? Na, un wenn nu das dumme Mädche ihr Kindche ruhig hätt zur Welt gebracht — der Scholz hätte zahle misse, un es wär sicher e strammes Biebche geworde. Warum is se in de Lahn gange? Wenn alle Mädche, die Kinner kriege, in de Lahn wollte gehn — so viel Platz is ja gar nit in der Lahn. Also: der Scholz hat nit mehr und nit weniger getan, als wir alle tun. Und wenn das Mädche dran zugrunde is gange — Pech genug für de arme Scholz, der wird's auch nit so bald vergesse, wie se da is gelege auf em Prosektortisch. Ja!"

„Wichart — und das alles ist ... wirklich ... deine Ansicht?"

„Na, aber allemal! Oder hätt er se am End gar heirate solle? die Schreinerstochter? Da hätt er ja als Student schon e kleine Harem beisamme!"

„Wichart — in mir dreht sich überhaupt alles —"

„Oder am End gar stehst auf dem Standpunkt vom Keuschheitsprinzip? Die Burscheschafte, da gibt's so was, bei einige wenigstens. Keuschheit bis zum Ehebett! Je, dann hättst zu de Armine gehe müsse — hättst nit Korpsstudent dirfe werde."

Werner richtete sich hoch auf. „Lieber Wichart — ich will dir ganz offen etwas sagen. Ich bin jetzt acht Wochen in Marburg. Acht Wochen aktiv. Aber was in den acht Wochen aus mir geworden ist ... wenn ich das vorher gewußt hätte — ob ich Armine geworden wäre, das weiß ich nicht — aber Cimber — Korpsstudent — bei Gott nicht!"

Wichart schwieg einige Zeit, zündete sich eine frische Zigarre an, sann erst vor sich hin, lächelte dann still in sich hinein, richtete sich auf und sprach:

„Hernach, lieber Achebach, muß ich dir emal e

Rede rede. Sieh mal, ich hab e bißche mehr von der Welt gesehn, wie du. Ich begreif das alles ganz gut. Bis vor acht Woche bist mollig un weich im Elternhaus gesesse, un von der Welt is niz an dich ran komme. Und die Magister, die habe dir niz gesagt, un so bist e ganz kleins dummes Gänsche gebliebe mit deine achtzehn Jahr un mit deine lange Knoche. Un nu auf einmal kopfüber, kopfunter mitte nein in die Welt! Un, ach du liebe Güte, wie is die so anners, als du dir's träumt hast! Un nu willst verzweifeln un denkst, das is das Korps, wo all die Mensche so schlecht macht. Ich aber sag dir: sieh dich mal erst um im Lebe! Dann wirst finde: die Korpsstudente, die alte wie die junge, sind gewiß keine weißgewaschene Engelche ... aber d i e B e s t e i m L a n d sinn doch mit dabei! Ich will ja nit sage, daß es auf anner Weis nit geht, e richtiger Kerl zu werde, wie das Lebe sie braucht, ich weiß auch: manches bei uns is faul, könnt anners werde ... aber weißt — worauf's ankommt im Lebe — das habe die alte Korpsstudente im Korps alle gründlich gelernt. Denn im Lebe, weißt, da schaut's anners aus als auf der Prima! da heißt's: durchkomme! sich wehre mit Zähn un Klaue! un das lernst im Korps, verlaß dich drauf! un wenn dabei die Fetze vom Herze nur so runnerfliege wie die Schwartelappe draußte in Ockershause ... laß fliege, laß fliege! das wachst wieder nach ... von selber wachst's wieder nach!!"

„Aha — also sieht's aus! sorgen, daß man durch=
kommt!! und all das Gerede von Ehre, Ehre, Ehre,
das ist also nur Schein! nur Dekoration! Komödie!
Schwindel!!"

„Komödie?! Schwindel?! Du, da wolle wir uns
mal in zehn Jahre wieder drüber spreche! Lieber
Achebach, es is noch e bißchen zu frieh für dich, so
abzuurteilen über die Welt, wo du erst seit acht Woche
aus deiner Kinnerstub nein bist sprungen. Denkst
du, mir habe hier all nur darauf gewartet, daß du
kommst, für um uns nu fix fix umzukrempeln nach
deine achtzehnjährige Gedanke? Nee, Männche...
lern du erst emal, dich in die Welt schicke! Ver=
bessern kannst se immer noch, hernach, wenn mal
bist wer geworde! Lern heule zuerst mit de Wölf,
sonst fresse se dich!"

„Wichart... nur das eine sag mir... ich will
ja... ich will ja mir Mühe geben zu lernen. Was
ist sie denn, diese sogenannte korpsstudentische Ehre,
die wir hochhalten sollen? Das wird uns ja ge=
predigt in jedem R. C. — wie soll ich sie hochhalten
können, wenn ich nicht weiß, was sie ist?"

„Ja, lieber Junge, die Ehre! die korpsstuden=
tische Ehre! wenn mer das so könnt mit Worte sage!
... Sieh mal, ich glaub, die Ehre, da is es grad
mit wie... wie mit der Mensur. Schau, is das nit
eigentlich e Bleedsinn, die ganze Fechterei?! Zwei
junge Kerl, die sich im Lebe nimmer nix zuleid getan

habe, die werde von dene zweite Chargierte wider=
enanner geſtellt un miſſe ſich nu die Naſe un die
Kepf entzweiſchlage. Bleedſinn is es! aber . . . m e r
w i r d e K e r l d a b e i ! ! Haar kriegt mer auf die
Zähne . . . un das is es doch, worauf es ankommt
im Leben! Un ſo, mein ich, ſo is es auch mit der
korpsſtudentiſchen Ehre. Eigentlich auch Bleedſinn.
Wär's nit Bleedſinn, wenn mer ſich einbildt, mer
wäre was Beſonners, wann mer ſo e blau=rot=weißes
Fetzche über der Weſte kann trage? Aber trag's mal
ſo vier Semeſter lang, mach mal de Bleedſinn e paar
Jahr lang mit! ſollſt ſehe, was das fir e Muck gibt
in de Knoche! — — Ich weiß ja, das alles is nur
die Schal von der Nuß, un unner der glatte, harte
korpsſtudentiſche Schal, da is auch manch taube Nuß
un manch faule auch. Aber der Kern, weißt, wenn
der geſund is, hernach ſollſt ſehn, wie gut's dem
tut, wann die Schale ſo feſt is un ſo glatt! — —
Weißt, lieber Freund, es Lebe is nit ſo einfach,
wie du's dir gedacht haſt auf em Gymnaſium; es is
e verdammt ſchwierige Einrichtung un e komplizierte
dazu! Un in manchem Bleedſinn ſteckt mehr Vernunft
un mehr Geſundheit als in de Kepf von zwei Dutzend
Profeſſore!! Na, nu geh un denk e bißche nach über
mei lange Red . . . ich muß in d' Klinik!"

— — — — — — — —

Werner ſchlenderte durch die breiten, uncharak=
teriſtiſchen Straßen der neuentſtehenden Südſtadt und

sann über Wicharts Worte. Er fühlte die gute Mei=
nung, die Aufrichtigkeit in den Darlegungen des
Reiferen, aber das alles schloß sich nicht zu einem
Ganzen zusammen ... das wollte nicht verschmelzen
mit dem Ideenkomplex, mit dem Moralkodex, mit
dem Schule und Elternhaus ihn ausgerüstet. Es
sprach nicht zu seinem Herzen ... sie wärmte nicht,
diese Weisheit, sie rief nicht zu Taten der Begeiste=
rung ... Gab es denn keine Stelle, wo der Herz=
schlag seiner Sehnsucht Echo fand? War er denn
wirklich allein, ganz einsam inmitten der Stadt der
Jugend, wo auf zehn Einwohner ein Student kam?
Tausend Altersgenossen ... tausend Kommilitonen ...
und kein Herz ... kein Freund?

Und da stand das Angesicht des einen vor seiner
Seele, von dem er wußte, daß er zum mindesten ein
Gefühl mit ihm teilte ... aber das höchste, das
wundertätigste ... Klauser ... der arme, dimittierte
Klauser ...

Ob er den überhaupt besuchen durfte? Ob er
sich nicht straffällig machte dadurch? Er konnte ja
fragen ... aber nein ... vielleicht gab's dann ein
Verbot ... und das würde er dann übertreten müssen.
Denn eine Sehnsucht, ein Heimweh nach einem Herzen,
das er zum wenigsten erfühlen könnte, zog ihn un=
widerstehlich zu dem Jüngling, zu dem er ein Mäd=
chen hatte sprechen hören, wie zu ihm selber in seinen
Träumen Elfriede sprach. Er wollte mindestens ver=

suchen, ob da auf die Fragen eines bangenden Men=
schenherzens eine Antwort zu hören sei — — nicht
eine korpsstudentische, sondern eine menschliche Ant=
wort.

Klauser saß lesend auf seinem Sofa, als Werner
eintrat. Er sprang auf, seine Augen leuchteten in
dankbarer Freude — als er den Besucher sah.

„Gott sei Dank, endlich bekümmert sich mal einer
um mich. Willkommen, Achenbach!"

Mit Rührung sah Werner in das dick ver=
quollene, blasse Gesicht unter dem turbanartig den
Kopf einhüllenden Wickelverbande. Himmel, sah der
Arme verändert aus! Es war die Scham über sein
Mensurunglück, die schimpfliche Strafe, die Einsam=
keit von vier Tagen, angefesselt in all der jungen
Sommerpracht an ein dumpfes Studentenbudchen,
das man nicht verlassen durfte, ohne daß die Spießer
mit Fingern auf einen zeigten . . .

Vor ihm auf dem Tische stand eine Kabinett=
photographie im Rahmen... die nahm Klauser hastig
und errötend weg und wollte sie verbergen.

„Laß," sagte Werner und legte seine Hand leicht
auf den Arm des Korpsbruders — „laß nur — ich
weiß Bescheid. Das ist Marie. Deine Braut. Ich
gratuliere dir tausendmal."

„Achenbach?"

„Ich... hab' euch im Museumsgarten zusammen
gesehen... neulich auf der Reunion. Ich habe ein

paar Worte aufgeschnappt . . . aber du mußt nicht denken, daß ich gehorcht hätte!"

„Das denk' ich auch nicht von dir, Achenbach. Nun, wenn du's weißt, dann . . . ich danke dir. Du bist . . . der erste, der . . . ich danke dir."

Die Jünglinge schüttelten sich die Hände. Beider Augen schimmerten, ihre Lider schlossen und öffneten sich rasch ein paarmal.

„Setz' dich! Was trinkst du? Einen Schnaps — Bier?"

„Was du hast."

„Ich brauche nur zu klingeln."

„Na, dann natürlich ein Bierchen."

Eine alte Wirtin erschien, nahm den Befehl entgegen und verschwand.

„Zigarre oder Zigarette?"

„Erst das letztere, dann das erstere."

„Recht so!" Die Dunstwölkchen kräuselten um Mariens Bild, das ·in seiner schlanken Herbheit zwischen den Jünglingen stand.

„Und wie geht's dir, Klauser?"

„Na, wie's einem geht, wenn — na, du weißt ja."

„Verzeih, aber mir kommt das alles entsetzlich wunderlich vor. Was hast du denn eigentlich verbrochen, daß man dich so einfach . . ."

„Ja, was hab' ich verbrochen? Meine Mensur hat eben dem C. C. nicht genügt. Und dann fliegt man raus. Das ist nun mal so."

„Ja, ich begreife das alles wirklich nicht."

„Warum haſt du's dir nicht von deinem Leib=
burſchen erklären laſſen? Der iſt doch dafür da."

„Mein Leibburſch iſt Scholz —"

„Ach ſo — dann freilich —! Na, dann will ich
dir helfen. Alſo ſieh mal, bei uns Korpsſtudenten iſt
die Menſur nicht ein einfacher Sport, ein Waffen=
ſpiel, ſondern ein... Erziehungsmittel. Es ſoll näm=
lich der Korpsſtudent auf der Menſur beweiſen, daß
ihm körperlicher Schmerz, Entſtellung, ſelbſt ſchwere
Wunden und Tod... daß ihm das alles gleich=
gültig iſt. Verſtehſt du? Und dazu erzieht die
Menſur."

„Das begreif' ich ſehr wohl und find' es auch
ſehr ſchön. Aber... haſt du dich denn ſo benommen,
als wenn du... ja, du mußt mir nicht böſe ſein,
ich frage ja nur — als wenn du Angſt hätteſt?"

„Angſt?! Ich und Angſt? Haha!"

„Ja — warum hat man dich denn dann —"

„Ja, warum? Sieh mal, wenn du länger im
Korps biſt, dann wirſt du das alles beſſer begreifen
lernen. Im Korps ſind ſeit einigen Jahren die —
Anforderungen an die Menſur... ein bißchen über=
ſpannt worden. Man... verlangt da Dinge, die
... die eben nicht jeder leiſten kann. Und mancher
kann ſie heute leiſten und morgen wieder nicht. Es
kommt da viel auf die Stimmung an ... auf den

184

Gesundheitszustand... auf die Verfassung, in der die Nerven sind..."

„Ja, mein Himmel — dann bist du also dafür bestraft worden, daß du... dich am Abend vorher verlobt hast —?!"

„Ja — wenn man's deutsch nennt — dann stimmt's." — — —

„Das ist Wahnsinn. Wahnsinn ist das."

„Ja, sieh mal... du darfst eben nie vergessen ... das sind Menschen, die uns beurteilen... junge Dächse, wie du und ich auch... die sind natürlich nicht unfehlbar. Der C. C. ist der Ansicht gewesen, daß meine Mensur schlecht war, und dann ist sie eben schlecht. Das ist gerade wie vor Gericht. Da wird auch manchmal ein Unschuldiger verknackt. Das nennt man dann persönliches Pech."

„Persönliches Pech?! Ich meine, das ist eine furchtbare Härte, eine schauderhafte Unvollkommen= heit des Korps —! Ach — Klauser ... überhaupt das Korps!! —"

„Achenbach —?!"

„Ach, Klauser — ich bin ja einfach fast am Verzweifeln!! — Na und du? Dir muß es doch ähnlich gehen! Du fühlst doch wahrhaftig die Seg= nungen dieser famosen Institution am eigenen Fleisch und Blut ... in diesem Augenblick!"

„Am eigenen Fleisch und Blut! Ja, das tu ich."

Ernst, mit bitter zusammengezogenem Munde,

lehnte sich Klauser einen Augenblick in seinem Stuhle zurück. Er ließ schwere Rauchwolken zur Decke steigen und starrte ihnen nach.

„Ja . . . wenn man's noch einmal zu tun hätte —!"

Aber dann schüttelte er plötzlich energisch den Kopf.

Er setzte sich aufrecht, legte seine Hand auf die des Freundes und sagte:

„Kind, sieh mich an. Wie ich hier sitze, hat mich das Korps auf meine fünfzehnte Mensur herausge= klebt, mir meine Charge genommen, und ich weiß noch nicht, komme ich Samstag in acht Tagen wieder hinein in den Bund, oder fliege ich perpetuell raus. Also, kannst mir glauben, zum Schönfärben und Ver= tuschen ist mir grad' nicht zumut. Ja, vieles ist bei uns nicht schön. Vieles könnte anders sein — milder, menschlicher, weniger nach Schema F. Aber . . . wenn ich noch mal krasser Fuchs wär . . . ich würde doch wieder Korpsstudent!!"

„Doch wieder? Trotz alledem?"

„Ja — trotz alledem! Ich weiß nicht, mein Gefühl sagt mir: das muß alles so sein. Das ist alles so eingerichtet, damit wir brauchbar werden für das, was später kommt . . . Damit wir lernen, die Zähne zusammenbeißen — — damit wir Männer werden! — Und du — — halt nur zwei Semester aus . . . dann sprichst du geradeso!! —"

Eben kam die Alte mit dem Bier. Sie schenkte ein, schlich hinaus.

„Prost, Achenbach!"

„Prost, Klauser!"

„Was soll's gelten? — Ich weiß: auf ein ewiges Vivat, crescat, floreat unserer lieben Cimbria! Auf daß sie grüne und gedeihe in alter Herrlichkeit! Auf daß sie Freude erlebe an uns, ihren getreuen Söhnen! Rest!!"

Leuchtenden Auges tranken sie aus und schauten einen Augenblick ins leere Glas. Dann füllte Klauser stumm aufs neue die Gläser.

„Und nun," sagte Werner, „nun will ich auch eins ausbringen. Aber dabei müssen wir aufstehen! — Auf . . . die da! Klauser! Auf die da . . . und auf . . . auf eure Liebe, Klauser! Auf daß sie euer Leben reich mache . . . reich . . . und schön . . . schön . . . Marie soll leben! Deine Marie!"

„Marie! — — Marie!"

Die Gläser stießen aneinander, Auge ruhte in Auge, feierlich tranken sie aus.

Und wie ein Goldglanz wob es durch die Stube. Heller, leuchtender noch als das Bild auf dem Tische schwebte vor den Herzen der Jünglinge strahlend ein Mädchenantlitz vorüber und grüßte die Zecher . . .

„Na und nun?" Klauser schenkte zum dritten Male ein. „Wie heißt der dritte Spruch?

Es lebe die Liebste d e i n e,
Herzbruder, im Vaterland!

denn — — du haft auch eine, Achenbach, oder ich
will ein schlechter Kerl sein."

„Ja, Klauser... ich habe eine — im Vaterland
... daheim!"

„Die heißt?!"

„Elfriede —"

„Also — Elfriede soll leben!"

„Elfriede!"

Still war's im Zimmer. Zwei junge Herzen
schlugen dem Glück entgegen. Dem fernen, dem un=
erreichbar fernen Glück...

„Ach, Klauser," rief Werner, „es ist ja alles
Unsinn — sich zu grämen über die Welt — —"

„Ist auch Unsinn! Haha! Die Welt! Ist ja viel
Dummes und Blödes und Scheußliches drin... aber
auch das andre... das ist auch da!"

„Ja, das Gute, das Heilige... das Schöne."

„Da wollen wir uns dran halten, wenn uns
bange wird..."

Und die glücklichen Knaben erzählten einander.
Jeder von seiner Liebe... sie konnten kein Ende finden.

Und lächelnd, rätselvoll lächelnd stand Mariens
Bild zwischen ihnen. Das Bild eines Weibes...
eines reifen Weibes...

Plötzlich zog Klauser die Uhr und rief: „Men=
schenkind... es ist ja die höchste Zeit, daß du auf

die Kneipe gehst! Zu spät kommen zu spezieller Kneipe koſt' zwei Em! Raus! raus!"

„Ich danke dir, Klauſer . . . es war ſchön."

„Ja, es war ſchön, und du haſt mir verdammt gut getan in meiner Einſamkeit . . . mir iſt ſo wohl, ſo . . . und Samstag in acht Tagen . . . ich hab' ſo'n Gefühl . . . es wird gut gehn mit mir . . . ich komm ſchon wieder hinein in den Bund . . . läßt du dich mal wieder ſehn inzwiſchen?"

„Wenn ich darf?"

„Du darfſt! Brauchſt nur um Dispens zu bitten!"

„Mach ich! Alſo . . . auf Wiederſehn!"

„Auf Wiederſehn, lieber Achenbach! Und noch-mals tauſend Dank!"

Und als die Jünglinge ſich zum Abſchied in die Augen ſahen, da löſte ſich für einen Augenblick die glatte Rinde korpsſtudentiſcher Gemeſſenheit um ihre jungjungen Herzen. Sie lagen ſich plötzlich in den Armen.

Halb beſchämt über dieſe Selbſtvergeſſenheit, halb glückſelig in einem nie erlebten Gefühl des Ein-klangs, trennten ſie ſich mit einem derben Lachen. Und doch war ihnen beiden ſo warm und ſtark im Herzen.

Sie waren noch etwas Beſſeres als Korpsbrüder geworden in dieſer Stunde.

Sie waren Brüder geworden.

XI.

Seit Werner mit Klauſer und Mariens Bilde
ein fein Kollegium gehalten, war ihm heller zu Sinn.

Allmählich verblaßte in ſeiner Erinnerung das
Grauengeſicht des ertrunkenen Lenchens. Das zurück=
gekrampfte Totenhaupt mit den halbgeſchloſſenen, ge=
ſchwollenen Augenlidern verſchwebte im Dämmerlichte
der Erinnerung, und dafür hob ſich Mariens lebens=
warmes Geſicht, von innen mit ſtrahlender Glut er=
hellt. Er liebte das Mädchen nun mit der ritterlichen
Schwärmerei eines dienſtgetreuen Bruders. Wenn er
ihr auf der Straße begegnete, grüßte er ehrerbietig,
obgleich er ihr noch nie vorgeſtellt war. Das erſtemal
dankte ſie erſtaunt und kühl, bei der zweiten Begeg=
nung hatte Werner die ſtolze Freude, von ihr, der
Fremden, ein vertrauliches, kameradſchaftliches Nicken
zu ernten. Das ſagte deutlich: er hat mir von dir
erzählt! Er! Und da wußte Werner auf einmal auch
noch etwas anderes von Marien: daß ſie Mut habe
... daß ſie, die „Heſſen=Naſſauer=Dame“, deren Vater,
der Univerſitätsprofeſſor Geheimrat Hollerbaum, wie
auch ihre drei Brüder, Alte Herren des rivaliſieren=
den Korps waren, den armen verbannten Cimbern
die Strafe nicht hatte entgelten laſſen, die ſein junges

Glück ihm eingetragen . . . daß sie ihn gesehen, getröstet hatte . . . einerlei wo und wann . . . Oh, wie er sie liebte dafür! Ach, es hatten doch nicht alle Jugendträume gelogen! So ganz anders war sie doch nicht, die Welt! Wohl gab es manches darinnen, wovon seine Lehrer, seine Dichter ihm nichts verraten hatten; aber auch das andere, das Schöne, das Heilige war da, es wandelte wie auf leuchtenden Wolken mitten durch Blut und Tränen, durch Schmutz und Alltäglichkeit . . .

Und auch im Korps fand Werner sich nun besser zurecht. Er begann sich einzufügen, einzuordnen in die Jahrzehnte alte Organisation, die sicherlich nicht auf ihn gewartet hatte, um sich alsbald nach seinen Ideen zu wandeln . . . die am starren Zaun der Tradition entlang ihren eisenklirrenden Weg schritt.

Eifriger als je war er auf dem Fechtboden. Zum Leibburschen hatte er an Scholzens Stelle den neuen Zweitchargierten, Krusius, gewählt. Einen Augenblick hatte er daran gedacht, zu warten, bis Klauser sich aus der Dimission gepaukt haben würde, und diesen dann zum Leibburschen zu wählen. Aber nein, ein solches offizielles Verhältnis dünkte ihm unwert des Bundes, den ihre Herzen geschlossen hatten . . . und der stramme Fechtchargierte schien ihm der rechte Erzieher, nun er sich ernstlich entschlossen hatte, seine ohnmächtige Kritik an den Zuständen des Korps aufzugeben und zunächst einmal sein ganzes Wesen in die harte Form pressen zu lassen, die sich ihm darbot und ihm zum mindesten einen Halt versprach.

Und noch eine andere Quelle der Unruhe und Qual schien versiegt in dem ungeheuren Riß, den jene erste Berührung mit dem Ursprung und Ende des Seins durch seine Seele gezogen hatte. Sein wildes Begehren nach dem Weibe war einem tiefen Entsetzen gewichen. Des Weibes nackte Schönheit, die ihn so gequält: er hatte sie zum ersten Male geschaut im Stande der Auflösung — der Vergänglichkeit — der Vernichtung, und die Schauer dieser Erinnerung hatten die Sehnsucht in ein fröstelndes Grauen verwandelt. Und aus diesem Grauen rang sich nach und nach eine Ruhe los . . . eine tiefe, entsagende Ruhe.

Rosalie!

Wie ein schönes Bild nur sah er die jüngst so wild Begehrte noch an. Und sie schien zu empfinden, daß die Flammen erloschen waren, die sie so hoffnungsgierig geschürt hatte. Sie blieb Wernern fern, und wenn sich ja einmal ein Zusammentreffen fügte, so verkehrten sie ruhig und heiter zusammen, wie ein paar gute Kameraden. Vollends Babett war ihm zu einem geschlechtslosen Wesen geworden, zu einem guten, dienstbaren Geistlein, das um ihn schwebte wie ein körperloser Hauch.

Und mit ausgebreiteten Armen warf sich Werner hinein in den lustigen Strudel des Korpslebens. Nun

focht's ihn nicht mehr an, wenn er des Morgens auf
dem Fechtboden einmal von einem Korpsburschen
derb gerüffelt wurde. Dann holte er selbst die Filz=
maske, ließ sich mit zusammengebissenen Zähnen den
Schädel verdreschen und klopfte weidlich wieder, so
daß der Fechtchargierte Krusius mehr als einmal bei=
fällig äußerte:

„Wenn das mit dir so weiter geht, Leibfuchs,
dann stell ich dich noch als Krassen am Semester=
schluß ein oder zweimal raus."

Das Kolleg hatte sich Werner nun gänzlich ab=
gewöhnt. Dafür ging's vom Fechtboden stracks zur
Lahn zum Schwimmen. Dann lag er stundenlang
im Grönländer auf dem Wasser. Ach, das war schön!
Von dichtem Gebüsch umrandet, schlängelte sich der
schmale Flußlauf durch die breite Ebene; zur Rechten
und Linken säumten die ernsten Bergschranken das
Talbett ein. Blau lag über dem friedvollen Tale das
Himmelsdach ... weiße Wolken segelten von Westen
herauf über den Buchenwäldern zur Linken, wan=
derten still über Fluß und Ebene und versanken
hinter den Tannen von Spiegelslust. Als Ziel der
Ruderfahrt winkte das Dörfchen Wehrda, friedlich
in eine Bergmulde eingebettet, zwei Dutzend schlichte
Häuschen um einen ehrwürdigen Turmstumpf ge=
drängt; dort gab's saure Milch und würzigen Hand=
käs. Und dann zurück ... gar zu gern ließ Werner
die Doppelschaufel des Ruders ein Weilchen ruhen

und träumte in die sommerliche Schönheitsstille hin=
aus, bis ein plötzlicher Ruck, ein Schwanken des
Bootes ihn gemahnte, daß er sich einem gar empfind=
lichen Fahrzeug anvertraut.

Oder es ging vom Fechtboden aus gleich auf die
Wanderschaft. Oft allein, oft auch in Gesellschaft
zweier oder dreier Korpsbrüder marschierte er los:
bald kannte er Weg und Steg der Umgegend. Und er
schloß diese wundersame, versonnene, geheimnisstille
Landschaft in sein Herz. Es war gar nicht auszudenken,
was alles diese weiten Bergwälder, was diese welt=
verlorenen Hochebenen mit ihren vereinzelten Eichen=
riesen über jungem Buschdickicht der Seele sagten.

Zum Frühschoppen mußte man dann wieder im
Quartier sein, und Werner saß nun nicht mehr als
steinerner Gast, nicht mehr als dumpfer, düsterer
Grübler inmitten der munteren Schar. Er sang die
derbsten Katerlieder lachenden Mundes mit, errötete
nicht mehr über die massivste Landsknechtszote, wenn
er auch nie selber solche kolportierte. Das Mensur=
simpeln langweilte ihn nicht mehr, und niemals mehr
fiel's ihm ein, ein Gespräch über Literatur und Kunst
oder Politik und Religion anfangen zu wollen. Kurz,
er war auf dem besten Wege, ein Korpsfuchs nach
dem Herzen des Seniors Papendieck zu werden. Sein
neuer Leibbursch, der Zweite Krusius, war geradezu
stolz auf ihn und erzog ihn mit zärtlichster Vaterliebe.

Und im stählenden Betrieb des Fechtstudiums, in

Luft und Sonne blühte Werner auf. Der schmächtige Körper streckte sich in Länge und Breite, die verräterischen Ringe unter den Augen, die Zeugen heimlicher Kämpfe und Qualen, verschwanden. Die Ströme Biers, die Dammer, der nun zum Fuchsmajor ernannt worden war, durch seiner bisherigen Mitfüchse Verdauungsapparat allabendlich hindurchleitete, gaben Werners Gliedern eine behagliche Rundung, seinem Gesicht eine frische Röte; dabei bewahrten Ruder und Wanderstab und Rappier den jungen Körper vor Stauung und Fülle.

Schöne Wochen waren gekommen. Hinter ihm lag die Zeit der Kritik. Hinter ihm die Erinnerung an seine kunstgeweihte, lernfreudige Gymnasiastenzeit. Nicht mehr war sein Wahlspruch das Homerwort, das ihn allezeit auf dem ersten Platze der Klasse festgehalten bis zum primus omnium — nicht mehr trachtete er „immer der Erste zu sein und vorzustreben den andern" — nein — aufzugehn in der Menge, nicht herauszufallen aus dem engen Rahmen, der straffen Norm, die das Korps der Persönlichkeit vorzeichnete, sich anzupassen der neuen Lebensform, in die er hineingeraten, das war nun das Trachten seiner Tage.

Und Werner wurde heiter. Er wurde lustig, geräuschvoll, ausgelassen im Kreise der Korpsbrüder. Mit Staunen sahen die, wie er, der früher manchem unheimlich gewesen war in der grüblerischen Unruhe seines haltlosen Wesens, auf einmal als überschäu-

mend munterer Kumpan sich entpuppte, plötzlich be=
gann, gar in Tollheiten zu schwelgen. Eines Abends
kamen Werner Achenbach, mit ihm der jüngst ge=
wählte Dritte, Dettmer, die Jungburschen Böhnke
und Dammer, der Fuchsmajor, von der Kneipe her=
unter auf gemeinsamem Nachhausewege und lenkten
in die Wettergasse ein. Dort war das Pflaster aufge=
rissen: bei der mangelhaften Beleuchtung stolperte
Dettmer über einen Haufen Pflastersteine und fluchte
barbarisch.

In diesem Augenblick fiel Werners Auge auf die
offenen Fenster eines niedern Bürgerhauses: der
Schneidermeister Ackermann wohnte da, ein geriebe=
ner Bursche, der den Korpsstudenten pumpte, solange
sie in Marburg waren, und sie dadurch zu bös=
artigem Kleiderluxus verleitete — und kaum, daß sie
den Rücken gewandt, an die Eltern schrieb und mit
den Gerichten drohte. Er war deshalb vor kurzem in
den S.=C.=Verruf geflogen.

„Herrschaften, ich hab' 'ne Idee!" rief Werner.

„Silentium für Achenbachs Idee!" kommandierte
Dettmer.

„Also da oben hinter den offenen Fenstern ist
Ackermanns beste Stube, das weiß ich, man kann sie
von meiner Bude aus sehen! Wie wär's, wenn ich
da hineinkletterte — ihr reicht mir Pflastersteine an,
und wir verzieren ihm seine Renommierbude ein
bißchen!"

Jubel! Im Augenblick war der Plan durchgedacht: Böhnke lehnte sich an die Wand zwischen Ackermanns kleinen Schaufenstern, und mit der Sicherheit und Kühnheit, welche der zwanzigste Schoppen dem ausgepichten Korpsfuchsen verleiht, turnte Renonce Achenbach auf Böhnkes Schultern. Von da aus konnte er bequem die Fensterbrüstung im ersten Stock erreichen: ein kräftiges Ziehen: Böhnke, der als Oberjäger der Reserve etwas vom Turnen verstand, schob mit den Händen unter Werners Fußsohlen nach, und mit einigem Gepolter langte Werner in der Stube an. Nun klopfte ihm doch das Herz: er lauschte einen Augenblick, aber Familie Ackermann schlief den Schlaf des ungerechten Mammons. Nun ließ Werner einen Stuhl zum Fenster hinaushängen: die andern Cimbern packten Pflastersteine hinauf, ein kräftiges Heben, die Ladung war oben. Und mit dem Behagen eines Künstlers arrangierte nun Werner die Basaltklötze auf Salontisch, Vertikow, Sofa und Plüschsesseln, mitten zwischen den geschmackvollen Nippsachen eines Schneidermeistersalons. Noch eine zweite Ladung konnte untergebracht werden: dann turnte Werner zurück, und voll Hochgefühls zog man fürbaß. Schlafen gehen mochte keiner: der Tatendrang war einmal geweckt. Das sonst so beliebte Laternenausdrehen reizte heute nicht sonderlich, denn der Vollmond stand schmunzelnd über Stadt und Schloßberg

und beschämte die armseligen Funzeln der Gas=
flammen. Und Dettmers Vorschlag, den Mond aus=
zudrehen, mußte man nach längerer Beratung als un=
ausführbar fallen lassen.

Aber es mußte etwas geschehen. Und man kam
auf folgende Idee — diesmal war Dammer das In=
genium gewesen:

Von der Barfüßerstraße führten viele kleine
dunkle Gassen steil hinab zur unteren Stadt. In eine
solche wollte man aus Pflastersteinen eine Barrikade
bauen; dann sollte unten skandaliert werden, um
einen Wächter der Nacht herbeizulocken: dieser sollte,
abwärts eilend, über die Barrikade stolpern und
schmählich zu Falle kommen. Damit aber der Dienst
der Pflicht für ihn nicht mit schwerer Körperverletzung
endige, sollte hinter der Barrikade ein hoher Sand=
haufen aufgetürmt werden.

So ward's, nachdem mancher Schweißtropfen ge=
flossen, und bald konnten die Erzedenten den tiefen
Fall eines Polypen bejubeln, dessen schlaftrunkenes
Haupt sich im Sande begrub.

Aber die Rache kam. Ein Brunnen plätscherte
silbertönig in die stille Nacht. Es war gar nicht ein=
zusehen, warum die vier Strahlen Wassers sich nun
immer und immer in die vier darunter befindlichen
Steinbecken ergießen sollten. Mit Hilfe je zweier
Bretter von einem nahen Neubau und einiger
Pflastersteine ließen sich leicht ein paar Rinnen im=

provifieren, die das Waffer auf das Pflaster ab=
lenkten. Das würde bald eine hübfche Überfchwem=
mung abfetzen.

Schon plätfcherte das Waffer luftig auf den
Steinen, da griff plötzlich eine kräftige Fauft in die
Gruppe der Bauenden: an diefer Fauft blieb der
C. B. Dammer aus Dräfen zappelnd hängen.

„Na, Ihne hab ich!"

Wie der Wind waren Dettmer, Böhnke und
Achenbach auseinandergeflogen. Ihre Schritte ver=
hallten in der Ferne der nächtlichen Straßen.

„So," fagte der Wächter des Gefetzes, „wenn Se
nun vernünftig finn und bringe die Gefchicht da
wieder in Ordnung, und fchleppe da die Bretter
wieder an ihr Stell un die Pflafterftein, hernach
will ich Ihne laafe laffe, weil die Herre Cimbre immer
fo anftändig finn."

Das letztere war ein Wink der Sehnfucht nach
den üblichen Biermarken der Sühne.

Aber Dammer fand es unter feiner Würde, die
angerichtete Störung der öffentlichen Ordnung in in-
tegrum zu reftituieren.

„Nu heern Se mal, mei Gutefter," fagte er, „wie
kommen Se mir denn vor — eegentlich, heern Se?
Bin ich denn hier der Wächter der effentlichen Ord=
nung, oder find's gar am Ende Sie, mei Gutefter?
Alfo fein Se fo gut und tun Sie, was Ihres
Amtes ift."

Das ging dem Beamten übern Spaß. Sein Biermarkentraum versank, und der ehemalige preußische Unteroffizier tauchte aus dem Schlummer zweier Jahrzehnte empor.

„Sie komme mit zur Wach!"

„Nu, da mißt ich doch närr'sch sein!"

„Sie zeige mir Ihre Studentekart!"

„Nu, da mißt ich doch närr'sch sein!"

„Na, alsdann kurze Prozeß!"

Und eine energische Faust packte den kleinen Dammer, und der, als Jurist plötzlich eingedenk, daß es irgendeinen geheimnisvollen Paragraphen über Widerstand gegen die Staatsgewalt geben mußte, ließ sich schieben.

Inzwischen hatten seine drei Komplizen die Entwicklung der Dinge vorsichtig beobachtet und machten Rettungspläne. Auch hier hatte Werner eine Idee. Auf einem halsbrechenden Wege, durch berganklimmende Seitengassen, überholten sie den Wächter des Gesetzes und sein Opfer.

Als der Nachtrat Dammern bis in die Nähe des Marktplatzes geschafft hatte, standen da auf einmal zwei Cimbern über eine dunkle Masse gebückt, die auf dem Straßenpflaster lag. Bei näherem Besehen war es ein Mensch. Ein junger. Ein Student ohne Kopfbedeckung oder sonstige Abzeichen.

Der eine der Zuschauer näherte sich dem Nachtwächter — fragte zunächst: „Was hat denn dieser unglückliche Jüngling da verbrochen, daß er in Ketten und Banden in das Haus des Entsetzens geschleift wird?"

„Das geht Ihne gar nichts an, verstehn Se mich? Gehe Se Ihrer Wege!"

„Auf höfliche Frage eine grobe Antwort. Na, Geschmacksache! Herr Nachtrat, da in der Straßen= rinne liegt ein unglücklicher Mitmensch, den offen= bar der Schlag gerührt hat. Tot ist er aber nicht, wir haben schon gehorcht."

„Wird wohl besuffe sinn!"

„Das haben wir auch geglaubt, aber aus seinem Munde geht kein Hauch von Alkohol. Überzeugen Sie sich nur."

„Ich hann kee Zeit — ich muß hier de Ge= fangene transpottiere!"

„Und wenn der arme Jüngling nun stirbt?! Jeder Augenblick kann kostbar sein."

„Wir machen Sie verantwortlich für das Leben dieses Menschen!"

„Nu sähn Se, Herr Nachtrat, das is doch wahr= haftig wicht'ger, als mich ins Kittchen zu bring'n?"

So redeten Dammer, Achenbach, Dettmer auf den unglücklichen Beamten ein.

Böhnke stöhnte inzwischen schauerlich.

„Da sehn Sie's! er stirbt, wenn Sie nicht sofort anfassen! Wir helfen Ihnen!"

„Ich loof nich fort, Herr Nachtrat! ich loof nich fort!" —

Der Nachtwächter verlor die Fassung. Er ließ Dammer los: „Na, da fasse Se an die Bein an, meine Herre, ich nemm en obbe!"

Er bückte sich über den Röchelnden... in diesem Augenblick versetzte der ihm einen Stoß vor die Brust, daß er zurücktaumelte, und im Hui waren der Sterbende, die beiden Samariter und auch der Arrestant verschwunden.

„Bande, verfluchte!"

Der Beamte klopfte seine Mütze ab, die in den Staub gefallen war, und befühlte seine schmerzenden Glieder.

„Die Cimbre sinns gewese! aber wenn ich nur tät wisse, welche! es sinn doch Stücker vierzig ihre hier!"

Aber er beschloß, reinen Mund zu halten. Er würde sonst nur den Spott seiner Kollegen ernten ... und wenn ihm morgen nacht auf einmal ein paar Biermarken in die Tasche regneten, dann würde er ja auch wissen, woher die kämen.

XII.

Aber noch war der Tatendurst des Vierklee=
blatts nicht gestillt. Die Vollmondnacht lockte so lau,
die Geister waren erregt vom Laufen und Lachen,
es mußte noch etwas geschehen.

„Herrschaft'n," schlug Dammer vor, „ich weeß
was! Mir gehn vor die Vogtei und bring'n meinem
sießen Mädichen ä Ständchen!"

Das war ein Gedanke. Es gab zwar aus Rück=
sicht auf die „Alte Dame" bei den Cimbern ein altes
Verbot, die Vogtei nächtlich anzuserenaden, aber es
brauchte ja nicht herauszukommen, daß die vier Atten=
täter auf die Ruhe der Pensionsmädel Cimbern seien.
Man würde die Mützen unter die Westen stecken und
die Röcke zuknöpfen.

Gedämpften Schrittes schlichen die Viere die
Barfüßergasse entlang. Da lag die Vogtei, mond=
überflossen; im Obergeschoß standen alle Fenster offen;
die weißen Vorhänge leuchteten im grellen Licht und
wehten leise hin und her, wie vom Atem der schlum=
mernden Bewohnerinnen angehaucht. Es war so still.
Die Büsche und Bäume des Gartens bebten dann
und wann im Nachthauch. Fern raunte die Lahn.

Herzklopfend standen die vier jungen Gesellen
am Gartenzaun, im tiefen Schatten einer Blutbuche

geborgen. Und da war keiner unter ihnen, dessen
Phantasie nicht auf den Pfaden der Sehnsucht ge=
wandelt wäre. Jugend droben, Jugend drunten...
heißes Blut und heißes Blut, dazwischen kalte, starre
Mauern, starre, kalte Satzungen, überflattert nur vom
unruhvollen Flügelschlag des hoffnungslosen Be=
gehrens.

Und wehmütig werbend klang's zweistimmig in
die Nacht:

„Der Sang ist verschollen, der Wein ist verraucht,
Stumm irr ich und träumend umher,
Es taumeln die Wälder, vom Sturmwind umhaucht,
Es taumeln die Wellen ins Meer.
Und ein Mägdlein winkt mir vom hohen Altan,
Hell flattert im Winde ihr Haar,
Und ich schlag in die Saiten und schwing mich hinan,
Wie hell glänzt ihr Aug und wie klar!
Und sie küßt mich und drückt mich und lacht so hell,
Nie hab ich die Dirne geschaut — —
Bin ein fahrender Schüler, ein wüster Gesell —
Was lacht sie und küßt mich so traut?!"

Werner und Dettmer, die beide musikalisch
waren, hatten die zweite Stimme gesungen; es hatte
ganz feierlich und anmutvoll in die Nachtstille hin=
eingetönt. Und hinter den Vorhängen regte sich's;
hier und dort öffnete sich ein schmales Ritzchen, breit
genug, um hinauszuspähen, aber zu geizig, um auch
nur ein neckisches Stumpfnäschen aufblitzen zu lassen
im Mondenschein. Aber ein leises Kichern klang

doch ab und zu, nun der Sang wirklich verschollen war, zu den Lauschenden hinunter und trieb ihnen das Blut schneller durch die Adern.

Und die Burschen stimmten in ihrem Buchen=schatten ein zweites Lied an; es schloß:

> „Seh ich ein Haus von weitem,
> Wo ein lieb Mädel träumt,
> Sing ich zu allen Zeiten
> Ein Lied ihr ungesäumt.
> Und wird's im Fenster helle,
> Wär es auch noch so spat,
> So weiß ich auf der Stelle,
> Wie viel's geschlagen hat."

Und wirklich ward's im Fenster helle. Ein flackerndes, scheues Lichtlein huschte von Kammer zu Kammer, von Fenstervorhang zu Fenstervorhang, und droben verstummte das Kichern . . .

„Die Mademoiselle! die revidiert!"

Schließlich erschien an einem der Vorderfenster zwischen den Vorhängen, in ein Kopftuch gehüllt, ein hageres Gesicht, eine vor Erregung überschnappende Stimme kreischte in die Nacht hinaus:

„Nachtwächter —! Nachtwächter!!"

Die vier unter der Buche am Zaun platzten heftig aus — hielten's dann aber doch für geraten, mit hochgeschlagenem Rockkragen und barhaupt, dicht am Zaungebüsch entlang schleichend, das Feld zu räumen.

Alle vier waren sie still geworden. Jeder schlich in dumpfem Sinnen seinen Pfad.

> „Was lacht sie und küßt mich so traut?"
> „Und wird's im Fenster helle —
> So weiß ich auf der Stelle,
> Wie viel's geschlagen hat . . ."

Ach, das war nur im Liede so. In Wirklichkeit mußten sie nun jeder hinein in ein einsames Knaben= stübchen.

Werner dachte an jenen kurzen Augenblick im Jasminboskett des Museumsgartens. Die ihm da= mals weich und lockend sich entgegengeschmiegt, die war auch da droben hinter den weißen Vorhängen gewesen . . .

Ach, ein armer Fabrikarbeiter sein und mit einem Mädel gleichen Standes und gleicher Art, in Ehren und Rechten, die Sehnsucht des Blutes stillen, die Wonne der Jugend auskosten . . .

Und alle, alle sannen sie so, jeder in seiner Tonart, im Takte seines Herzens . . .

Und endlich fand der gerissene Dettmer das Wort, das über die Stimmung des Augenblicks dräuend geschwebt hatte:

„Kinder — wir gehn zur Lina!!"

Einen Augenblick schwiegen die drei andern. Böhnke mahnte:

„Wir sind doch in Couleur!"

„Das hat nichts zu sagen," beschwichtigte Dett=

mer. „Die Lina wohnt draußen im Marbacher Tal,
das Haus steht abseits vom Weg in einem Garten,
da legen wir Mützen und Band und Bierzipfel, und
was einer sonst an Abzeichen an sich trägt, unter
einen Busch, und los! Das hab' ich schon öfter so
gemacht!"

„Na, denn in Deibels Namen!"

Es war ein ziemlicher Weg, den Dettmer führte.
Um abzukürzen, stieg man den Berg hinan, und west=
lich vom Schloß über die Höhe hinunter ins Mar=
bacher Tal. Enge Berggäßchen, schmale Heckenpfade,
jetzt in schwarzer Finsternis tastend, jetzt in die grellste
Helle tauchend. Einer hinter dem andern, alle schwei=
gend, nur selten wechselte man ein Wort wegen des
einzuschlagenden Weges. Und eine Hast war in ihrem
Marsch, ein Drängen nach vorwärts, als klatschte
eine Geißel über den Nacken der Schreitenden.

Zeit genug, nachzudenken . . .

Aber der Alkohol, die buhlerische Schwüle der
Nacht lähmten das Hirn — und im Nacken klatschte
die Geißel.

Wie im Traum zogen die zauberhaften Bilder des
vollmondnächtlichen Marsches an Werners Blicken
vorüber. Nun also würde sich's plötzlich erfüllen,
nun würde er wissend werden . . .

Da schwebten sie alle noch einmal vorbei an
seinem Geiste . . . die Frauen, um die er sich ge=
bangt: die blonde Babett, die seine ersten wirren

Küsse empfangen . . . Erneſtinens Mäulchen, das ſich
ihm entgegenhob im grünen Jasmingebüſch, in dem
ihre ſchwellende Jugend ſich an ihn ſchmiegte —
Roſaliens glühende Brüſte, die ſich aus blühenden
Spitzen ſeinen Lippen entgegendrängten —

Und fern, fern verſchwebten zwei andere Schatten
— ein grünlich ſchimmerndes Totenantlitz und eine
ganz, ganz verſchwimmende, angſtvoll winkende Gott=
heit . . . Elfriede . . .

Das alles hatte ſein junges Leben gekannt, das
alles hatte durch die Sehnſucht ſeiner achtzehn Jahre
gewirrt . . .

Und das würde nun das Ende ſein — Lina . . .
irgendeine Lina.

Gut . . . gut . . . mochte es ſo kommen . . . das
war das Schickſal. Das war die Weltordnung. Da=
hin hatte ja doch alles gezielt, alles, was er erlebt
hatte. Es lag eine grauenhafte Logik in dem allen.

Und nun ſtanden die vier Jünglinge vor einem
dicken Gebüſch in einem verſtohlenen Berggarten,
zogen die Bänder und ſonſtigen Couleurſchmuck ab,
legten alles in die Mützen und bargen es im tau=
feuchten Grün. Schlichen dann barhaupt Dettmern
nach und ſtanden bald vor einem einſtöckigen Häus=
chen mit dicht verſchloſſenen braunen Holzladen.

Dettmer klopfte.

Nichts rührte ſich.

Alle vier lauschten mit angehaltenem Atem. Werners Knie bebten heftig. Er hätte sterben mögen.

Abermals klopfte Dettmer. Und wieder blieb's still. —

Nun ward Dettmer ungeduldig. Er legte seinen Mund an eine Fensterspalte und rief halblaut:

„Lina!"

Nun schlürften innen Schritte, und die Läden wurden von innen vorsichtig geöffnet.

„Wer is es denn?"

„Ich bin's — der Theodor!"

„Bist denn allein?"

„Nein — ich hab' noch ein paar Freunde mit= gebracht! Brauchst keine Angst zu haben, wir sind alle ganz nüchtern!"

„Oh, ne — wann du nit allein bist . . . ich bin müd — was kommt ihr auch so spät in der Nacht — geh nach Haus!"

„Du bist verrückt, Lina — schnell mach auf — sonst komm ich nicht so bald=wieder!"

„Na, meinetwege! Aber anziehe tu ich mich nit lang — ich bleib in meiner Kammer; du kannst im Wohnzimmer Licht mache, Bescheid weißt du ja."

„Is jut, riegle man auf."

Nach ein paar Sekunden knarrte ein Schlüssel in der Tür. Dettmer klinkte rasch auf und trat in die Dunkelheit. Ein Kreischen wurde laut. Eine Tür knallte.

Da zündete Dettmer innen ein Streichholz an und trat näher. Ihm folgten die beiden andern Korpsburschen.

Als sie sich's aber in dem niederen Wohnzimmerchen der Dirne bequem machen wollten, sahen sie sich nur zu dreien.

Renonce Achenbach war verschwunden.

— — — — — · — — —

Von Ekel geschüttelt floh Werner zu Tal. Nein — das durfte nicht das Ende sein!! Das nicht!!

Und wenn er sie denn nicht bändigen konnte, die zehrende, brüllende Sehnsucht da drinnen . . .

Er würde sie nicht bändigen können . . . sie war wacher denn je, sie brüllte wilder denn je . . .

Aber so nicht — so nicht!

Nicht in den Kot sollte sie fallen, die Erstlingsblüte seines Sinnenfrühlings, nicht in den Kot! —

Da unten lag die Stadt . . . da unten schlief ein Mädchen, so schön und so begehrenswert . . .

Einmal hatte er schon vor ihrer Zimmerschwelle gestanden . . . das würde er nicht wieder tun . . . das freilich nicht . . . aber . . .

Einmal hatte sie in seinen Armen gelegen, da war jener Scholz gekommen . . .

Der war ferne . . . der konnte ihm das Glück nicht wieder entreißen im Augenblick, da sein vollster Becher ihm entgegenduftete —

Und bald sollte es sein — vielleicht schon morgen — übermorgen . . .

Mochte daraus werden, was wollte . . .

Ihm saß die Geißel im Nacken . . . er mußte — er mußte!!

Aber nicht bei der da oben — nein, da nicht, nicht im Kot, nicht im Pfuhl! . . .

Rosalie! — Rosalie! — —

Hell schien am Himmel noch der Vollmond.

Aber über Spiegelsluft lagen schon rötlichleuch= tende Wolkenstreifen.

Und Werner schritt zu Tal.

Rosalie — — Rosalie — — —

Zweites Buch

I.

Und wieder einmal marschierte Werner Samstag morgens allein gen Ockershausen. Der Gedanke an Klauser, der heute Reinigungspartie fechten sollte, überschattete alle persönlichen Empfindungen.

Selbst die der grausamen Enttäuschung, die ihn gepackt, als er gestern morgen erfahren hatte, daß Rosalie tags zuvor auf sechs Wochen zu einer Freundin nach Frankfurt gefahren sei. — — —

Vor ihm auf der Landstraße marschierte ein Mann. Eine ragende, breitnackige Gestalt. Kräftig schritten die langen, wohlgebauten Beine aus. Die Linke trug den Spazierstock, einen derben Weichsel= zweig mit krummem Griff und eisenbeschlagener Spitze, horizontal, wie ein Offizier den Säbel. Und militärisch muteten auch die ruhigen, taktmäßigen Be= wegungen an, mit denen die Arme den stattlichen Marsch des Schreitenden begleiteten. Ab und zu warf der Wind die Mähne eines rötlichen Blond= barts über die Schulter zurück.

Na, ein alter Korpsstudent ist das wohl auch nicht, dachte Werner, dazu sieht er nicht patent genug aus. Der Panamahut saß eingeknüllt im Nacken; unter dem niederen Umlegekragen wallte mit dem Bart um die Wette ein loser, dunkelblauer Lavallier, eine Lodenjoppe mit lose baumelndem Hüftgurt und kräftige Touristenstiefel ließen erkennen, daß der Fremde mehr Wert auf Bequemlichkeit, denn auf Eleganz und Korrektheit legte.

Werner, den Ungeduld und Unruhe zu einem schnelleren Tempo antrieben, überholte den Vordermann, und als er im Vorbeischreiten einen flüchtigen Blick auf seine Erscheinung warf, erkannte er etwas erstaunt, daß jener unter der Joppe über dem losen, farbigen Hemde das blau=rot=weiße Band trug. Also ein Alter Herr! Und unwillkürlich zog Werner die Mütze und hielt den Schritt an.

Da zog auch gleichzeitig der andere den Panama und streckte Wernern die Rechte hin. Der trat nun vollends näher, nahm die Mütze in die Linke, ergriff, die Arme korrekt eingewinkelt, die dargebotene Tatze des anderen, deren wuchtiger Druck ihn fast schmerzte, und nannte seinen Namen:

„Achenbach!"

„Professor Dornblüth," sagte der andere freundlich, „Alter Herr Ihres Korps. Nun, auch unterwegs nach Ockershausen?"

„Allerdings," sagte Werner, „großer Bestimmtag heute draußen, dreizehn Partien."

„Also großes Schlachtfest!" meinte Dornblüth. „Da kann ich ja gleich eine ganze Menge Jugenderinnerungen auffrischen."

„Wann sind Sie in Marburg angekommen, Herr Professor?"

„Gestern abend mit dem Elf=Uhr=Schnellzuge von Cassel."

„Auf der Durchreise?"

„O nein — — na, da scheint man also im Korps noch nicht zu wissen . . . ich denke dauernd hier zu bleiben, ich bin als Nachfolger von Professor Wilhelmi an unsere alte Alma mater Philippina berufen."

„Ach? Das — davon habe ich im Korps noch nichts gehört. In welcher Fakultät, wenn ich fragen darf?"

Der Professor schmunzelte. „In der juristischen," sagte er. „Sie sind wohl Mediziner?"

„Nein," sagte Werner errötend, „ich bin Jurist."

„So," lachte der Professor. „Aber von den internen Verhältnissen Ihrer Fakultät haben Sie, scheint's, noch nicht allzuviel Ahnung. Na, werden Sie nur nicht rot . . . ich war als krasser Fuchs auch nicht besser, und doch soll ich jetzt meine jungen Korpsbrüder in die abgründigen Geheimnisse der Pandekten einführen. Also erzählen Sie mir mal was vom Korps. Ich war zehn Jahre in Berlin und habe da den Zusammenhang mit dem Korpsleben etwas verloren. Nun mich aber das Schicksal wieder ins alte Marburg gerufen hat, hoffe ich . . ."

Er führte seinen Satz nicht zu Ende und sah erwartungsvoll auf Werner.

„Wir... haben siebenunddreißig Aktive,“ meldete Werner nach einigem Besinnen, wo er anfangen solle. „Neunzehn Korpsburschen, darunter acht Jungburschen aus diesem Semester, achtzehn Renoncen, darunter noch drei Brander.“

„Na ja, das ist ja ganz erfreulich. Aber auf die Zahlen kommt's mir eigentlich weniger an. Wie ist das Leben im Korps... wie gefällt es Ihnen?“

„Oh — selbstverständlich wundervoll — großartig.“

„Selbstverständlich. Diese Antwort hätte ich von einem krassen Fuchsen eigentlich erwarten können. Was gibt's denn heute draußen bei Ruppersberg? Ist Cimbria stark vertreten?“

Werner wurde etwas verlegen. „Also zunächst sollen sich die drei Brander, die noch nicht das Band haben, in die Rezeption pauken.“

„Na, das wird nicht hervorragend interessant werden. Weiter.“

„Dann — fechten von unseren neugewählten Chargierten zweie. Papendieck, unser Erster, gegen Herrn Cornelius Hasso-Nassoviae gewesenen Zweiten, Zweiten, und der Dritte Dettmer gegen Herrn Bergmann Guestphaliae Dritten.“

„Wird's da was zu sehen geben?“

„Nun — besondere Fechter sind die beiden ge-

rabe nicht. Aber dann — dann ficht unser Klauser
. . . der bis vor kurzem zweiter Chargierter war . . .
gegen Seydelmann Hasso=Nassoviae gewesenen Ersten,
Ersten, Ersten Reinigungsmensur."

„Was? Das Korps hat seinen Zweiten auf
Mensur verloren?"

„Allerdings."

Der Professor schwieg einen Augenblick. Mit
gerunzelten Brauen schritt er fürbaß. Werner be=
trachtete ihn verstohlen von der Seite. Und dieser
eine, dieser erste Blick genügte, um Werners junges
Herz für diesen seinen Korpsbruder und künftigen
Lehrer zu begeistern.

„Also der Unsinn mit diesen aberwitzig scharfen
Mensuransprüchen... der besteht noch immer? Aber
na — darüber werd ich mich mit den Korpsburschen
mal unterhalten. Was ist denn Klauser für ein
Mann? Erzählen Sie mir was von ihm. Wünschen
Sie ihm, daß er heute gut abschneidet?"

„Das wünsche ich von ganzem Herzen, Herr Pro=
fessor. Klauser ist mein bester Freund im Korps."

„Ach — sieh da. Also ein guter und braver
Kerl?"

„Ein ganz wundervoller Mensch, Herr Pro=
fessor."

„Nun, dann wollen wir beide ihm mal ordentlich
den Daumen halten. Das wäre ja auch zu dumm,
wenn ein Korpsbursch, von dem sein Freund in

solchem Tone spricht, unserer lieben Cimbria auf diese Art —" Wieder schwieg der Professor.

Eben schritt man an den letzten Villen nach Ockershausen zu vorbei. Da bog aus einem Seitenwege eine Dame in die Chaussee und kam langsam und unruhig in der Richtung auf die Marschierenden zu näher. Werner fühlte eine tiefe Bewegung; unwillkürlich wandte er den Blick zurück, und richtig: dort, etwa fünfzig Schritt hinter ihm und dem Alten Herrn kam Klauser geschritten, einsam, den Strohhut tief in die Stirn gedrückt. Marie hatte dem Geliebten vor seinem schweren Gange noch einmal begegnen, ihm wenigstens einen stummen Gruß spenden wollen . . .

Hochaufgerichtet, vor Erregung und Sehnsucht glühend das schöne Gesicht, schritt sie vorüber und erwiderte Werners ehrerbietigen Gruß mit einem ernsten Blick des Einverständnisses.

„Wer war das?!" klang da die Stimme des Professors in einem ganz seltsamen Tone an Werners Ohr.

„Das — o — das war . . . das war ein Fräulein Marie Hollerbaum."

Der Professor sah Werner von der Seite an und beobachtete das Gehen und Kommen der stürmenden Gefühle auf dem verräterisch weichen Knabenantlitz.

„Ihre Flamme wohl, wie?"

„Nein, meine nicht . . ."

„Aber?“

„Ja, ich weiß nicht recht . . . aber schließlich, warum soll ich Ihnen das nicht sagen, ganz Marburg weiß es doch . . . das war Klausers . . . Braut.“

„Ach?! Seine Braut? Offiziell?“

„Offiziell natürlich nicht —“

„Wie alt ist denn der glückliche Bräutigam?“

„Einundzwanzig.“

„Und — sie?“

„Auch einundzwanzig — meines Wissens.“

„Kinder, Kinder!! — Und er — welche Fakultät?“

„Mediziner.“

„Vor dem Staatsexamen?“

„Nein — hat das Physikum noch vor sich.“

„Und dann — Bräutigam! Ach, Himmel, wenn ihr jungen Leute wüßtet . . . na, mich geht's ja schließlich nichts an.“ Der Professor versank in Grübeln. Und Werner mußte den Blick zurückwenden; eben schwebte Marie an Klauser vorbei — er zog den Hut tief, sie neigte das flechtenschwere, blonde Haupt, und vorbei eins am andern . . .

Der Professor folgte Werners Blick und beobachtete ebenfalls die Begrüßung.

„Der da mit dem Strohhut . . . das ist wohl —?“

„Ja — das ist Klauser.“

Der Professor wiegte leise das Haupt. „Eine Braut, die ihren Bräutigam auf dem Wege zur —

Reinigungsmensur begrüßt... ach Jugend, Jugend
... man muß sie ja so lieb haben... deine Eseleien."
Er hatte das letzte halb zu sich selbst gesprochen.

„Herr Professor, verzeihen Sie... aber das mit
Klauser und Marie... das ist heiliger Ernst —!"

„Na selbstverständlich ist es heiliger Ernst! Das
wäre auch noch schöner, mit s o   e i n e m Mädchen
anders als in heiligem Ernst... Wollen wir nicht auf
Klauser warten?"

„Wenn Sie auf ihn warten wollen, Herr Pro=
fessor... ich darf nicht, verzeihen Sie... Klauser
ist doch in Demission."

„Ach so... richtig... und da dürfen Sie sich
mit Ihrem besten Freunde nicht... richtig, richtig...
ja, ja... man muß sich erst wieder eingewöhnen."

Einen Augenblick schwiegen beide und sannen.

Dann war's, als müsse Dornblüth irgend etwas
abschütteln.

„Na — nu erzählen Sie mir mal noch mehr
vom Korps. Und von Marburg... von allem, was
Ihnen grad' einfällt. Sie können sich wohl denken,
daß mir heut ganz wunderlich ums Herz ist. Als ich
zum letzten Male diesen Weg ging, das war vor drei=
zehn Jahren. Damals war ich inaktiver Korpsbursch
und stand vorm Referendarexamen... heut ‚hab'
ich Semester und heiß altes Haus'... aber das da,
das Schloß da oben und diese wunderbaren Berge

... das ist grad' so wie damals ... erzählen Sie, Herr Korpsbruder, erzählen Sie!"

Und Werner plauderte von allerlei Erlebnissen und Zuständen im Korps ... nicht sein eigenes Empfinden ließ er laut werden ... nein, was und wie eben ein korrekter, wohlerzogener Korpsfuchs einem Alten Herrn erzählen konnte, den er vor zehn Minuten kennen gelernt hatte, und von dem er zum Überfluß wußte, daß er dem akademischen Lehrkörper angehören würde.

Und dennoch ... wider seinen Willen geschah's, daß etwas von der eigenen Stimmung Werners, von seinen Kämpfen, Qualen und Zweifeln in seinen Bericht hinüberströmte. Und gefesselt hörte der Professor zu.

Dann aber schienen seine Gedanken plötzlich abzuschweifen.

„Hollerbaum? Nannten Sie das junge Mädchen da nicht eben Hollerbaum?"

„Ja — so heißt sie."

„Der Dekan meiner Fakultät, dem ich hauptsächlich meine Berufung... mit dem ich hauptsächlich wegen meiner Berufung nach Marburg verhandelt habe, heißt Geheimrat Hollerbaum."

„Das ist der Vater der jungen Dame."

„So ... also die Tochter eines Kollegen. Hm. Na, erzählen Sie weiter. Also das Kolleggehen haben Sie sich abgewöhnt... wer weiß, vielleicht gewöhnen

Sie sich's jetzt wieder an. Es sollte mich freuen, wenn ich meinen jungen Korpsbrüdern die sogenannte trockene Rechtswissenschaft etwas genießbar machen könnte."

„Ach, ja, das wär wundervoll! Denn, Herr Professor, das Bummeln ist ja ganz schön — aber... der Moralische, den man dabei immer hat! Ich glaube, wenn man vernünftig arbeiten würde... das Korpsleben würde einem dann viel besser schmecken."

„Na, Sie können's ja im nächsten Semester mal probieren! Für dies Semester lohnt's ja gar nicht erst anzufangen. Ich muß allerdings die Vorlesungen des verstorbenen Kollegen Wilhelmi zu Ende führen, und es traf sich gut, daß ich, einer größeren Arbeit zuliebe, meine Berliner Vorlesungen diesen Sommer ganz ausgesetzt habe... im nächsten Semester, hoffe ich, sollen dann die blauen Mützen immer reihenweise in meinem Auditorium hängen. Dann werden wir hoffentlich beide Freude aneinander erleben."

„Das wäre herrlich, Herr Professor!"

„Von wegen Verschwindens des ‚Moralischen‘, nicht wahr?"

„Nein — überhaupt, Herr Professor, über= haupt!"

— — — — — — — —

Mit bebender Spannung hatte Werner die Reinigungsmensur des Freundes verfolgt. Er hatte noch zu wenig Urteil, um mit Bestimmtheit vermuten zu können, ob die Mensur genügen würde oder nicht. In jeder Pause hatte er unruhig und sorgenvoll in die Gesichter der Korpsburschen gespäht, um aus deren Ausdruck zu erkennen, welchen Eindruck Klausers Haltung auf den C. C. mache. Aber eisern verschlossen blieben die Mienen der jugendlichen Richter.

Und so steigerte sich denn Werners Erwartung zum Fieber, als der Unparteiische nach einem Schlachten, das mit den Pausen über eine Stunde gedauert hatte, endlich verkündete:

„Silentium — zehn Minuten sind geschlagen. Wünscht einer der Herren Sekundanten noch Erklärung? — Silentium, Mensur ex —!"

Fast unkenntlich, Gesicht, Paukhemd, Lederschurz mit halbtrockenem und frischem Blut dick verklebt, verließen beide Paukanten den Schauplatz des unentschieden gebliebenen Zweikampfes. Werner folgte Klausern. Er hatte das Bedürfnis, ihm in der nächsten Viertelstunde zur Seite zu sein; der Viertelstunde, welche darüber entscheiden sollte, ob der Freund für würdig befunden würde, das schon halb verscherzte Korpsband aufs neue zu tragen, oder ob er als ungeeignet für alle Zeiten aus den Reihen der Cimbern ausgestoßen werden würde . . . Er sah, wie Dammer, der Fuchsmajor, auf Papendiecks Anordnung die Korpsburschen zum außerordentlichen Korpskonvent in den Garten lud, und es war ihm wie eine geheime Beruhigung, zu sehen, daß auch Professor Dornblüth dieser Einladung Folge leistete. Und während Klauser sich unter Wicharts Pflege begab, trat Werner an das Fenster in der Flickstube und nickte und lächelte dem Freunde immerfort zu. Er fühlte, während Wicharts unfehlbare Finger dem Freunde Nadel um Nadel durch Kopf- und Gesichtsfleisch zogen, daß dieser schier unempfindlich war gegen die körperlichen Schmerzen und nur unter dem einen Gedanken erbebte: was mögen die da unten jetzt beraten? Was werden sie mit mir machen?!

In einer schattigen Laube, dicht umhangen von Pfeifenblatt- und Jelängerjelieber-Ranken hatte der C. C. der Cimbria Platz genommen. Obenan saß der Senior Papendieck, ihm zur Rechten der Alte Herr Dornblüth und einige Inaktive, die heute zur Mensur herausgekommen waren, um dem aktiven C. C. bei Beurteilung von Klausers Reinigungsmensur ihren Rat nicht vorzuenthalten. Daran schlossen sich die Korpsburschen dem Alter nach: die jüngsten hatten auf den Bänken nicht mehr Platz gefunden und drängten sich am Eingange der Laube.

„Silentium für den A. O. C. C.,“ sagte Papendieck feierlich, und alle nahmen die Mützen ab und legten sie vor sich auf den Tisch, auch der Alte Herr Dornblüth, dessen mächtiger Kopf statt des durchgezogenen vorschriftsmäßigen Scheitels ein freies Gewoge leicht ergrauender Locken trug.

„Ich stelle die Reinigungsmensur unseres Korps=
bruders Klauser zur Besprechung. Wer wünscht das
Wort?"

„Ich bitte ums Wort."

„Ich auch."

„Ich auch."

Von allen Seiten klang's.

„Silentium für Krusius," sagte Papendieck und
notierte die Namen der anderen Bewerber.

„Also meine Meinung ist folgende," begann
Klausers glücklicher Nachfolger in der Fechtcharge.
„Die merkwürdige Nervosität, die uns vor vierzehn
Tagen an Klauser aufgefallen ist, hat sich heute wo=
möglich noch in verstärktem Maße gezeigt. Ich will
nicht verkennen, daß er sich die äußerste Mühe ge=
geben hat, dagegen anzugehen, aber ohne Erfolg. So
war der äußere Eindruck seiner ganzen Haltung auf
mich ein äußerst ungünstiger. Dazu kommen folgende
Einzelheiten:" — Der Sprecher schlug sein Notizbuch
auf — „er bringt bei jedem Hieb die rechte Schulter
etwas vor, dabei die linke etwas zurück und holt den
Hieb sozusagen aus dem Schultergelenk heraus. Das
sieht einfach niederträchtig aus. Zweitens: einmal,
ich weiß nicht, ob es den anderen Herren auch auf=
gefallen ist, hat er sich beim a-tempo=Hieb ganz deut=
lich zurückschlagen lassen. Dann hat er auf die Terz
unverkennbar, zwar nicht mit dem Kopf gemuckt, das

nicht, aber die Augen zugekniffen und das Gesicht
verzogen. Kurz: mir hat die Mensur nicht genügt."

„Als Reinigungsmensur nicht oder überhaupt
nicht?" fragte der Erste.

„Überhaupt nicht."

„So. Hm. Also dann Silentium für i. a. C. B.
Koch."

Koch, ein feister Mediziner im siebenten Se=
mester, ein Mensch, den Phlegma und Gemütsruhe
fast erstickten, sagte ruhig:

„Ich verlange von einer Reinigungsmensur, daß
der Betreffende sich einfach hinstellt und sich ver=
prügeln läßt. Bei Klausers Mensur habe ich immer
das Gefühl gehabt, als ob eigentlich der andere die
Reinigungsmensur zu schlagen hätte. Es sah ja aus,
als wenn es dem Klauser nur darum zu tun wäre,
den andern möglichst bald abzustechen. Und dabei
kam es doch nur darauf an, daß Klauser seine Hiebe
bekam und uns bewies, daß er stehen kann, auch
wenn's Senge gibt. Das hat mir sehr schlecht ge=
fallen."

„Silentium für Dettmer!"

„Ich kann mich Krusius und Koch keineswegs
anschließen. Ich finde, Klauser hat heute weit besser
gestanden als neulich. Er hat zwar wieder einigemal
den zweiten Hieb ausgelassen, aber sonst ist mir nichts
aufgefallen. Mir hat die Mensur als Reinigungs=
mensur genügt."

„Na, wenn dir weiter nichts aufgefallen ist," sagte Papendieck, „dann hast du die Oogen würklich 'n büschen feste zugemacht. Ich kann nur sagen, daß Klauser sehr zapplig gefochten hat, sehr unsicher. Es waren ja gerade keine Einzelheiten, aber seine ganze Haltung war nicht nach meinem Gf'mack. Ich meine, wenn einer sein Korps so blamiert hat, wie Klauser uns neulich mit seine sweinmäßige Fechterei, dann is der dem Korps eine andere Reinigungsmensur schuldig, als wir sie heute zu sehen bekommen haben."

Eine mildere Auffassung schienen die Jung=burschen zu haben. Aber sie wagten sich nicht so recht mit der Sprache heraus.

Nur Dammer nahm energisch Klausers Partei.

„Liebe Korpsbrüder," sagte er mit einem Beben der Aufregung, doch mit Festigkeit, „ich bin noch nicht sähre lange im C. C., aber ich kann nach mein' Ge= fiehle nur sagen, ich hab gefunden, wenn der Klauser nich gestanden hat, wie mer's am Ende kennte ver= langen, dann is das nur darum gewesen, weil er sich gar zu viel Miehe hat gegä'm. Gar zu gut hat er's wollen mach'n, und darum ist er so unruhig gewesen. Un ich meine, wir kenn' doch Klausern alle, und wir wissen, daß er einer is, der den leibhaftigen Deifel aus der Helle tät rausholen, wann's mal mechte netig sein. Und das is doch schließlich die Hauptsache, meen 'ch."

„Na, wenn's nach Dammer seiner Ansicht ging,
denn brauchen wir ja schließlich überhaupt keine Men=
suren mehr zu schlagen, dann kriegte einfach der das
Band, der nach Ansicht seiner Korpsbrüder guten
Willen hat und dat Hart up den rechten Flagl!" So
meinte der Senior. „Es scheinen also zwei Ansichten
vertreten zu sein: Krusius und Koch, ihr findet die
Mensur wohl völlig ungenügend; na, dann muß ich
also bitten, Krusius, daß du einen entf—prechenden
Antrag f—tellst."

„Ich beantrage: C. B. Klauser perpetuell zu di=
mittieren." Krusius hatte es hart und kalt ausge=
sprochen, und es ging denn doch einen Augenblick ein
jähes Frösteln durch die Versammlung.

„Na, das wäre also dein Antrag, Krusius. Sollte
etwa auch jemand den Antrag stellen wollen, die Di=
mission von Klauser aufzuheben — so daß also seine
Mensur als Reinigungsmensur zählen würde?"

„Ich stelle den Antrag," sagte Dammer ruhig
und fest.

„Ich für meine Person," sagte der Erste, „mir hat
die Mensur zwar genügt, aber nicht als Reinigungs=
mensur. Demnach werde ich beide Anträge ablehnen,
den Antrag Krusius auf perpetuelle Dimission sowohl
wie den Antrag Dammer. Wünscht jemand vor der
Abstimmung noch das Wort?"

„Ich bitte ums Wort." Professor Dornblüth hatte

es mit markiger Stimme gesprochen. Alle Augen flogen zu seinem Gesichte hinüber, das, tiefgebräunt, von scharfen Furchen durchzogen, mit der hohen, schon etwas kahlen Stirn und dem wehenden, schon leicht angegrauten Rotbarte ganz seltsam mächtig und wuchtend zwischen den rosigen, flaumigen Knabengesichtern stand.

„Liebe Korpsbrüder," sagte der Professor, „ich kenne Sie alle erst seit einer Stunde, Klauser persönlich überhaupt noch nicht. Ich stehe seit dreizehn Jahren, obwohl ich während des größten Teils dieser Zeit Hochschullehrer gewesen bin, dem studentischen, dem Korpsleben ziemlich fern. Für diejenigen unter Ihnen aber, die es noch nicht wissen sollten, teile ich hier mit, daß ich als ordentlicher Professor der Rechtswissenschaft nach Marburg berufen worden bin und hoffe, in Zukunft auch mit unserer lieben Cimbria in so angenehmem und innigem Zusammenleben zu stehen, wie es mir als Altem Herrn und in meiner Stellung als Universitätslehrer noch besonders ziemlich erscheint. Das voraus. Nun ein paar Worte über unsern Fall. Liebe Freunde, ich erwarte von Ihnen nicht, daß die Ansicht eines Alten Herrn in Mensursachen sehr starken Eindruck auf Sie machen wird. Ich war ja doch selbst aktiv, war zwei Semester Erster und entsinne mich wohl genug, mit welcher souveränen Verachtung wir als Aktive auf diese fossilen Reste längst vergangener Ansichten und Auffassungen herabsahen, welche sich in den Alten Herren verkörperten."

Er lachte behäbig, und auf allen Gesichtern zeigte sich ein verständnisinniges Schmunzeln.

„Nur eins möchte ich zu bedenken geben: Sie wollen — wenigstens möchte Ihr vortrefflicher Zweit=chargierter, Krusius, den ich zum mindesten als glän=zenden Sekundanten schon schätzen gelernt habe, der möchte Sie dazu veranlassen, unsern Klauser endgültig aus dem Korps auszuschließen. Wissen Sie, was das für Klauser bedeutet?! Da draußen weiß kein Mensch, was zweiter Hieb und was rechte Schulter vorbringen und Augen zukneifen bedeutet. Da wird man von Klauser nur so viel wissen: das ist ein her=ausgeschmissener Korpsstudent — herausgeschmissen, weil er sich auf der Mensur feige benommen hat!! — Und das wird der Mann sein Leben lang nicht ganz los! Daraus können Neider und Feinde immer bei Gelegenheit Knüppel schneiden, um sie ihm zwischen die Beine zu werfen!! — Nun, meine Her=ren Korpsbrüder, ich appelliere an Ihre Freundschaft: mögen Sie den Mann, den Sie vier Semester lang Bruder genannt haben, so ins Leben hinausstoßen —? Hat er das verdient?!"

Er sah umher. Krusius wirbelte nervös sein flaumiges Schnurrbärtchen, Koch kraute seinen kahl=geschorenen Schädel, Papendieck war verlegen, die jüngeren Korpsburschen konnten sich kaum halten, dem Alten Herrn zuzujubeln.

„Nun zur Mensur selbst. Ich bin festiglich davon überzeugt, daß Sie, meine jungen Herren, von Mensuren viel mehr verstehen, als ich alter Knabe, der heut zum erstenmal seit vierzehn Jahren wieder einmal hat Blut fließen sehen. Aber . . . von Menschen verstehe ich vielleicht einiges und habe Blick dafür . . . und da kann ich nur sagen: ich hab' das sichere Gefühl, als ob dieser junge Klauser aus dem Holz wäre, aus dem das Leben Männer schnitzt . . . Männer . . . Freunde . . . Kämpfer . . . aber Sie kennen ihn ja besser: täusche ich mich am Ende?"

„Nein! Nein! Klauser ist ein Prachtkerl! Ist keiner im Korps, der ihn nicht mag!" so klang's von allen Seiten in die parlamentarische Stille hinein.

„Silentium!" gebot Papendieck. „Sie hören, Alter Herr, so is dat nich, dat irgendeiner wat gegen Klauser hat, ne, so nich."

„Nun, also! Und wenn einer, den ihr alle liebt, der euch allen würdig dünkt, euer Freund zu sein . . . wenn der in der wahnsinnigen Aufregung des Kampfes um das korpsstudentische Sein oder Nichtsein . . . in der Hitze seines offenbar feurigen Temperaments um ein paar Linien von dem Ideal der korpsstudentischen Fechterei abweicht . . . dürft ihr ihn darum als unwürdig ausstoßen?! Ich meine, jeder Zoll seines Wesens, jede Bewegung bei seiner

Mensur zeigte: ich habe nur den einen Gedanken: es dem C. C. recht zu machen, ihm zu genügen, mich würdig des Bandes zu zeigen, das ich schon halb und halb verscherzt habe . . . war's nicht so?!"

Aller Augen hingen an seinem Munde, und man sah, daß es auch jenen, die Klausers Ausschließung befürwortet hatten, dabei nicht wohl gewesen war: daß sie sich lediglich verpflichtet geglaubt hatten, dem Ideal von Mensurschneid, das ihnen von Rechts wegen vorschwebte, wieder einmal ein Opfer zu schlachten, um die vermeintliche Schmach, die Klauser dem Korps als dessen Zweiter durch eine unge= nügende Mensur angetan, zu sühnen.

„Nun, meine lieben Herren Korpsbrüder, ich habe als Alter Herr in Ihrem Konvent nur Sitz, aber keine Stimme. Ich schlage Ihnen vor: nehmen Sie den Antrag unseres jungen Herrn, von dem ich bisher nichts weiß, als daß er aus Dresden ist und das Herz auf dem rechten Fleck hat —"

„Ich heeße Dammer," warf der Fuchsmajor mit einer linkischen Verbeugung, errötend, dazwischen. Alles lachte laut und befreit auf.

„Also lieber Korpsbruder Dammer, ich bitte die Herren Korpsbrüder, Ihren Antrag anzunehmen."

„Ich ziehe meinen Antrag, Klauser perpetuell zu dimittieren, hiermit zurück," sagte Krusius.

„Somit ist nur noch über den Antrag Dammer abzustimmen: die Dimission auf unbestimmte Zeit des

C. B. Klauser aufzuheben. Ich schreite hiermit zur Abstimmung: Der Antragsteller stimmt zuerst, dann der jüngste Korpsbursch. Also bitte?"

„Dafier," sagte Dammer im Brustton. Und: „Dafür!" „dafür!" „dafür!" ging's von Mund zu Munde.

Nur Krusius und Papendieck, die beiden ersten Chargierten, stimmten gegen den Antrag. Sie fühlten sich für den Mensurschneid Cimbrias verantwortlich und hätten es immerhin lieber gesehen, wenn Klauser noch eine zweite Reinigungspartie hätte fechten müssen. Aber im tiefsten Herzen waren doch auch sie, wie alle andern, geradezu erlöst. Mit lautem Geplauder, viele zu zweit und zu dritt Arm in Arm, verließ man die Laube und schwärmte in den Saal zurück. Und nicht wenige umgaben den Professor, der, fast alle um Haupteslänge überragend, in der Schar der Jungen heitern Herzens durch das Grün und den Glanz des Sommermittags wandelte, froh der seltsam jugendlichen Frische, die ihn durchpulste . . . und vor seinem Blick stand dabei das Bild eines fest schreitenden, voll erblühten Mädchens, dessen ernstes Auge nun bald aufstrahlen würde, beglückt entgegenleuchten jenem andern, dem Knaben, ihrem „Bräutigam", dem er, Wilhelm Dornblüth, soeben das Korpsband gerettet hatte. — —

Oben hatte es a l l e n dreien, dem Paukanten, dem Freunde und auch dem guten, teilnahmsvollen

Herzen des wackeren Paukarztes erscheinen wollen, als nähme der Mensuren=C. C. kein Ende. Längst war Wichart fertig, längst Klausers Kopf und linke Wange im dichten Wattebausch eingewickelt und wieder mit dem bergenden Turban versehen . . . die Korps=burschen kamen noch nicht . . . unzählige Male hatte Werner die Hand des Freundes tröstend gedrückt . . . da plötzlich rief Wichart, der am Fenster stand: „Sie komme!"

Werner schoß ans Fenster: „Hurra, Klauser, ich gratuliere! sie lachen . . . alle sind sie vergnügt, alle strahlen sie . . . gut hat's gegangen!"

Und schon stand Papendieck in der Tür. Am selben Fleck, wo vierzehn Tage vorher Scholz Klauser seine Strafe verkündet hatte, eröffnete nun der neue Senior ihm seine Erlösung, in gleich offizieller Hal=tung, mit den gleichen formelhaften Worten:

„Klauser, ich habe dir aus dem C. C. mitzuteilen, daß deine Dimission aufgehoben ist. Gratuliere!"

Und ohne jede Gefühlsäußerung, korrekt und feierlich, schüttelten die beiden Jünglinge sich die Hände, aber es zitterte doch ein Unterton von Zu=sammengehörigkeitsgefühl, von Kameradschaft hin=durch, in dem das Menschliche ganz, ganz zaghaft durch den rasselnden Harnisch, das tief niedergeklappte Visier dieses modernen Rittertums hindurchleuchtete.

Und dann ging Papendieck hinaus, Wichart gra=tulierte feuchten Auges, doch lächelnden Mundes:

„Na, schaust, Klauser? Nur or'ntlich druff=
dresche! Hernach geht's schon!"

Und Werner? Er wäre Klauser am liebsten um
den Hals gefallen. Aber das wäre unkorpsstudentisch
gewesen. So begnügte er sich, Klauser behilflich zu
sein, das blau = rot = weiße Band anzulegen, und
flüsterte ihm dabei selig zu:

„Du . . . Marie —!!"

Und nun drängten die andern Korpsburschen
herein und gratulierten Klauser, und in ihrer Mitte
schritt er zurück in den Saal. In seinem Herzen war
auf einmal eine seltsame Bitterkeit, die er sich nicht
erklären konnte. Nun auf einmal wieder Bruder,
Freund, und vierzehn Tage lang verbannt, ausge=
stoßen, verlassen... und warum das alles? warum?!

Er hätte glücklich und versöhnt sein müssen —
aber er war es nicht.

II.

Rosalie war fort. Und wieder einmal hatte Werners Sehnsucht dicht vorm Tor der Erfüllung gestanden. Und das Tor war wieder einmal ver= schlossen geblieben.

Und wieder empfand er das seltsame Doppelspiel der Gefühle: die folternde Enttäuschung der Sinne und das befreite Aufatmen der Seele, wie nach Er= rettung aus wild anbrandender Gefahr . . .

Und wie er dann am Tage seines neunzehnten Geburtstages aus einem Schwall von kleinen Gaben= paketen neue Kabinettaufnahmen der geliebten Eltern herauswickelte, und das Doppelpaar der treusorgend= sten Augen ihn anblickte so voll gläubiger Liebes= ruh, und wie aus den Glückwunschbriefen der Teuren der ganze Zauber seiner umfriedeten, lautern Heimat ihm entgegenhauchte, da war es ihm wieder einmal kinderstill zu Sinn, da segnete er sich wieder einmal, daß nicht eigenes Verdienst, sondern etwas wie eine sonderbarlich leitende Führerhand ihm bis zur Stunde die Unberührtheit des Leibes erhalten hatte über alle Stürme der Sinne, über alle Fährlichkeiten der Versuchung hinweg . . .

Aber andere Stunden kamen wieder, die Be= ängstigungen der Nächte stellten sich ein, die immer wieder nach Sättigung schrien . . . und manchesmal noch schlich er von der Kneipe nach Hause, vertauschte die Couleur mit einem Strohhut und strich ein paar Stunden lang in den nächtigen Straßen des schwei= genden Städtchens umher, als müsse ihm der Zufall irgendein Weibliches in den Weg treiben . . . wirk= lich sprach ihn einmal ein Frauenzimmer an, aber wie er ihr in das zerstörte Lasterantlitz geschaut, entwich er schaudernd.

Und wenn dann die hellen Sommermorgen kamen, die wolkenlosen Sonnenaufgänge einer wahr= haft gnadenreichen, dauerhaften Gebelaune der Na= tur, dann war wieder alles verflogen, und Werners Seele jauchzte dem Tag, der Jugend entgegen, stürzte sich in den Strom harmloser, kritikloser Lust . . . Er war jetzt ganz der korpsstudentischen Formen Herr geworden, und mit der Sicherheit mehrte sich die Freude an dem ganzen geregelten, streng abgezirkel= ten, doch innerhalb dieser engen Schranken so tollen und rauhfröhlichen Korpsbetrieb.

Namentlich die Museumsreunions, die alle vier= zehn Tage stattfanden, machten ihm nun ein unbän= diges Vergnügen. Er wurde ein beliebter Tänzer, galt als amüsanter Gesellschafter unter den jungen Mädels, bei den Müttern als ein Muster tadellosen und vertrauenswürdigen Benehmens. Nur vor einer hütete er sich: mit der kleinen Siegerländerin tanzte er wohl einmal, aber wenn die Runden herum waren, führte er sie stets schnell zum Tisch des Vogtschen Pensionats ... er wußte, dort beobachtete man ihn ganz besonders, wenn er mit der kleinen Ernestine tanzte, und fürchtete die Spionenaugen der Mademoiselle. Er mochte nicht mit diesem Mädchen zusammen genannt werden, er schämte sich jener raschen Aufwallung, die ihn mit ihr zusammengebracht, er floh vor dem Sturm der Sinne, den ihm jene geweckt, die ihn doch niemals befriedigen würde ... er sehnte sich jetzt nach Ganzheit ... wenn er einmal wieder glühte, dann wollte er auch hoffen dürfen, zu besitzen ... ihm graute bei der Erinnerung an die Stimmung jener Ständchennacht, die vom Vorhof des Paradieses bis zum Vorhof des Höllenpfuhls geführt hatte.

Rosalie würde wiederkommen, und dann würde ihm werden, was er brauchte ... sie würde ihn glühen machen und auch seine Glut kühlen ... die Sehnsucht aber, die jene unbewußten und unberührten Kinder weckten, die, das wußte er jetzt aus Erfahrung, die endete bei Lina ... wenn man nicht eine Natur wie Klauser war, eine anima candida, eine lautere Seele, die in einen Körper von so herrlicher Gesundheit gebannt war, an dem das Fieber der Sinne nicht mehr zu zehren schien, denn die Flammen am Golde.

Ja, wenn Werner einen Menschen beneidete, dann war's Klauser. Den trug seine Liebe, seine

junge, heilige Liebe über den Schlamm der Sinnen=
dränge, der durfte sich von den Lippen der Geliebten
den Mut und die Kraft zur Reinheit und Entsagung
küssen ... ja, wenn Werner ein einziges Mal von
Elfrieden gehört hätte:

Mein Süßer! Mein Geliebter! —

O, dann wäre er gewiß nicht nachts wie ein
losgelassener Hund durch die Straßen von Marburg
gerannt ...

Und in die prangenden Hochsommertage des Juli
fiel ein heiteres, ein stolzes Fest. Die Alma mater
Philippina zählte zum ersten Male, seit Landgraf
Philipp sie im Jahre des Heils 1527 als Hochburg
des jungen Evangeliums gegründet, die Zahl von
tausend Studenten. Senat und Stadt rüsteten eine
festliche Heerschau über ihre geliebte Studentenschaft,
und auf dem Dammelsberg, dessen grüne Kuppe das
natürliche Zelt über einen der schönsten Festplätze
Deutschlands wölbte, war alles zur Feier bereitet. Der
Himmel selbst feierte mit, spannte über dem jubi=
lierenden Städtchen, über den schon angedunkelten
Bogen des Dammelsbergzeltes ein zweites, lichteres
Gezelt in tiefem Blau, und die Sonne übernahm die
Beleuchtung bis zum Abend, wo programmäßig Tau=
sende von Lampions sie ablösen würden.

Im Garten des Korpshauses sammelte sich
Cimbria zum Festzuge. Schon standen die drei Herren
Chargierten im vollen Wichs bereit.

„Donnerwetter, Leibburſch, du ſiehſt ja pracht=
voll aus!"

Werner hatte es ehrlich herausgeſagt. Obwohl
ein zutraulicheres Verhältnis ſich auch zu ſeinem
neuen Couleurvater nicht herausgebildet hatte, ſtan=
den doch beide trefflich zuſammen. Und er war auch
wirklich ein ſchmucker Burſche, dieſer blonde, glatte,
korrekte Geſell, dem alles ſtand, was er trug und
tat, der in Milch und Blut des Geſichtes, in Blond
und Blau von Haar und Auge ſo recht das Muſter=
bild eines deutſchen Durchſchnittsjünglings war, und
deſſen Temperament und Geiſt, deſſen Manieren
und Anſichten ſich ebenſo ſicher auf der mittleren
Linie des Wohlgefällig=Trivialen bewegten. Heut
ſah er wirklich aus wie ein Bild: das Blau der
Pekeſche und des Cerevifes wetteiferte mit dem Blau
der Augen, die weiß und goldene Verſchnürung
blitzte, knapp umſchloſſen die weißen Lederhoſen, die
langen Lackſchäfte das wohlgeformte Bein, ſtrahlend
umzog das Korpsband und darüber die blau=rot=
weiße Atlasſchärpe die hochgewölbte Bruſt, und in
wildledernen Fauſthandſchuhen mit mächtigen Stul=
pen ſteckte die ſchwertgeübte Hand des Fechtchargier=
ten, an deſſen Seite der Paradeſchläger in blinkender
Stahlſcheide ſtolz ſchleppend über den Gartenkies
hüpfte.

Neben dem Subſenior machte Dettmer, der
Dritte, ſonſt auch ein hübſcher, doch zu ſchmächtiger

Bursche, eine unbedeutende, der baumlange dürre Papendieck eine fast komische Figur.

Und in den Laubgängen des Kneipgartens ordnete sich der Zug. Zu zweien Arm in Arm, so rangierten sich Cimbrias Söhne, heute verstärkt durch die Inaktiven und die in Marburg studierenden Vertreter der Kartell= und befreundeten Korps, die heut alle in ihren Farben erschienen waren, um das Fest der Philippina mitzufeiern und Cimbrias Auftreten beim Feste imposanter zu gestalten.

Papendieck ordnete die Korpsburschen, Dammer die Füchse. Als endlich alles paarweise geordnet war, bemerkte Papendieck, daß Klauser seinen Arm in den der Renonce Achenbach geschoben hatte.

„Nanu?! ein Korpsbursch unter den Füchsen?!"

„Wenn's mir doch Vergnügen macht! Ich möchte nun mal gerne mit Achenbach gehen."

Ein schiefer Blick des Ersten traf Klauser.

Aber er sagte nichts weiter, denn eben trug der Korpsdiener aus dem dunklen Eingange der Kneipe das Cimbernpanier hervor, entrollte es unter der Linde und übergab es dem strammen Böhnke, der, gleichfalls im Wichs der Chargierten, nur über der Schärpe noch ein schwarzes Lackbandelier tragend, die Fahne in Empfang nahm, sie im Bandelier befestigte und nun an der langen Reihe der Korpsbrüder entlang zur Spitze des Zuges schritt. Mächtig rauschend bauschte sich das seidene Banner im

Winde, und mit lautem Zuruf und Mützenschwenken begrüßte das Korps das Symbol seines Bundes.

Und nun zog das Korps auf dem nächsten Wege zur Ketzerbach hinab, wo der Festzug der Studentenschaft sich versammelte. Unten standen schon fast alle Korporationen aufgereiht: nach langen Verhandlungen hatte man sich geeinigt, daß die beiden ältesten Verbände, der Seniorenkonvent der Korps und der Delegiertenkonvent der Burschenschaften, um Spitze und Schluß des Zuges losen sollten, und dem S. C. war die Spitze zugefallen. So eröffnete Cimbria diesmal als zurzeit im S. C. präsidierendes Korps den ganzen Zug. Die Cimbern marschierten an den schier endlosen Linien der aufmarschierten Studentenschaft vorbei; selbstverständlich ohne die geringste Begrüßung hinüber und herüber: auch heute fiel die Schranke nicht, welche die Farben zwischen den Kommilitonen, den Söhnen eines Volkes, eines Reichs, einer Hochschule gezogen hatten. Nur als man vorne an der Spitze angelangt war und an den Reihen der bereits aufgezogenen beiden andern Korps vorbeizog, flogen die blauen Deckel hüben, die hellgrünen und weißen drüben von den Köpfen.

Musik erklang:

"Stoßt an, Marburg soll leben!
   Hurra hoch!
Die Philister sind uns gewogen meist,
Sie ahnen im Burschen, was Freiheit heißt —

Frei ist der Bursch, frei ist der Bursch!
Frei, frei, frei ist der Bursch!"

Feierlich tönte der in Marburg übliche ver-
längerte Schluß der alten Jubelweise über die breite
Allee, die niederen Häuschen, weckte stolzes Echo an
Sankt Elisabeths braunem Doppelgetürm und wogte
weit hinaus, zu den grünen Lahnbergen hinüber.

Und der Zug trat an und schob sich langsam den
ansteigenden Steinweg hinauf. Alle Fenster der mit
Fahnen und Girlanden buntgeschmückten Häuser
waren besetzt, der Geringste in Marburg nahm teil
an dem Jubelfest der Hochschule, aus den Dachluken
selbst lugten hellgewandete Mädchengestalten, wehten
winkende Tücher. Und von Fensterbrüstungen und
Balkons flogen Blumensträußchen ohne Zahl auf die
Studenten, die Helden des Tages, hernieder. Die
griffen eifrig in die Luft, hielten die Mützen hin,
schmückten jedes Knopfloch, jedes Täschchen, den
Rand der Mützen, ja selbst die Ränder des Rock-
kragens mit den lieblichen Spenden. Und als es
gar keinen Platz mehr gab, da ließ man die lustigen
Wurfgeschosse dahin zurückfliegen, von wannen sie
gekommen waren — hinauf, hinunter flogs, mit
Jauchzen, Gelächter, sinnigem oder täppischem Scherz.

„Paßt auf, Kinder, das da ist für die Schönste
von euch!"

Und zwischen drei blühenden Töchtern tauchte

der lachende Graukopf der Mutter auf, und ihr flog das Sträußchen mitten ins Gesicht.

„Wie galant!" rief die und nestelte das Sträußchen ans dunkelseidene Festgewand.

„Sie waren, auf Ehre, nicht gemeint, gnädige Frau!"

„So? Na, da haben Sie's wieder!"

„So! Nun paßt aber auf, ihr drei! Wer's schnappt, ist die Schönste!"

Und diesmal blieb's in den zierlichen Fäusten eines braunzöpfigen Backfischchens.

„Is so recht?"

„Allemal!"

Und wenn's nun gar bei Bekannten vorbeiging!

„Herr Papendieck, passen Sie auf, die weiße Rose sollen Sie haben!"

Schwapp! mitten auf des Cimbernseniors stattlichem Gesichtshaken.

„Daß du die Nase ins Gesicht behältst!" zitierte der Mecklenburger seinen berühmten Landsmann.

Eine keckere Mädchenstimme schrie:

„Schöner Krusius, das hier ist für dich!"

„Ich fühle mich getroffen," rief Krusius, denn das Sträußchen hatte ihm unsanft die linke Backe mit dem kaum verheilten Durchzieher von der letzten Mensur gestreift. Er führte es an die Lippen und schwenkte es dann grüßend nach oben.

„— Das da ist für die, die mich liebt!"

Jungbursch Ehlert ließ drei, vier rasch zusammen=
gebundene Sträußchen mitten in einen Balkon voll
schmucker Weibchen hineinsausen.

Und: „Ich! ich! ich!" schrien sie alle, alle und
streckten die Hände. Im Nu war das Sträußchen in
tausend Fetzen zerrissen.

Und die Musik spielte:
„Wenn wir durch die Straßen ziehen!"

Da fielen sie alle, alle ein, die Studenten, die
jungen Damen, die Väter, die Mütter, der Friseur
und seine Gehilfen vor der Ladentür, die sich eifrig
verbeugten, wenn ihre Kundschaft im strahlenden
Schmuck der frisch durchgezogenen Scheitel vorüber=
kam, die Ladenfräuleins im Erdgeschoß und die rot=
bemützten Dienstmädchen oben unterm Dach, die
Gymnasiasten und die Spielkinder, alle, alle sangen
sie mit:
„Wenn wir durch die Straßen ziehen,
Recht wie Bursch in Saus und Braus,
Schauen Mädchen, schwarz und braune,
Rot und blond aus manchem Haus,
Und ich laß die Blicke schweifen
An den Fenstern hin und her,
Fast als wollt ich eine suchen,
Die mir die allerliebste wär."

Und als gält es nur für ihn allein, so inbrünstig
sang Werner Achenbach heraus:
„Und doch weiß ich, daß die Eine
Wohnt viel Meilen weit von mir,

Und doch kann ich's Schau'n nicht lassen
Nach den schmucken Mädchen hier.
Liebchen, laß dich's nicht betrüben,
Wenn dir eins die Kunde bringt,
Und daß dich's nicht überrasche,
Dieses Lied ein Wandrer singt."

Ja — an wen dachte er dabei! An Elfriede
— oder an Rosalie? Vielleicht an beide . . . und
an keine so recht . . . es war so ein wildes, form=
loses, gegenstandsloses Sehnsuchtsgefühl, dem dies
Lied Worte, Klänge lieh . . .

Eben kam der Zug an Werners Bude vorbei:
aus dem Fenster seines Wohnzimmers hätte Rosalie
schauen müssen, aber sie war fern: die blonde Babett
guckte heraus, mit ein paar Freundinnen aus ihrem
Heimatdorf, sie errötete selig, als Werner ihr zu=
nickte — im Erdgeschoß stand Mama Markus welken,
gütig lächelnden Angesichts in der Ladentür, und
hinter den Flaschen und Büchsen im Schaufenster
gewahrte Werner einen Augenblick die verzerrte,
qualzerrissene Grimasse Simons . . . nanu — warum
hockte denn der zu Haus? War denn der nicht auch
Student?! — gehörte denn der nicht mit dazu, wenn
Alma Philippina feierte?! — ach so . . .

Musik, jauchzender Gesang, flatternde Fahnen
und Blumen, Blumen überall, Blumen fliegend aus
jedem Fenster, Blumen an jeder Brust, Blumen den
Boden bedeckend wie den Einzug ruhmreicher Sieger,

und doch nur eine Huldigung der Jugend an die Jugend, ein Gruß des Lebens ans Leben . . . lächelnd, lachend, jubelnd jeder Mund, leuchtend jede Wange . . .

Doch nein — eine nicht —

„Klaufer, was ist dir?"

„Nichts . . . was soll mir denn sein?"

„So freu dich doch! Bist du nicht vergnügt? Fehlt dir was?"

„Nicht das geringste!"

„Vorhin ist's mir schon aufgefallen — du bist nicht wie sonst — ist dir was passiert?!"

„Was sollte mir passiert sein? Nicht das mindeste . . . ich bin bloß nicht in Stimmung. Ich bin kein Freund von so viel Rummel."

„Nanu? Das ist doch das erstemal, daß ich das an dir merke?! Dann rapple dich aber jetzt gefälligst ein bißchen auf — gleich sind wir am Barfüßertor . . . weißt du, wer da wohnt? Haha! Da mußt du aber ein andres Gesicht machen!"

„Ach — lieber Kerl — ich . . . mir ist hundemäßig zumute . . ."

„Ja, was ist denn?!"

„Nichts — laß mich — da sieh, wie schön der Markt!"

Und wahrlich, hier entrollte sich das Bild des feiernden Städtchens in seiner ganzen ehrwürdiglieblichen Pracht. Der enge Platz war ganz von Zu-

schauern freigehalten, und in langem Bogen umzog
nun der Festzug den Markt, dicht unter den Fenstern
der niederen, altersdunklen Häuserfronten, des
schlichten, strengen Rathauses entlang. Hier hatten
alle Häuser noch ein übriges an Festschmuck auf=
geboten. Girlanden von Tannen= und Eichengrün,
lange Reihen kleiner Fähnchen überspannten den
ganzen Platz der Länge und Quere nach . . . und
wieder war bis obenhin ein jedes Fenster mit ge=
putzten, jubelnden, blumenstreuenden Menschen be=
setzt . . . und durch die flatternden Tücher der
Fahnen, die wehenden, winkenden Hände, die harzig
duftenden Girlanden zog es wie ein Sturm, wie ein
Rausch der Jugend, der Kraft, des Glückes . . . als
seien alle diese Jünglinge hier nur zusammen=
geströmt, um in einem Fest ohne Ende sich ihrer
blühenden Jahre zu freuen, als hieße Student sein
nichts anderes als Olympier sein, als heiter, wunsch=
los, herrscherhaft wandeln auf blumenbestreuten
Pfaden, von Rosen umduftet, von Schönheit und
Liebe gefeiert und begnadet, selig, selig, selig . . .

Aber ein anderes sprach sich auf dem Gesichte
des Freundes aus, dessen Arm schwer in dem Werners
lag, der nur lässig ein Blumensträußchen an die
Brust gesteckt, dessen Herz sich ausschloß vom Jubel
der Stunde, dessen Auge düster hineinstarrte in ein
unfaßbares, ungreifbares Verhängnis, das seine
leuchtende Jugend zu überschatten schien mit der

Ahnung unabwendbarer Seelenstürme, unversieg=
barer Tränenschauer . . .

„Klauser — du sollst mir sagen, was du hast!
Ich finde das einfach unfreundschaftlich von dir, mir
hier die Stimmung zu verderben, wenn du keinen
Grund hast . . .“

„Keinen Grund?! Ich hoffe, ich habe keinen
Grund.“

„Klauser? Gott, sei doch nicht so albern. Ich
bin doch dein Freund. Rede jetzt, sonst laß ich dich
stehen und geh mit einem andern.“ Das war scherz=
haft gesprochen, doch Werners Stimme bebte dabei
leise, und Klauser verstand die Meinung des
Freundes.

„Ach . . . ich bin verrückt, wirst du sagen. Es
. . . ist eigentlich nichts . . . Marie hat seit acht Tagen
nicht zu mir wie sonst . . . sie hat mich zweimal
beim Rendezvous warten lassen . . . das drittemal
ist sie gekommen, aber . . . ganz verändert . . . ganz
. . . ich weiß nicht . . . äh . . . ich werd's mir wohl
nur eingebildet haben.“

„Ja . . . so sprich doch . . . was . . . sagte sie
denn . . . was machte sie denn . .“

„Ja, Himmel, sie war eben . . . anders . . . zu=
rückhaltend, befangen, sonderbar . . . eben anders . . .
und dann auf einmal zum Abschied küßte sie mich so
wild und so wehmütig . . . als ob . . . ich sage dir,
Achenbach . . . es war —“

„Himmel, du bist ja ein Tor — vielleicht hat's zu Hause Kummer oder Verdruß gegeben —"

„Dann hätte sie mir erzählen sollen —"

„Oder was sonst gewesen ist... du... du wirst doch nicht gar — an Marien... ich meine, du bildest dir doch nicht gar ein, sie könnte am Ende —"

„Ich bilde mir gar nichts ein . . . nur daß mir elend seitdem ist... einfach schauderhaft ist mir —"

„Nimm dich zusammen! Da ist das Haus!"

Zur Rechten des zum Schloß hinanführenden Weges lag inmitten eines altprächtigen Gartens über hoher Böschungsmauer das behaglich = altfränkische Schweizerhaus des Geheimrats Professor Doktor Hollerbaum. Der alte Herr stand oben, auf dem weißen Scheitel die verschossene hellgrüne Mütze der Hessen=Nassauer, das falb gewordene Band umzog seine Brust unter dem Überrock, auf dessen Klappe ein langes Ordenskettchen klingelte. Er grüßte höflich die Farben der Cimbria, gegen die er vor Jahrzehnten so manches Mal auf Mensur gestanden; alle Cimbernmützen flogen herunter; und neben des Professors Silberkopf neigte sich ein anderes, noch jugendlicheres Haupt . . . Mariens Mutter . . . aber wo war sie?

Halb verborgen hinter den Eltern hatte sie gestanden. In weißem Kleide, nicht im gewohnten Hellgrün — nun neigte sie sich über die Mauer, nickte den grüßenden Cimbern zu, suchte mit den Augen, fand Werner und Klauser und goß plötzlich aus einem Körbchen, das auf der Mauer stand, einen Schwall weißer Rosen über Willys Haupt, das sich eben grüßend entblößt hatte.

Einen Schwall weißer Rosen.

Und neben ihr tauchte da eine blaue Cimbern=mütze auf. Darunter ein lächelndes, leuchtendes An=gesicht — das Gesicht eines Mannes . . .

Professor Dornblüth.

Er winkte den bergansteigenden Korpsbrüdern mit der Hand lächelnd zu — rief:

„Auf Wiedersehen auf dem Dammelsberg!"

Werner suchte Klausers abgewandtes Gesicht. Es war fahl geworden . . . fahl . . . es mahnte Werner an jenes Mädchenantlitz, das auf dem Tisch der Prosektorstube dem Messer des Anatomiedieners ent=gegengeharrt hatte. Eine Rose hielt Klauser in der Hand . . . eine einzige, weiße Rose . . . an der hingen seine starren Augen.

Gott . . . wäre das möglich?!

Werner hatte Mariens Blick gesehen, als sie die Rosen über Klauser ausgoß. Ein Unsägliches hatte darin gelegen, das Werner vergebens zu enträtseln suchte: Weh . . . und Scham . . . und Dank . . . und Liebe . . . ja, auch Liebe . . . aber eine Liebe, sterbend, verwelkend wie jene weiße Rose in Klausers Hand . . . und Dank . . . ach, ein Dank, der den Empfänger

quält wie ein Schimpf... und über alles... Abschied
... Abschied ... Abschied ...

Und Werner fragte nicht. Er zog den Arm des
Freundes fest an sich heran... und stumm stiegen die
Jünglinge bergan, inmitten der lachenden, schwatzen=
den Korpsbrüder, durch die flimmernde Herrlichkeit
des glühenden Julinachmittags, dem Dammelsberg
entgegen, dem Fest der Jugend entgegen.

III.

Wenige Schritte nur hatten die Freunde in dumpfem Schweigen zurückgelegt. Da riß Klauser seinen Arm aus dem des Freundes, ballte die Fäuste und zischte zwischen den Zähnen:

„Vor die Pistole muß er mir! Vor die Pistole —"

„Wer — der Alte Herr?!"

„Was schiert mich das?! Meinst du, ich lasse sie mir so einfach wegnehmen? Ich schieß ihn über den Haufen —!!"

„Komm, Klauser, nimm dich ein bißchen zusammen, die andern werden schon aufmerksam auf dich. Höre mich doch bitte einmal einen Augenblick lang ruhig an. Ich glaube, du bildest dir das alles nur ein."

Klauser lachte wild auf.

„Doch, Klauser, wahrhaftig, ich glaub's! Sieh mal, der Alte Herr ist noch nicht drei Wochen in Marburg. Der alte Hollerbaum ist Dekan der Juristenfakultät, außerdem ist er doch auch Pandektist; also da ist doch das ganz erklärlich, daß Dornblüth bei ihm verkehrt! Und daß der Alte seinen Kollegen eingeladen hat, sich von seinem Garten aus den Festzug anzusehen . . . na, das ist doch alles ganz natürlich, da brauchst du doch nicht gleich auf Gedanken zu kommen!"

„Haha! und sie?! Ihr Benehmen gegen mich?! Ach geh mir doch mit deinem faden Trost ... es ist aus ... oder es soll aus sein! Ach, diese Weiber! Da kommt einer in Amt und Würden, und eins, zwei, drei, wird man beiseite geschoben wie ein dummer Junge —! Na, wartet, ihr da unten, in mir sollt ihr euch geirrt haben! Ich laß mich nicht abschieben, ich habe Rechte! Rechte!"

„Komm, liebster, einziger Klauser, sei doch nur nicht so wild! Denk doch, die andern müssen ja was merken! Sieh mal, ich kann's nicht glauben, ich kann's einfach nicht, daß der Alte Herr Absichten auf Marie hat —"

„Ja, warum denn nicht? Was sollte d e n denn hindern?"

„Klauser, ich muß dir etwas gestehen. Neulich, auf dem Wege nach Ockershausen, am Samstag vor drei Wochen, als du dich wieder in den Bund hinein= pauktest, da tauchte ja der Alte Herr Dornblüth zum ersten Male auf, erinnerst du dich? Du mußt doch gesehen haben, daß ich mit ihm vor dir marschierte, weißt du's noch —?"

„Ja — mir fällt's ein — nun, und —?"

„Also da bin ich mit dem Alten Herrn ganz zufällig zusammengetroffen, und da fragte er mich nach allem aus, was los sei im Korps, und dann ist uns Marie begegnet, und da fragte er auch, wer die wäre, und — da ist's mir eben entschlüpft, daß sie und du . . . daß ihr verlobt wärt."

„So — und —?!"

„Du mußt mir nicht böse sein, es kam so ganz von selber . . . na und siehst du, nun weiß also der Alte Herr doch, daß die Marie mit einem Korpsbruder von ihm verlobt ist, und einem Korpsbruder die Braut abspenstig machen . . . so eine Gemeinheit, so eine verdammte Schurkerei wirst du dem doch nicht zutrauen? So sieht der mir wahrhaftig nicht aus!"

Klauser sann einen Moment schweigend vor sich hin. Dann brach er aus:

„Und wenn du recht hast — um so schlimmer für mich!! Dann hätte die Marie sich eben ohne sein Zutun . . . denn daß sie von mir nichts mehr wissen will . . . das weiß ich, das fühl ich, da kann mir keiner dawider reden!! Aber sie soll mich kennen lernen! Kämpfen will ich um sie, kämpfen bis zum letzten Blutstropfen!!!"

„Übereile doch nur nichts, Klauser, um Himmels willen! Marie kommt ja doch jedenfalls hernach auf den Dammelsberg, ihr könnt zusammen tanzen, du kannst sie ja einfach fragen, und ich bin überzeugt, sie lacht dich aus und fragt dich, ob du toll bist! Oder sie haucht dich gründlich an, daß du überhaupt so abscheulich an ihr zweifeln kannst!"

So tröstete Werner den Freund. Und der Trost wirkte. Er wirkte, weil so vieles ihm half. Das gläubige, vergötterungsbedürftige Herz des verliebten Jünglings, der Rausch der Festfreude ringsum, der lustige Anstieg zum Schloßberg, der hoffnungatmende Sommerhauch.

Und als Werner den Erfolg seiner Trostgründe beobachtete, da begann er schließlich selber an sie zu glauben . . .

Und über den Einmarschierenden wölbte sich nun der Eichenwald. Noch einen letzten Blick vom Waldrand rückwärts! Da wand sich der Zug vom Schloßberg hernieder durch heckenumsäumte Wiesenpfade, eine Schlange, deren Schuppen in den Farben des Regenbogens glänzten. Und von rechts und links auf Nebenpfaden wallfahrtete nun auch Marburgs Bürgerschaft heran. Überall tauchten blinkende Gewänder auf, dazwischen die hellen Sommeranzüge, die Strohhüte, die dunkleren Seidenkleider und Sonnenschirme schwitzender Väter und Mütter. Und alles verschlang der Festwald.

Drinnen war's kühl und herrlich. Alle die geräumigen Festplätze, die für solche Tage, wie den heutigen, geschaffen waren, hatte man für den Andrang einer ganzen festfrohen Stadtgemeinde vorbereitet. Von Baum zu Baum zogen sich buntbebänderte Tannengirlanden, spannten sich Wimpelketten, lange Reihen bunter Lampions. Und unten waren

Tische und Bänke aufgeschlagen — jeder Tisch trug auf mächtigem Pappschild in schwarzen Lettern den Namen der Korporation, für welche er reserviert war. Ein ganzer Festplatz gehörte dem akademischen Senat, einer den Stadtbehörden, ein größter der Bürgerschaft, soweit sie nicht Anschluß bei den Korporationen hatte. Und inmitten all der Feststätten war der Tanzboden aufgeschlagen . . . Überall aber walteten schon die Küfer ihres Amtes, stellten auf Kreuzböcken mächtige Fässer Casseler Lagerbier auf, schlugen sie an, daß der Gischt schäumte, und ließen sich's nicht nehmen, als erste zu probieren. Und über all dem Treiben bauschten sich Fahnen in den Farben der Stadt Marburg, des Reiches, Preußens, der Provinz Hessen-Nassau, endlich der sämtlichen Marburger Korporationen. Und noch höher droben rauschten und webten die Eichen- und Buchenwipfel, von flatternden, hüpfenden Sonnenlichtern durchwirrt. Und in das ganze wohlbereitete Festgefilde ergoß sich nun der Strom der feierlustigen Menge. Das rannte und schrie durcheinander, das begrüßte sich, wies einander zurecht, lachte, schalt, schnauzte mit Füchsen, Kellnern, Korpsdienern — und zwischen den trotzigen Knabengesichtern, dem Gewimmel bunter Mützen und den Sommerhüten der farblosen Verbindungen und der Finken, die erhitzten, augenblitzenden Mädchenlarven unter wippenden Blumenhüten, die hin und her pendelnden, krampfhaft hochgehobenen Sonnenschirmchen...

ein Wirrwarr, ein Lärm, ein quirlendes Chaos . . .
da würde niemals Ordnung werden.

Doch nach einer Viertelstunde hatte sich alles zu=
rechtgefunden. Alles saß an seinem Platze, ein wenig
eng, doch dafür war eben Festtag — und wer hätte
gar nach mehr Platz verlangt, wenn er eine hübsche
Nachbarin erwischt hatte — man würde sich einzu=
richten wissen . . .

Und das Fest begann. Gedruckte Liederhefte
waren schnell verteilt, und bald brauste durch den
ganzen weiten Festwald das alte festliche Burschenlied:

> „Wo zur frohen Feierstunde
> Lächelnd uns die Freude winkt“ —

Und ein zweites Lied — und ein drittes —

„Du — da oben steigt wieder eine Rede!“

„Laß sie reden! Kannst dir's denken, was da
oben offiziell gequasselt wird!! Die Herren Pro=
fessoren hören für uns alle mit!“

Plötzlich Orchestertusch . . . und lautes Hoch da
droben —

„Los, Kinder! Hoch! hoch! hoch!!“

„Auf wen geht's denn?!“

„Is ja egal! Is ja ganz schnuppe! Brüllt nur
ordentlich mit!“

„Hoch! hoch! hoch!!“

„Und nun — Umtrunk!“

„Prost!“

„Prost doppelt!“

Einer kam hinzu: „Stellt euch vor, ihr Herren, eben hat der ‚Tausendste‘ geredet!"

„Was hat er denn gesagt?"

„Das hat kein Mensch verstanden. Heimtückischerweise ist's ein Russe, der kaum drei Töne deutsch reden kann!"

„Aber schön war's doch — was?!"

„Allemal! Kinder, gebt mir was zu saufen — ich verdurste!"

— — — — — — — — — —

„Sie sitzt auf dem Professorenplatz bei ihren Eltern," berichtete Werner, der auf Erkundung ausgegangen war, dem harrenden Freunde am Cimberntisch.

„Und — ist der — auch dabei?"

„Professor Dornblüth — ja — der ist auch dabei."

„Hm. Setz dich. Wann fängt der Tanz an?"

„Um halb sieben."

„Gut. Inzwischen — prost — einen Halben auf dein Wohl."

„Du, Klauser, trink nicht . . . denk nur, was heut alles auf dem Spiel steht für dich."

„Ja, ja, schon gut."

In diesem Augenblicke entstand oben am Cimberntisch eine Bewegung. Man erhob sich, die Mützen flogen von den Köpfen. Einige der älteren Alten Herren des Korps waren herangetreten, begrüßten die Korpsbrüder und nahmen oben neben dem Ersten

Platz, während die übrigen zusammenrückten. In ihrer Mitte auch Dornblüth.

Eine Weile verging. Man trank, ein allgemeines Lied wurde gesungen, von droben klang wieder der entfernte Tonfall einer Festrede; am Cimberntisch lärmte und schwatzte man munter weiter, die Alten Herren tranken den Chargierten zu, schließlich beim Tusch schrie alles munter mit: Hoch! und stieß mit den wuchtigen Henkelgläsern an.

Da trat der Korpsdiener zu Klauser heran und sagte halblaut:

„Herr Klauser, der Alte Herr Professor Dornblüth täte sich erlaube, Ihne eins zu komme, und ob er Ihne hernach gelegentlich kennt e paar Minute spreche!"

„Sagen Sie dem Herrn Professor, Peter, ich werde zu seiner Verfügung stehen und erlaube mir, nachzukommen." Er trank, warf aber keinen Blick hinüber, obwohl Werner ihn anstieß:

„Du — er schaut herüber."

„Meinetwegen. Hast du verstanden, was Peter sagte?"

„Ja." Werner legte die Hand auf des Freundes Arm und drückte ihn leise.

In diesem Augenblick entstand oben am Tisch ein wahres Hallo. Die Freunde blickten hinüber und sahen neben dem Senior Papendieck, der sich in seiner ganzen Länge erhoben hatte, eine Riesengestalt in Reiseanzug und leichtem Filzhut — Scholz . . .

Eben warf der seinen Hut dem Korpsdiener zu, nahm aus dessen Hand eine Mütze entgegen, stülpte sie sich auf den Hinterkopf, streckte beide Hände den andrängenden Korpsbrüdern hin und lächelte, soweit es seine starren Gesichtszüge, sein herber Mund gestatteten. Und die meisten der Cimbern sprangen auf, ihn zu begrüßen, aber er wehrte ab:

„Bleibt sitzen, Herrschaften, ich komme zu euch."

Und er schritt den Tisch entlang, streckte immerfort die langen Arme über die Schultern der Nächstsitzenden nach jenseits zur Begrüßung, antwortete auf einen Schwall von Fragen, kam so näher.

Werner schauderte bei diesem Anblick. Wie ihn begrüßen . . . den Entsetzlichen, der es wagte zu leben und zu lachen, dieweil . . .

„Guten Tag, Leibfuchs Achenbach . . . na, da wär ich wieder!"

„Guten Tag, Leibbursch." Werner fühlte die hagere, eiserne Tatze des weiland Cimbernseniors in seiner Hand.

„Na, laß dich mal besehen — noch alles glatt? Gut schaust du aus — ordentlich dick geworden. Das macht die gute Luft im Korps, seit ich weg bin. Du, Leibfuchs, gratulier mir mal schnell: ich hab vorgestern in Berlin den Doktor gemacht — magna cum!"

Werner gratulierte und schüttelte nochmals die Hand, von der ein Eisstrom ihm die Glieder durchlief.

„Ah, und da ist ja auch Klauser. Gratuliere zu — na du weißt schon. Donnerwetter, du hast dir aber ein hübsches Lokal zugelegt! Wer hat denn das gekonnt?“

Aber er wartete gar nicht erst auf Antwort, begrüßte die Füchse im Ramsch mit einer winkenden Handbewegung:

„Tag, Füchse — na, munter!“ und schritt dann zurück zum oberen Ende des Tisches, wo er mitten zwischen den Alten Herren Platz nahm und bald in ein eifriges Gespräch verwickelt war, an dem er sich in seiner kalten, gemessenen, doch entschiedenen Weise beteiligte.

Scholz wieder da — Doktor Scholz . . . und nächstens müßte Rosalie wiederkommen — —

Nun trat Professor Dornblüth, ein gefülltes Bierglas in der Hand, von hinten an Klauser heran und sprach:

„Herr Korpsbruder, ich glaube, wir haben noch nicht Gelegenheit gehabt, Bruderschaft zu trinken . . . darf ich Ihnen also Schmollis anbieten?“

Steinernen Gesichts erhob sich Klauser. Leise, nur Wernern vernehmbar, erwiderte er:

„Herr Professor, ich glaube, Sie hatten mir etwas zu sagen. Wollen wir . . . das . . . das Schmollistrinken . . . nicht bis nach der Unterredung verschieben?!“

Der Professor stutzte einen Augenblick, mehr noch

über den Ton der Worte als über ihren Sinn. Dann
sah er Klauser ruhig ins Auge und sagte mit einem
Lächeln, das in seltsamem Kontrast zu der Schärfe
seines Blickes stand:

„Aber warum denn das? Um so freundschaft=
licher werden wir plaudern können."

Es durfte kein Aufsehen geben. Klauser griff
zum Glase, nahm mit der Linken die Mütze ab, der
Professor tat ein gleiches — sie stießen mit den
Gläsern an, tranken, nahmen die Gläser in die Linke,
schüttelten sich kurz Auge in Auge die Hände und
bedeckten die Köpfe.

Dann setzte der Professor sein Glas auf die un=
gehobelte Tischplatte und sagte:

„Na, nun komm also, lieber Klauser, laß uns
eins schwatzen."

Und wortlos folgte Klauser, weiß bis in die
Lippen.

Werner begleitete die beiden mit den Augen.
Kaum konnte er das rasende Pochen des Herzens er=
tragen. Da ging der Freund in die schwerste Stunde
seines jungen Lebens . . . tausendmal schwerer als
alle Mensuren, als alles zusammengenommen . . .
was er bisher überhaupt erlebt . . . und was würde
werden? Was würde werden?!

Er muß mir vor die Pistole! hatte Klauser gesagt.

Und er war der Mann, sein Wort wahrzu=
machen . . .

IV.

Dornblüth hatte seinen Arm in den Klausers geschoben, und so lange dieser fürchten mußte, vom Korps beobachtet werden zu können, ertrug er die schwere Männerhand in seiner Ellenbeuge. Kaum war man aber aus dem Bereich des Cimbernplatzes, da ließ er ruckartig den rechten Unterarm fallen und schritt stumm zur Linken des Alten Herrn weiter.

Auch Dornblüth schwieg. Schweigend drängten sich die beiden blaubemützten Männer durch den Schwall der hin und her flutenden Festteilnehmer, der dunkelgrünen, violetten, weißen, ziegelroten Mützen, der flatternden Sommerfähnchen, der keuchenden, bierschleifenden Kellner und Couleurdiener. Nun waren sie draußen, und hart neben dem Trubel des Festplatzes führte ein wohlgehaltener Fußpfad in Kühle und Schatteneinsamkeit. Die Sonne war schon verschwunden: es dämmerte durch den Bergpark.

„Ich... es kommt mir vor, als hättest du, lieber Klauser, schon eine Ahnung, was ich mit dir zu be= sprechen habe.“

„Daß ich nicht wüßte,“ sagte Klauser kalt gemessen.

„Lieber Freund,“ sagte der Professor, „ich habe dir eben Bruderschaft angeboten. Ich hab's getan, weil ich ein gutes Recht dazu habe — als Träger dieses Bandes. Ich hab's gerade jetzt getan, weil ich meine: das, was wir uns zu sagen haben werden, das kann nur im Sinne der Freundschaft, im Sinne der Korpsbruderschaft, meine ich, kann das zum Guten erledigt werden. Es handelt sich um Fräulein Marie Hollerbaum."

Mit einem Ruck stand Klauser still.

„Herr Professor, ich denke, wir kürzen ab. Ich bitte Sie, morgen früh meine Zeugen zu erwarten. Haben Sie mir sonst noch etwas mitzuteilen?"

Dornblüth stand Klauser gegenüber und legte seine Hand auf des Jüngeren Schulter.

„Komm, mein Junge, laß uns als Korpsbrüder, laß uns als Menschen zueinander reden. Ich versichere dir, du hast keinen Grund, mir zu zürnen, keinen, dich von mir beleidigt zu fühlen, keinen, von mir Genugtuung mit der Waffe zu verlangen. Willst du mich ruhig anhören?"

„Bitte." Klauser preßte die Zähne zusammen und stand, seitwärts gewandten Gesichts, die bebenden Fäuste in den Rocktaschen vergraben.

„Wir wollen dabei wandern, wenn's dir recht ist. Also hör, mein Lieber: ich hab von einem unbedachten Füchschen durch einen Zufall erfahren, daß du eine Neigung zu . . . zu der Dame, die ich dir nannte . . . daß du diese Dame . . . liebst . . . und . . . daß du Grund hast, an Gegenliebe zu glauben. Damals hatte ich diese junge Dame nur einen Augenblick lang gesehen . . . inzwischen hat's das Schicksal gewollt, daß ich sie kennen lernte. Sie ist die Tochter eines Kollegen von mir, wie du weißt, und . . . du — gerade du, wirst mich am besten verstehen, wenn ich dir sage, daß sie . . . mir sehr wert geworden ist."

Er hielt einen Augenblick im Schreiten inne, wie um für seine stürmenden Gefühle das rechte fried= volle Wort zu suchen.

„Sieh, lieber Freund . . . wenn du nun ein rbeliebiger junger Student gewesen wärest... dann würde mich's wenig gekümmert haben, daß Fräulein . . . Marie . . . ich will sagen, dann hätte ich einfach um sie geworben und hätte ihre Entscheidung zwischen mir und jenem... andern... abgewartet. Aber nun bist du mein Korpsbruder . . . ich bin ja eigentlich seit Jahren aus all den akademischen Beziehungen heraus . . . aber trotzdem . . . ich fühle, dich und mich verbindet etwas . . . das darf ich nicht so ohne weiteres beiseite schieben. Und ich will's auch nicht. Nicht nur will ich selber wie ein alter Korpsstudent handeln . . . auch in dir möchte ich an den Korps= studenten appellieren. —"

Er schwieg wieder einen Augenblick und suchte nach Worten.

„Also . . . lieber Klauser . . . du . . . betrachtest dich als den Verlobten von Fräulein Hollerbaum . . . und sie . . . hat sich wohl bis heute . . . als deine Braut betrachtet . . ."

„Bis heute?!"

„Demnach haft du also ganz unzweifelhaft . . .
Rechte . . . Rechte, die ich als Mann zu achten habe
und in die ich nicht eingreifen darf, ohne zu er=
warten, daß du von mir Sühne verlangst — Genug=
tuung. Darum laß mich dir als Korpsbruder — und
als Mann von Ehre versichern, daß ich bis zu diesem
Augenblick nicht mit einem Wort, nicht mit einem
Blick in diese deine Rechte eingegriffen habe. Willst
du mir das glauben? Antworte mir, ob du mir das
glauben willst —!"

„Ich . . . will's glauben."

„Das ist schön, das ist gut. Nun aber hör mich
an . . . ich sagte dir schon . . . Fräulein Marie ist
mir wert geworden . . . so wert, wie noch keine Frau
zuvor in meinem vielerfahrenen Leben."

„Herr Professor . . . ich bitte um Verzeihung . . .
aber ich kann diese Unterredung nicht mehr ertragen.
Lassen Sie mich gehen . . . tun Sie, was Sie nicht
lassen können, ich tu dann auch, was . . . was ich muß
. . . aber das da anhören, das kann ich nicht länger
. . . ich geh."

„Freund, noch ein kurzes Wort hör an, du weißt
ja noch gar nicht, was ich dir eigentlich zu sagen
habe! Sieh mal, es handelt sich doch wahrhaftig um
heilige und wichtige Dinge . . . da kann man sich
schon mal ein wenig zusammennehmen . . . solch schwere

Stunden . . . Männer müssen die ertragen lernen! Meinst du vielleicht, mir fiele das leicht, das da?"

„Also, was willst . . . was . . . wollen Sie von mir?"

„Du findest das korpsbrüderliche Du anscheinend noch nicht — deshalb laß ich mir's aber nicht nehmen. Also sieh mal — wenn zwei Männer... wie du und ich... zwei Ehrenmänner... wenn die ein und dasselbe Weib . . . zur Gattin begehren . . . wer hat dann zu entscheiden?"

„Die Waffe!!"

„Ich glaube, dieser Standpunkt, mein Lieber, ist nicht mehr ganz zeitgemäß. Ich glaube, dann hat die Beteiligte, die umworbene Frau . . . die, meine ich, hat dann zu entscheiden! — Sieh mal, es könnte doch immerhin sein, daß Fräulein Marie... ich ziehe ihre Gefühle für dich nicht im geringsten in Zweifel, im Gegenteil, ich bin überzeugt, sie hat dich sehr, sehr gern, es ist ja gar nicht anders möglich, denn du bist ein so lieber, prachtvoller Mensch . . . aber —"

„Aber —?!"

„Du bist eben noch jung... sehr jung... und vielleicht hat sich Fräulein Mariens Neigung nur darum dir zugewandt, weil sie . . . hier in der Universitätsstadt... bisher wenig Gelegenheit hatte... zu vergleichen . . . denn sieh mal . . . du bist ein lieber, prächtiger, herrlicher Mensch, aber doch eben . . . noch ein werdender Mensch, ein Student, das ist ein Strebender, ein sich Entwickelnder . . . und, glaube mir, du kennst das Leben noch nicht, ich kenn's! Eine junge Dame, wie Fräulein Marie, die . . . ist reif, die ist fertig . . . und zu ihrer Ergänzung . . . da bedarf sie eines reifen, eines fertigen Mannes. Ich weiß nicht, ob ich mich täusche . . . ich habe mich, wie gesagt, bis heute ihr nicht im geringsten genähert . . . erst wollte ich das mit dir ins reine bringen . . . und hätte auch ganz gewiß eine gelegenere Stunde als diese abgewartet . . . wenn nicht vor zwei Stunden . . . du weißt . . . jene Begegnung, als ihr vorüberzogt . . . deine Blicke . . . und ihre . . . da wußte ich, es ist keine Zeit mehr zu verlieren . . . wenn nicht gar ein Unglück vorkommen soll . . . ein großes, verhängnisvolles Unglück. Also, mein Freund . . . wir beide stehen vor unserer Schicksalsstunde . . . und die Entscheidung liegt in einer Hand, in einem Herzen, das uns beiden heilig ist . . . wollen wir nicht . . . in diesem bedeutungsschweren Augenblick, als Männer, als Korpsbrüder, als echte deutsche Korpsstudenten . . . Arm in Arm dieser Stunde entgegensehen . . . und sie als Freunde, als Brüder tragen . . . wem auch immer sie das Glück . . . wem sie die Trauer, die Entsagung bringt?!"

Er hatte mit beiden Händen des Jünglings Schultern ergriffen . . . seine Stimme ward seltsam rauh, und die bärtigen Lippen zuckten.

„Na, deine Antwort, mein Junge?!"

Klausers Augen hafteten am Boden. Schwer, fast stöhnend, ruckweise, ging sein Atem — und auf einmal erschütterte ihn ein kurzes, hastiges, trockenes Schluchzen.

„Lieber, lieber Freund!" sagte da der Professor erschüttert und schlang den linken Arm um Klausers Nacken.

Der suchte sich loszumachen und schrie:

„Ach, lassen Sie mich!! Es ist ja doch alles aus! Ich weiß ja, Sie haben sie mir genommen! Geraubt haben Sie sie mir! — Es ist nichts mehr zu entscheiden — Marie... es ist aus! Lassen Sie mich los! Ich will zu ihr, sie selber soll mir's bestätigen, ... und dann ... dann hab ich nur noch eins zu tun ... abzurechnen mit Ihnen! Ja, mit Ihnen! Sie wußten, daß die Marie mir gehört... mir! Und da hätten Sie überhaupt nicht wagen dürfen, an sie zu denken! ... Und darum... und darum werden wir uns woanders weiter sprechen —!!"

Aber der Professor ließ ihn nicht. Er hielt ihn fest umschlungen und sagte:

„Lieber Freund, Sie sagen, Marie gehöre Ihnen? — Gehöre? — Kann ein Mensch einem andern gehören? Nichts ist freier, soll freier sein, als des Weibes Liebeswahl ... und wenn es wirklich wahr wäre ... wenn Marie sich von Ihnen ... von dir abwendete zu mir ... dann ... den Schimpf wirfst du doch dem Mädchen, das du liebst, nicht antun, zu glauben, sie täte es, um schneller versorgt zu sein ... dann mußt du, wenn du sie wirklich liebst und heilig hältst ... dann mußt du ihr glauben, daß sie, die dich so innig geliebt hat, mich doch noch mehr, noch tiefer liebt ... mich, den Mann. Und dann — dann wolltest du dem Mädchen, das du liebst ... wie tief und wahr du sie liebst, das seh' ich ja ... der wolltest du dann den Mann wegknallen, bei dem sie Glück zu finden hofft? Wäre das eines Korps= studenten würdig ... wäre das ritterlich, männlich, menschlich?! Also du siehst, wie immer du die Sache betrachtest ... Marie wird zu entscheiden haben, und du, mein Freund, du wirst ihre Entscheidung ehren ... und wenn sie dir Trauer und Tränen bringen sollte, dann wirst du so stramm und straff, wie neulich und so oft schon deinem Gegner auf Mensur — so wirst du auch dem Schmerz gegenüberstehen, ohne zu mucken, ohne zu reagieren, im Leben beweisen, was es heißt, ein Korpsstudent sein ... willst du mir das versprechen?!"

Es war ganz dunkel geworden in dem einsamen Laubgang. Nur von ferne klang das rhythmische Stampfen von Becken und Trommel, der quäkende Ton eines Fagotts, der Dreivierteltakt der Trom= peten durch die Stille herüber; da hinten also hatte der Tanz bereits begonnen. Draußen überm Tal lag noch rote Dämmerung, und zwischen den Bäumen blinkte die breite Lahnebene, flimmerte der ferne Fluß.

Und Kühle webte durch die Eichenhallen . . . Kühle
. . . Stille . . .

Und alles — alles aus — das Jugendglück ent=
schwindend . . . ach, schon verloren . . .

Und er — der andere? Der Räuber?!

Da stand er, mit ausgestreckter Freundeshand
. . . mit leuchtendem Freundesauge —

Wozu?!

Hahaha! um ihm, dem Besiegten, auch das letzte
noch zu rauben — die Wollust der Rache . . . das
Recht des Entscheidungskampfes auf Tod und
Leben . . .

Kämpften also nicht Hirsch und Stier um die all=
begehrte Beute? Kämpften, bis einer auf dem Platze
blieb?!

Und er sollte nicht dürfen, nicht einmal das
dürfen?

Und eine tiefe, lastende, hoffnungslose Müdigkeit
sank auf sein Herz. Wozu noch kämpfen? Es war
ja aus — nicht nur der Sieg, die Waffe selbst war
ihm entwunden . . . er war der Knabe, der dumme,
grüne Junge, den noch Jahre der Arbeit und des
Reifens vom Leben, von der Liebe trennten.

Und plötzlich warf er sich herum.

„Gute Nacht, Herr Professor."

„Wohin?"

„Ich will nach Hause. Schlafen."

Herrgott! durchfuhr's da den Professor — hatte

er's am Ende doch falsch gemacht? doch die empfind-
liche junge Seele zu tief geknickt?!

Schon war der andere ein paar Schritte entfernt.
Dornblüth, stürzte ihm nach, holte ihn ein:

„Klauser . . . dein Ehrenwort, daß du mir keine
Dummheiten machst —!"

„Dummheiten?"

„Du darfst jetzt nicht allein bleiben . . . ich hab'
Angst um dich . . ."

Da erwachte der Knabentrotz.

„Ich brauche deine Angst nicht. Denkst du, ich
tu mir ein Leids an? um ein Mädel, das . . . äh!!
Nee — das nicht!! So armselig bin ich denn doch
nicht!! — Da kannst du ganz ruhig sein, Alter Herr!"

Und abermals riß er sich los und stürmte nun,
statt zu Tal, den bergan führenden Weg hinan. Bald
war er im Dunkel der Eichen verschwunden.

Dornblüth sah ihm lange nach. Oh, wie er ihn
liebte! —

Der kommt durch, sagte er still. Nun zu Marie —!

V.

Nein — so doch nicht! so doch nicht!

Was, so einfach verschwinden? Stumm, schatten=
haft dahinhuschen . . . hinaus aus ihrem Leben?

Er, der ihre ersten Küsse gepflückt hatte?

Er, dessen Leben hinfort nur Qual und sinnlos
zehrendes Heimweh sein würde?!

Nein — das letzte Wort wenigstens, das Ab=
schiedswort — das wollte er ihr nicht ersparen!
Wenigstens sehen, fühlen, wissen sollte sie's, was
sie ihm getan hatte! —

Hahaha! Darum so treu, so rein, so unberührt
sich erhalten — darum bezwungen Jugendfieber und
Stürme des Bluts . . . darum, um weggestoßen zu
werden wie ein verbrauchtes Spielzeug?

Ach, sie hatten ja recht, die andern, die ihn aus=
gelacht hatten, wenn er nicht mitgemocht hatte zu
den losen Mädchen . . .

Liebe — Treue — Keuschheit — alles Blödsinn!

Weiber! Weiber! Dirnen allesamt! Die eine
wie die andere!

Die Dummen, die waren für zwei Taler zu haben
. . . die Gerissenen, die taten's nur um einen goldenen
Ring und eine lebenslängliche Versorgung —!

Und so lange, bis einer kam, der das beides auf

den Tisch des Hauses legen konnte, nahm man auch mit einem vorlieb, auf den man warten mußte!

Aber, wenn sich's dann doch noch schickte ... wenn er kam, der Ersehnte, der Mann mit dem großen Portemonnaie ... dann weg mit dem Jungen, dem armen, dem dummen Buben!

Weg — Fußtritt — aus — vergessen!

Nein, Mädel, du hast dich verrechnet!!

So einfach in die Ecke fliegen, stumm, wehrlos, wie eine zerknüllte Puppe ... das gibt's nicht! Das gibt's nicht!

Wenigstens will ich dir noch sagen, wer du bist! will dir sagen, daß ich dich jetzt kenne! daß der Traum von der Göttin ausgeträumt ist! daß ich dich erkannt hab' in deiner ganzen Erbärmlichkeit! — — daß ich nun weiß: du bist wie alle!

Feil für Gold, nur verschmitzter, nur raffinierter als die arme Lina da hinten im Marbacher Tal! feil ... feil! —

Und durch die Büsche brach er sich Bahn, dort= hin, wo die Walzerrhythmen hüpften, wo der rauhe Dielenboden knarrte ... wo arme, betrogene, ver= blendete Bürschlein die nichtsnutzigen, verschlagenen, ränkespinnenden Weiberchen im Tanze drehten ...

Mit rötlichem Schein überflutete das unstete Licht von Hunderten buntschimmernder Lampions den Tanzplatz. Glühenden Auges starrte Klauser in das wirbelnde Gewühl — fahndete gierig nach einem lichten Scheitel über der wohlbekannten, adlig reinen, ernst geschwungenen Stirn, den vergötterten, heilig strahlenden Augen . . .

Da — — da kam sie heran, sicher geleitet durchs Getümmel der Paare von einem starken, tragenden Arm . . . sie . . . in seinem Arm . . .

Daß die Adern nicht sprangen, das Herz nicht riß, die Burst nicht barst in einem wilden, weid= wunden Todesschrei — —!!

Und aus war der Tanz . . . durcheinander, aus= einander quollen die Paare, strudelten den Aus= gängen zu . . .

Alle überragend die Hochgestalt des Blondbarts unter der vergilbten Cimbernmütze . . . die wies ihm den Weg . . .

Ein paar Minuten dumpfen Harrens am Ein= gang des Platzes der Professorenschaft . . . dann hüpfte eine kecke Masurkaweise auf . . . und Willy Klauser stand mit abgezogener Mütze neben Marien.

„Gnädiges Fräulein — darf ich um den Tanz bitten?"

Entsetzen stand in Mariens Blicken, düsterer Schreck im grauen Augenblitz des Professors . . .

„Ich danke . . . ich möchte nicht mehr tanzen . . . meine Eltern wollen eben aufbrechen —"

„Ach, so eilig ist's nicht, Mariechen!" klang da des alten Geheimrats behagliche Stimme von der andern Tischseite, und:

„Den einen Tanz kannst du schon noch riskieren, Mariechen!" lächelte wohlwollend, festlich heiter auch Frau Hollerbaums mildes Madonnengesicht ...

„Nein, wirklich, ich danke, Herr Klauser — ich möchte mich noch ein wenig abkühlen!" Sie hatte die Augen tief gesenkt, ihre Stimme versagte.

„Ich habe heut' noch gar nicht Gelegenheit gehabt, Sie um einen Tanz zu bitten ... schlagen Sie mir den letzten Tanz nicht ab, ich bitte darum!" Es war ein befehlender Ton in der Bitte.

„Tanz nur, Mariechen, es ist noch ein Rest in der Bowle, den laß ich nicht umkommen!" lachte der Vater.

Ein hilfesuchender Blick flog aus Mariens Augen zu Dornblüth hinüber. Er erwiderte mit einem unmerklichen, ruhigen Kopfnicken.

Und wortlos, totenblaß stand Marie auf. Ihre zitternden Fingerspitzen schob sie in Klausers Arm, und hochaufgerichtet machte er sich Bahn ...

Am Tanzplatz führte er sie vorüber ...

„Wohin?!"

„Komm mit! ich rat es dir gut!!" Und mit der Linken griff er nach ihrer Hand, zog sie fest in seinen Arm, riß sie von hinnen, in den Laubgang hinein ... aus dem blendenden Lichterspiel ins nächtige Dunkel.

„Ich geh nicht weiter — laß mich los!"

„Du bleibst! Bist du zu feige, meinen Glückwunſch zu deiner Verlobung in Empfang zu nehmen?“

„Ich habe mich nicht verlobt!“

„Also noch zu früh? Tut nichts — er hält ſich bis morgen!“

„Laß mich! Ich will dir ſchreiben . . . will dir alles . . . erklären!“

„Die Mühe ſpar dir! Ich weiß ſchon Beſcheid! Ich weiß alles — alles!“

„Willy . . . ich kann nicht anders . . . vergib mir . . . und laß mich gehn!“

Er faßte ſie an beiden Handgelenken. Durch die Zweige drang ein letzter Schein der Illumina= tion; der gab in ſeinen Augen düſter flackernden Widerſchein, und rum=tata=tita=rum=tata! klang die Maſurka.

„Laß mich, Willy . . . ich hab’ ihn lieb . . . ich . . .“

„Haſt ihn lieb! wirklich! und mich? was? wann haſt du denn eigentlich gelogen? Hä? damals? oder jetzt? oder gar damals u n d jetzt?“

„Ich hab’ dich nicht belogen, Willy. Ich hab’ dich lieb gehabt . . . ich hab’ dich noch lieb —“

„Marie!“

„Ja, Willy — das iſt wahr! Immer, immer werd’ ich dir dankbar ſein . . . für all das Glück . . . für deine Liebe . . . für alles . . . aber jetzt . . . jetzt . . . laß mich!“

„Ja, geh! geh! und lach, daß du mich zertreten hast! zertreten und zerschmissen!"

„Willy — ach Willy — verzeih mir!"

„Verzeihen? Niemals — niemals! Werde glücklich, wenn du kannst! wenn du den Mut hast, zu vergessen, was du aus mir gemacht hast! du Verräterin! du Lügnerin!" Und er schleuderte ihre Hände von sich weg, daß sie fast taumelte.

„Jetzt ist's genug!" klang da eine schneidende Stimme, und Professor Dornblüth trat aus dem Dickicht. Er legte seinen Arm um die Wankende.

„Marie steht unter meinem Schutze!"

„Hahaha! gut — nimm sie, Alter Herr! und laß dich von ihr betrügen, wie sie mich betrogen hat!"

„Knabe?!" Einen mächtigen Schritt trat Dornblüth auf Klauser zu.

Da fiel von dem Jüngling ab, was Elternhaus und Schule, was die Erziehung des Korps, was das Menschentum von Generationen an ihm gebildet. Die Bestie brüllte nach Blut. Und weit ausholend führte er einen wuchtigen Faustschlag nach des Nebenbuhlers Haupt.

Aber mit Riesenkraft fing der den Angriff auf. Mit beiden Tatzen packte er den Gegner am Unterarm und zwang ihn in die Knie.

„Danke du Gott, daß du mich nicht getroffen hast!"

Und er zog die wild aufweinende Marie von dannen.

VI.

Von verzehrender Ungeduld geschüttelt, hatte
Werner auf des Freundes Rückkehr geharrt. Und
als Viertelstunde um Viertelstunde verrann, ohne daß
Klaufer an den Cimberntisch zurückkehrte, hatte es ihn
nicht mehr inmitten der zechenden und schwaßenden
Korpsbrüder gelitten. Ruhelos hatte er den Fest=
wald durchstreift, hatte sich durchs Gebüsch an den
Professorenplaß herangeschlichen und beobachtet, wie
Marie bald von diesem, bald von jenem Tänzer auf=
gefordert worden war; hatte schließlich Dornblüth zu=
rückkommen und in ruhiger Haltung am Tische, dem
Frau Geheimrat Hollerbaum präsidierte, Plaß nehmen
sehen. Dann war Marie am Arm des Hessen=Nassauer=
Ersten Seydelmann zurückgekommen; Dornblüth hatte
sie aufgefordert, und dann hatte Werner das dem
Tanzplaße zuschreitende Paar im Getümmel der an=
drängenden Tänzer verloren. Er hatte sie zusammen
tanzen sehen; als er dann nach Schluß des Tanzes
sich bemüht hatte, das Paar weiter zu beobachten, war
er wiederum abgedrängt worden und konnte erst nach
geraumer Zeit zum zweiten Male sich einen Beob=
achterposten unweit des Professorenplaßes erobern.
Marie und Dornblüth fehlten am Hollerbaumschen
Tisch ... und erst nach längerem Warten sah er sie
beide herankommen. Die unstete Beleuchtung der

Lampions verwehrte ihm die Möglichkeit, beider Gesichtsausdruck zu beobachten. Alsbald brach das Ehepaar Hollerbaum auf; Dornblüth legte sorgsam einen Mantel um Mariens Schultern, ließ sich, wie alle Herren, von einem Kellner einen brennenden Lampion, der an einer zierlichen Stange baumelte, als Heimkehrleuchte geben, bot Marie den Arm und folgte mit ihr einer ganzen Gruppe von Universitätslehrern, die jetzt mit ihren Familien aufbrachen.

Nun kehrte Werner an den Tisch seines Korps zurück, ob der Freund sich dort etwa eingefunden. Aber auch da keine Spur von ihm. Die Stimmung war schon vorgerückt. Die Alten Herren, die Inaktiven waren verschwunden, auch Scholz war nicht mehr zu erblicken. Was noch von den Aktiven vorhanden war, hatte scharf getanzt und schärfer getrunken. Nun die meisten Familien schon aufgebrochen waren, blieb nur noch das Trinken übrig. Und das wurde denn auch gründlich betrieben. Die Nacht war schwül, die Kehlen vom Tanzen, Singen, Schwatzen ausgedörrt. Unheimlich glühte des Seniors scharfgeschnittenes Gesicht, der schöne Krusius stierte mit glanzlosen Augen vor sich hin; unten, wo die Füchse saßen, thronte Dammer auf einem geleerten Bierfaß, das man auf den Tisch gesetzt hatte, und ließ sich Glas auf Glas heraufreichen, um den Füchsen einen Halben nach dem andern vorzutrinken.

Und Werner überkam eine wilde, sinnlose Sauf=

luft. All die Erregung der letzten Stunden, die Angst um des Freundes Schicksal würgte ihm in der Kehle, riß ihm an den Nerven und zwang ihn zu trinken. Dabei zündete er eine Zigarre nach der andern an und paffte dicke Wolken in die Nachtluft. Die grölende Bezechtheit der Füchse störte ihn; er mußte nachholen, um stumpfsinniges Vergessen zu finden.

Immer wüster ward das Ende des Festes. Von allen Tischen, wo noch die Studenten saßen, klang rauher, unsicherer Gesang von Bummelliedern, der monotone Lärm eines immer toller ausartenden Saufgelages.

Und plötzlich fühlte Werner, daß er zuviel hatte. Er hob sich schwerfällig auf, taumelte ins Gebüsch, und der plötzlich überschwemmte Magen gab die wüst hineingegossenen Bierfluten von sich.

Und sofort war Werner stark ernüchtert. Ekel und Gram, eine fürchterliche Angst um den Freund, ein unsägliches Grauen vor der ganzen Welt überkam ihn, und hastig, so schnell die unsicheren Beine vorwärts mochten, tastete er sich weiter durchs Gebüsch, fühlte endlich den harten, knirschenden Boden eines Fußpfades unter den Sohlen und tappte weiter durch die Finsternis, an den Buchenhecken entlang, die den Weg einsäumten. Nun endete der Wald, und über seinem Haupte spannte sich plötzlich der tiefschwarze Sternhimmel aus, überflammt von den unfaßbaren Herrlichkeiten des Unendlichen.

So übergewaltig riß diese unerwartete Schau an den aufgepeitschten Nerven des einsamen Knaben, ein jäher Strom brennender Tränen ihm in die Augen schoß.

Ach, Leben! Leben! Unermeßliche Welt . . . was ist dein Sinn? Was quälst du mit so wirrem Schrecknis deiner hilflosen Kinder verlassene Seelen? Warum von Leid zu Leid, warum von seligen Graten des Glücksjauchzens immer wieder hinunter in lichtlose Gurgelschächte?!

Ach, eine Seele wissen, in die man sie ausgießen dürfte, die fressende, rüttelnde Lebensbangigkeit! zwei Hände, die sich kühlend über die fiebernden Augen legen würden, auf das schmachtende, keuchende Herz!

Einen gnädigen Mund, sattzuküssen an ihm die ängstende, schwellende, jagende Sinnenpein — einen Busen, die qualfiebernde Stirn dran zu bergen!

Liebe — Liebe —!!

Nicht jene, die den armen Freund so grausam quält . . . nicht jene blasse, blutlose Seelenliebe mit all den schattenhaften, phantastischen Hoffnungen in verdämmernde Lebensfernen, nein, die einzige, die Gewißheit gäbe: die Liebe der Stunde, des Augenblicks, die erfüllende, die befriedigende, die erlösende Sinnenliebe —!!

Und wieder stand das blühende, wangenrote Verheißungsbild vor seinen Augen, das Bild des Mädchens, das schon einmal ihre junge gewährungsfrohe

Schönheit den verlechzenden Lippen des Knaben ge=
boten ... wo blieb sie so lange? Wußte sie denn
nicht, daß er sie ersehnte? Daß er ihr Bild an seine
Seite beschwor in jeder seiner verlassenen Nächte?!

Wann würde sie kommen? Er mußte doch ein=
mal fragen ... und wenn auch der Bruder Simon
noch so haßfunkelnde Blicke schießen würde aus seiner
Ecke hinter dem Ladenpult ...

Und dann, wenn sie käme ... dann schnell!
schnell! schnell!!

Denn Scholz war ja wieder im Land... Scholz,
der Sieger, der verachtende Bezwinger, der mit einem
Hohnlächeln seiner schmalen Lippen die Weiber zu
füßeküssenden Sklavinnen machte ...

Darum schnell! schnell!

Und dann wollte er sie heiß und toll in die Arme
pressen, sie so wahnsinnig küssen, so schonungslos
sich hineinwühlen in all ihre Wunder, daß sie nach
keinem andern mehr verlangte.

Rosalie ... Rosalie ...

Da stand er vor dem niedern Häuschen, vor der
Schwelle, über die sie nun bald wieder hinüber=
schreiten würde ... hinüberschreiten, um ihn zu be=
glücken ...

Und der Schlüssel knackte im Schloß, die Stiege
knackte — und Werner stand in seinem dunkeln Stüb=
chen. Noch einmal ans Fenster! Noch einen Ab=
schiedsblick zu den weißen, erstarrten Sternenschäumen

da oben . . . und dann ins Bett . . . das nun nicht lange mehr einsam sein sollte . . .

Da . . . ha!

Was? War denn das Nebenzimmer jetzt ver= mietet?

Und so dünn war die Wand? Man konnte ja die Stimmen . . .

Was?! Unmöglich . . .

Doch . . . seine Stimme . . . Scholz . . .

Und nun — eine andere Stimme . . . eine — Frauenstimme —

Barmherzigkeit —!! Rosalie!!

Abgebrochene. . . . flüsternde . . . stammelnde Worte . . . töricht=lockendes Liebesgeschwätz . . .

Nun Stille . . . ein Tappen von nackten Füßen — nun eine werbende, dunkeltönige Mannesstimme . . . wehrende, kichernde, schmollende Weibeslaute . . .

Und wieder still . . . und Rascheln wieder und . . .

Und nun — und nun — — Werner mußte alles hören . . . alles . . . mußte er hören . . . alles.

Stille dann . . . Stille . . .

Das also war die Liebe?! — Gott — — das war die Liebe —?!

— — — — — — — —

Und im Verzweiflungswahnsinn fuhr Werner empor. Er riß die Kleider über die schlotternden Glieder, knöpfte zu, so gut die tatternden Finger den

Dienst verrichten wollten, fand seinen alten Reisehut, seinen Stock, dann zur Tür — —

Ach . . . Geld . . . er brauchte ja Geld . . . Hahaha! Rundes, blinkendes, bares Geld . . .

Das Portemonnaie war leer . . . schnell den Schlüssel ins Schubfach . . . so, da drin war ja noch was . . . acht, zehn, zwanzig Mark . . . so . . . so..:

Und nun die Treppe hinunter... den Steinweg hinab... da die Ketzerbach... die Beine flogen... das Herz raste . . . die Sinne schrien . . . die Seele schrie . . . schrie . . . schrie . . .

Da war's . . . da bog der Seitenweg in die Hecke hinein . . . da war das massive Gartentor . . . da ragte der niedere Giebel des Fachhauses als schwarzes Dreieck in die Sternenprächte des Firmaments hinein.

Was stockst du, tastender Fuß? Hinein! Hinein! Das ist das Ende!

Da . . . in der Haustür knarrt von innen ein Schlüssel . . . sie öffnet sich . . . es kommt wer heraus . . . rasch ins schützende Gartengesträuch . . .

Eine dunkle Männergestalt taumelt vorüber... bückt sich . . . greift nach irgend was unter dem Gebüsch am Boden... nun flimmert im Sternenschein der weiße Besatz einer Cimbernmütze... die wird mit raschem Ruck auf ein dunkles Haupt gestülpt... und matt, gespensterhaft eine Sekunde aufleuchtend im fahlen Himmelsglanz, huscht ein stieres Antlitz vorbei,

die Augen tief in schwarze Schattenlöcher versunken
. . . Willy Klauser . . .

Ah! Hahaha! Recht so!! Der auch!

Das ist das Ende!!

Nicht Sinnenliebe, nicht Seelenliebe retten vor
diesem Ende . . .

Hahaha! Der auch!!

Verstoßen, verbannt aus dem Arm des Lebens=
glücks... von reinem Munde, aus keuschen Armen
verbannt und verstoßen . . .

Das ist das Ende!!

Wozu sich noch sträuben!

Hinein, hinein in den Pfuhl —!!

Dort ist Wasser für deine Fieberdürste, betrogene,
geschändete Seele, für deine lechzenden Brünste, ge=
folterter, gehetzter Leib . . . Wasser . . .

Zwar es stinkt . . . es ist voll Gift . . .

Aber es ist doch Wasser . . . es löscht die rasen=
den Qualen . . .

Trinken . . . trinken!! . . .

Und Werner klopfte an Linas Tür.

VII.

„Mein Herzensjunge!

Das ist nun der letzte Brief, den ich Dir in Dein erstes Semester schreibe, denn heute in acht Tagen werden wir Dich ja, wie Du schreibst, schon wieder bei uns haben! Ich kann es noch gar nicht recht glauben, daß uns dann unser Ältester wieder für mehr als zwei Monate gehören soll, denn die vier Monate, daß Du fort bist, wollten gar nicht vorübergehen, und kann ich mir kaum vorstellen, daß es nicht wenigstens ein Jahr war seit Deinem Abiturientenexamen. Hoffentlich wird es Dir nun aber, nach dem schönen Burschenleben da draußen in Saus und Braus, in Deinem einfachen Elternhause auch noch gefallen. Wir freuen uns alle riesig auf Dich, die Brüder schwatzen von nichts anderem als vom Bruder Student und freuen sich, alle Deine Herrlichkeiten zu sehen; ich glaube, sie denken, Du läufst immer mit einem Schläger an der Seite herum. Und unser guter Vater freut sich schon sehr darauf, mit Dir über das Römische Recht, das Du ja nun schon kennst, tüchtig fachsimpeln zu können."

Hier mußte Werner, trotz seiner Rührung, lächeln, halb verlegen, halb verschmitzt.

„Vor allem aber freut sich Deine Mutter auf Dich: ich bin ganz stolz darauf, einen so großen und wohlgeratenen Sohn zu haben, der auch draußen in der Fremde dem Namen seines Vaters Ehre macht und im Leben bewährt, was wir Eltern nach unsern schwachen Kräften versucht haben ihm mitzugeben. So schließe ich denn für heute mit dem Wunsche, daß Dir, mein lieber Sohn, noch einige schöne Sommertage in Deiner neuen Heimat beschert sein mögen und Du dann zurückkehrst, gestärkt und gereift an Leib und Seele und beglückt in dem Bewußtsein, täglich vorwärts zu schreiten in allem Guten und Tüchtigen."

Werner ließ den Brief einen Augenblick sinken. Mechanisch trank er einen Schluck Kaffee und starrte zur Decke empor.

Täglich vorwärts in allem Guten und Tüchtigen —! Ach ja . . . der Dammelsberg . . . der heiter-prächtige Anfang und das wüste, scheußliche Ende: der Heimweg in stolperndem Rausch, und —

Ah — das mußte der wüste Kopf doch nur geträumt haben . . .

Nein . . . nein . . . es war Wirklichkeit: er w a r nun wissend . . . er hatte die Blume der Sehnsucht gepflückt . . . und sie war ihm in den Kot gefallen . . .

Ah — pfui — pfui! Der Ekel, die Schmach!!

Und alles stand auf einmal wieder vor ihm da! Das Entsetzen dieser Nacht . . . die schreckhafte Er=

kenntnis, daß auch ihn, wie seinen Freund, ein Reifer, ein Sicherer, ein Mann um seine Liebe betrogen hatte . . .

Um seine Liebe —? Hahaha!!

Und doch . . . war das nicht auch Liebe, was ihn zu Rosalien gezogen? War dieser Schmerz, in dem seine Seele sich krümmte, war der Jammer um ihren Verlust, der ihn blindlings hinaus und in die Arme der Dirne gehetzt hatte . . . war das nicht auch ein Gram um ein verlorenes Liebesglück?!

Liebe? Was war Liebe überhaupt anderes als das Verlangen nach dem Besitz?

Ja, sie war ihm verloren, an die sich sein Sehnen angeklammert, in der es die Erfüllung heißesten Erdenglücksbegehrens erblickt hatte . . . sie, die ihm nicht ein armes Judenmädel, ein armes Käseladen=fräulein gewesen war, sondern Aphrodite, die süße und schreckliche Herrin der Erde . . .

Sie hatte am Morgentore seines Lebens stehen sollen als Spenderin erlösender Erstlingswonnen, hatte ihn hineinführen sollen in das Allerheiligste des Daseins, das ihm Liebe, Liebe — Liebe!! hieß!

Und nun war sie jenem andern, dem Erfahrenen, dem Desillusionierten, dem Pascha in die Arme ge=weht worden, dem ihre Liebe nicht ein ungeheures, umwälzendes, erlösendes Erlebnis war . . . nein, ein Blatt mehr in einem Notizbuch flüchtiger Erinne=rungen an lustige Stunden . . .

Und Werners Blume lag im Kot . . . gemein, trivial, weihelos, ekel war die erste Stunde in Weibesarmen gewesen, Sünde, weil sie schmutzig und würdebar, Schande, weil sie käuflich und häßlich gewesen war . . .

Das war nicht wieder gut zu machen . . . der Fleck aus dem Leben nicht mehr wegzuwischen . . . nein, das würde bleiben . . . die Erinnerung an die frechen, entehrenden Zärtlichkeiten, die rohe Vertraulichkeit, die hungrige Groschengier der Dirne würde sich besudelnd eindrängen in alles Glück, das ihm künftig zuteil werden möchte . . .

Unsühnbar — untilgbar das Andenken an die erste Liebesstunde, besudelt — besudelt . . .

— — — — — — —

Ein hartes Klopfen an der Tür.

Und Scholz trat ein.

„Morgen, Leibfuchs — na? Jammer? Sieht so aus!"

Stumm stand Werner auf. Ihm war's, als hätte er dem andern ins Gesicht schreien müssen, was alles er ihm genommen... wie jener, jener schuld sei an der Katastrophe seines Liebeslebens . . .

Aber der würde ihn nicht verstanden haben . . . eiskalt, höhnisch ihn angegrinst . . .

Nein . . . Schweigen . . . Haltung . . . herunter das Visier . . .

Er hieß den Älteren willkommen. Scholz streckte

sich aufs Kanapee, schob die Beine lang in die Stube hinein, gähnte geräuschvoll und bedeckte eine Sekunde lang die Augen.

„Verdammt müde... aber schön war's doch ... na und du, Leibfuchs? Wunderst du dich nicht, daß ich hier bin? Ich bin nämlich seit gestern abend dein Nachbar. Habe da nebenan die kleine Bude für nächstes Semester gemietet und bin gleich eingezogen. Laß dir erzählen, wie das gekommen ist. Ich kam gestern abend von Berlin mit dem Casseler Schnell=zug an; zugleich kam von der andern Seite der Frank=furter D=Zug auch, ich sah zufällig hin, und aus der dritten Klasse klettert wer? die schöne Rosalie, deine filia hospitalis, nee, u n s e r e! Na, ich begrüßte sie natürlich, machte mich mit Gepäckbesorgung galant, erzählte ihr, daß ich promoviert hab' und nun zum Abschiedskommers zurückkomme ... daß ich nächstes Semester wieder nach Marburg will ... frage ganz im Spaß, ob bei ihr nicht eine Wohnung frei ist ... und ... me voilà! was sagst du dazu?!“

Auf der Straße klang der Cimbernpfiff und überhob Werner der Antwort. Beide gingen ans Fenster; unten stand der Zweite, Krusius, und neben ihm der Senior der Hasso=Nassovia, Herr Seydel=mann.

Krusius bemerkte zuerst Werner und rief:

„Sag mal, Achenbach, ist das richtig, daß i. a. C. B. Doktor Scholz jetzt bei dir im Hause wohnt?“

„Allerdings, zu dienen!" sagte Scholz und ließ seinen Oberkörper am Fenster erscheinen. „Guten Morgen, Krusius, guten Morgen, Herr Seydelmann — na? Wie schaut's aus? Wieviel Gramm Antipyrin haben Sie heute morgen schon gefressen?"

„Lieber Scholz," sagte Krusius mit tiefernstem Gesicht, „Herr Seydelmann hat etwas mit dir zu besprechen."

Scholzens Gesicht versteinerte sofort ebenfalls in offiziellen Falten. „Wenn die Herren sich freundlichst heraufbemühen wollen?"

Die Angeredeten tappten die Treppe hinauf und standen bald darauf an der Tür, die Scholz ihnen höflich geöffnet hatte.

„Bitte einzutreten."

„Möchten wir nicht lieber in dein Zimmer —?" meinte Krusius mit einem Seitenblick auf den Fuchs Achenbach.

„Ich habe nur ein Zimmer, und das ist noch nicht aufgeräumt," sagte Doktor Scholz. „Ich denke, mein Leibfuchs erlaubt uns einen Augenblick seinen Salon?"

„Selbstverständlich, Leibbursch — ich gehe so lange hinaus."

„Nee, nee, bitte bleib nur —"

„Es ist aber eine sehr... persönliche Angelegenheit —" meinte Seydelmann.

„Tut nichts, hier, mein Leibfuchs, der kann ruhig

zuhören, schad't ihm nichts, wenn er auch ein bißchen Schimmer bekommt. Also, Herr Seydelmann —?"

„Herr Doktor Scholz," sagte Seydelmann, „ich habe den Auftrag, Ihnen namens des studiosus medicinae Simon Markus eine Pistolenforderung auf fünfzehn Schritt Barriere bis zur Kampfunfähigkeit zu überbringen."

Eine Sekunde lang standen alle vier jungen Männer in der engen Stube regungslos; langsam zog Scholz die Augenbrauen ganz hoch in die Höhe. Eine Kälte, ein Schauer wehte allen ans Herz.

„Hm —" machte Scholz. Wieder ein paar Herzschläge lang Schweigen.

„— — bitte, teilen Sie Ihrem Auftraggeber mit, daß ich die Forderung annehme," sagte Scholz dann in eisiger Ruhe.

„Nein, Scholz, das darfst du nicht!" fuhr da Krusius dazwischen. „Das darfst du nicht! Es handelt sich doch jedenfalls um — um das Mädel . . . die Schwester von dem Kerl —"

„Wir brauchen darüber kein Wort zu verlieren," sagte Scholz. „Die Forderung kann binnen vierundzwanzig Stunden ausgetragen sein. Wann kann das Ehrengericht zusammentreten?"

„Nun, heut nachmittag um drei, denke ich," sagte Herr Seydelmann. „Ihr Gegner hat sich dem S. C. Ehrengericht und dem S. C. Pistolenkomment ohne weiteres unterworfen, die Sache ist also sehr einfach."

„Ich leid's nicht, Scholz!" rief Krusius erregt. „Du wirst dich doch um so'n Frauenzimmer nicht schießen? Und mit so 'nem Judenjungen, dessen Schwester nicht viel besser als 'ne Hure ist?"

„Oho?!" meinte Scholz. „Woher weißt du das?"

„Ja, ja, woher weiß man das? Ich kann nichts Positives gegen das Mädel behaupten, aber seit Ewigkeiten wohnen hier Korpsbrüder von uns, und es müßte doch mit dem Teufel zugehen, wenn die alle sich den Bissen da bis jetzt hätten entgehen lassen!"

„Wenn du nichts Positives weißt — dann braucht man ja gar nicht darüber zu reden. Hat Ihnen, Herr Seydelmann, Ihr Auftraggeber einen Grund der Forderung angegeben —?"

„Allerdings," sagte Seydelmann mit diskreter Zurückhaltung im Ton. „Herr studiosus Markus behauptet, Sie hätten heut nacht seine Schwester... in Ihrem Schlafzimmer gehabt."

„Also gut, Herr Seydelmann... ich werde, wenn Sie mir keinen anderweitigen Bescheid mehr zukommen lassen, um drei Uhr auf Ihrer Kneipe zum S. C. Ehrengericht erscheinen."

„Nein, meine Herren, das ist einfach Wahnsinn," sagte Krusius, „da darf nichts draus werden! Ich telegraphiere sofort an unsere Inaktiven, die in den letzten Jahren hier im Hause Markus gewohnt haben, und frage an, ob sie das Schicksel da unten

nicht auch gehabt haben, und wenn auch nur einer
ja sagt, dann hast du doch wahrhaftig keine Veran=
lassung, dich mit ihrem Bruder zu schießen, als wenn
du sie verführt hättest —! Was sagen Sie, Herr
Seydelmann?"

„Da mein Auftrag noch nicht erledigt ist, so be=
daure ich, eine Ansicht über diesen Punkt nicht äußern
zu können," erwiderte der Hessen=Nassauer.

„Sie haben vollkommen recht," sagte Doktor
Scholz. „Lieber Krusius, deine Anfrage an die In=
aktiven ist überflüssig. Das Mädchen ist keine Dirne,
und nach meiner Auffassung ist der Bruder berechtigt,
sich jeden zu kaufen, der sie mit der Fingerspitze be=
rührt. Und gegen den Herrn Markus liegt meines
Wissens auch nichts vor ... ich würde es also geradezu
als Kneiferei auffassen, wenn ich mich weigern wollte,
ihm Satisfaktion zu geben."

„Nun, dann bin ich wohl fertig," meinte Seydel=
mann. „Mein Bedauern, Herr Doktor, daß ich in
so fataler Angelegenheit gegen Sie tätig sein muß —
nachdem wir uns beide bisher —" er lächelte diskret,
korrekt, verbindlich, wies mit leichter Handbewegung
erst auf seine, dann auf Scholzens Narben, die sie
beide einer dem andern verdankten — „immer so aus=
gezeichnet vertragen haben."

Als der Hessen=Nassauer fort war, bestürmte
Krusius nochmals mit aller Entschiedenheit den
Korpsbruder, das Duell nicht anzunehmen.

„Ich finde, Scholz, du kannst das deinen Eltern gegenüber einfach nicht verantworten, dich wegen so einem Frauenzimmer zu schießen! Denn daß du bei der nicht der erste gewesen bist, dafür laß ich mich hängen! Zwar die Korpsbrüder, die früher hier ge= wohnt haben, die haben anscheinend immer nach dem bekannten Grundsatz vom dankbaren und ver= schwiegenen Jüngling gehandelt. Aber wenn's um Tod und Leben eines Korpsbruders geht, dann werden sie wohl herausrücken. Du brauchst gar nicht selbst zu telegraphieren, gib nur deine Zustimmung, daß ich es tu.“

„Ich hab' dir schon einmal gesagt, es kommt, meiner Auffassung nach, gar nicht darauf an, ob das Mädel unschuldig war oder nicht. Ja, es ist wahr: ich habe sie heut nacht hier, im Hause ihrer Mutter, im Bett gehabt. Und daß sie einen Bruder hat, der Student ist, und gegen dessen Honorigkeit nicht das geringste vorliegt, das hab' ich auch gewußt. Also es wäre die tollste Drückebergerei, wenn ich mich jetzt der Verantwortung entziehen wollte.“

„Das finde ich verrückt, nimm mir's nicht übel,“ sagte Krusius und ließ sich wütend in eine Sofaecke fallen. „Das heißt wirklich, die Schneidigkeit ins Fatzkenhafte übertreiben.“

„Lieber Krusius, du weißt, ich bin immer ein großer Sünder gewesen. Wie viele Weiber ich im Arm gehabt habe, ich glaub', ich krieg's nicht mehr

zusammen. Aber eins ist mir dabei stets klar ge=
wesen: der Korpsstudent kann tun und lassen was
er will, wenn er nur stets bereit ist, mit seiner Person
für all seine Handlungen einzutreten. Und wenn ich
Geschichten mit einem Mädel mach', dann muß ich
jeden Augenblick darauf gefaßt sein, daß irgendeiner,
der des Mädels natürlicher Beschützer ist, mich vor
die Mündung fordert. Ja — so weit wäre ich nun
diesmal glücklich gekommen ... da heißt's eben, die
Nase hinhalten ... aber an die Korpsbrüder tele=
graphieren ... und das Mädel, das sich mir ...
na — die zur Hure machen, bloß damit ich ihrem
Bruder nicht vor die Pistole brauch' ... nee ...
das macht Hubert Scholz nicht. Also gib dir keine
Mühe, lieber Krusius, um drei Uhr ist Ehrengericht."

Krusius stürzte in großer Erregung hinaus. Im
Weggehen rief er noch:

„Na, jedenfalls besprech ich die Sache zunächst
noch mal mit Papendieck."

Als der Zweite fort war, wurde Scholzens Hal=
tung plötzlich matt und schlaff. Er schien Werners
Gegenwart ganz vergessen zu haben; wie eine tiefe,
haltlose Müdigkeit ging es über seine Züge, seine
Glieder, er setzte sich schwerfällig in das Sofa und
bedeckte das Gesicht mit beiden Händen.

Werner rührte sich nicht in seiner Fensternische,
in die er sich beim Eintritt des Nassauer=Seniors
zurückgezogen, von der aus er mit fliegenden Pulsen,

fröstelnden Fingern die Vorgänge verfolgt hatte. Und mit einem Male begriff er diese undurchdringliche Seele. Er verstand, was diesem jungen Manne die sieghafte Rücksichtslosigkeit, die brutale Überlegenheit gegeben hatte. Und noch tiefer meinte er hineinzuschauen in das innerste Herz des Korpsbruders; er wähnte zu sehen, wie vor dessen innerem Auge langsam, unabweisbar das Bild eines verlassenen, ausgestoßenen Mädchens aufstieg, eines kinderjungen, holdselig=grauenvollen Leibes, den er einst besessen, in dem er die Keime des Lebens geweckt, um sie dann schutzlos, wehrlos dem Schicksal zu überlassen, das ihr den Wellentod befahl . . . ihm war's, jener lechze danach, dem Sühnetode die Brust zu bieten, um mindestens sich selber zu zeigen, daß er nicht nur die Dreistigkeit habe, Glück zu stehlen, sondern auch den Mut, es bar zu bezahlen.

Und während Werner den Starken, den Gefürchteten, den Unnahbaren da sitzen sah, stumm, aufgelöst, von der unerschütterlichen Haltung verlassen, da kam über ihn eine große, feierliche Liebe zu dieser schuldbeladenen, doch edlen und mannhaften Seele. Da fühlte er plötzlich, daß der Drang, der jenen von Munde zu Munde, von Busen zu Busen getrieben hatte, kein anderer sei, als jener, unter dessen Geißelhieben auch er geblutet hatte — er und jener andere auch, der in dieser Nacht zuerst seinen Verzweiflungswahnsinn zur Dirne geschleppt hatte.

Und er ging auf Scholz zu, setzte sich auf die Sofalehne und legte den Arm um den Nacken des Brütenden.

„Es wird gut gehn, Leibbursch."

„Ach — Leibfuchs — entschuldige... ich hatte dich ganz vergessen." Er ließ die Hände sinken ... trocken, glanzlos starrten seine Augen.

„Wenn sie mich nun morgen früh so... zurück= bringen... und dann telegraphieren sie meinem Vater ... und dann kommen meine Eltern und wollen wissen, was eigentlich passiert ist ... das begreift dann doch kein Mensch ... ein Lump, den der Teufel geholt hat ... ja ... so reden dann die Menschen ... und daß das alles so hat sein müssen ... äh — bah ... is ja egal ... is ja egal."

Er stand mit hartem Ruck auf.

„Komm, Leibfuchs, wollen zum Frühschoppen gehn — morgen trinkt ihr ihn vielleicht ohne mich."

VIII.

Profeſſor Dornblüth hatte ſich beim Einſchlafen
vorgenommen, ſehr früh aufzuwachen, um dann ſo=
fort Klauſer aufzuſuchen. Ihm bangte für den jungen
Korpsbruder, den er lieben mußte, trotz des grauen=
haften Auftritts vom Dammelsberg. Was da ge=
ſchehen war, das überſtieg das Maß menſchlicher
Verantwortung. Es war eine Wahnſinnstat... eine
Tat, die eben nur die Leidenskraft des Herzens ver=
riet, aus dem ſie emporgelodert war. Und ſo fühlte
Dornblüth ſich für die Gemütsverfaſſung des Jüng=
lings verantwortlich.

Daß es auch im Intereſſe von Fräulein Holler=
baum, im Intereſſe ſeiner eigenen Hoffnungen liegen
müſſe, den unglücklichen Studenten von unbedachten
Schritten abzuhalten, war dem Profeſſor völlig klar.
Und er dünkte ſich Diplomat und wortgewaltig genug,
um alles zum Frieden hinauszuführen. Ja, ſeine
Pädagogenſeele empfand eine gewiſſe lockende Ge=
nugtuung darin, dieſe jungen Herzen zu lenken wie
Schachfiguren und mit ſeinem eigenen Herzenswunſch
zugleich auch das zu fördern, was er das wohlver=
ſtandene Intereſſe ſeiner Auserwählten und ihres
nun zurückgedrängten Verehrers nannte.

Und doch war ihm nicht ganz wohl bei ſeiner

Miſſion . . . doch empfand er ein ſeltſames Gefühl, wenn er an Klauſers Ausbruch am geſtrigen Abend dachte . . . ſo etwas konnte ja ihm, Dornblüth, längſt nicht mehr paſſieren . . . aber war es nicht doch auch ſchön, ach ſchön geweſen, als noch alles Gärung und ſchwellender Überſchwang war da drinnen?

O ja, man war klar, man war klug, man war dem Leben gewachſen . . . ach, und dennoch . . .

Jugend — Jugend . . .

Wann fing denn eigentlich das Leben an — das wahre Leben? Wenn man begann, der Meiſter der Dinge zu werden — dann hatten ſie auch ſchon den ſüßen Duft, die wonnevolle Dämmerhaftigkeit ver= loren, die ſie uns ſo begehrenswert erſcheinen ließ.

War denn nicht heute Wilhelm Dornblüths Ver= lobungstag? Würde nicht heute Wilhelm Dornblüth ſich im Überrock und Zylinder das Jawort ſeiner Braut und ſeiner Schwiegereltern holen? Würde nicht heute der zweite Teil ſeines Lebens beginnen . . . der erfüllen, der halten ſollte, was der erſte erſehnt, erſtrebt, erarbeitet?

Und doch . . . wo blieb die holde Oſterſtimmung der Seele, wo blieb das Sonntagmorgenglockenglück, das Sinn und Herz und Welt hätte zuſammenklingen laſſen müſſen zu einer großen, hoch aufrauſchenden Sinfonie des Lebens?!

War es nicht eben die Sicherheit, die Überreife, die all das zerſtörte?

Wie wäre wohl dem armen Klauser zumute gewesen, wenn ihm der Morgen des Brautglücks aufgestrahlt wäre?

Ja, der wäre erwacht, wie die erlösten Seelen im Paradiese erwachen mögen . . . der hätte sich die Augen gerieben und geblendet sie schnell geschlossen vor der überkühnen Herrlichkeit seines Traumes. Der hätte angebetet vor der Gnadenfülle dieser Stunde, der hätte demütig, mit abgezogenen Schuhen das heilige Land des Menschenglücks betreten . . .

Freilich, das hätte ja dann nicht immer so bleiben können . . . Enttäuschung, Bitterkeit wäre gekommen.

Wilhelm Dornblüth würde keine Enttäuschung erleben, weil er keine Illusionen hatte; er freite ein Mädchen, einen Menschen, und wußte aus tausend Beobachtungen, was das heißt — daß Unvollkommenheit und Entsagung Menschenlos ist . . .

Ach, und doch — und doch . . .

Oh, wenn solch ein Mädchen wüßte, wie arm, wie seelenlos diese Ruhe und Reife der Männer ist, die ihnen so imponiert, und wie heilig und reich die taprige Tumbheit der Knaben, die sie belächeln und beiseite schieben, um sich an die breite, sturmgemiedene, entgötterte Brust des abgeklärten Mannes zu bergen . . .

Und Wilhelm Dornblüth sehnte sich am Morgen seines Verlobungstages nach dem Seelenreichtum

des Knaben, den er aus dem Herzen seiner Er=
korenen so spielend verdrängt hatte . . .

Und den er doch dem Leben, dem Hoffen zurück=
zugeben sich vorgenommen hatte.

Und ehe der Professor den Weg zur Villa des
Geheimrats Hollerbaum hinauflenkte, stieg er in der
Morgenfrühe zu der schlichten Studentenbude des
Jünglings hinunter, dessen Faust gestern nach seinem
Haupte gezielt hatte.

Klauser hatte dumpfbrütend, mit verrückten Ent=
schlüssen ringend, vor seinem unberührten Frühstück
gesessen, als Dornblüth eintrat. Er fuhr auf, stand
starr und steif.

„Komm, lieber Klauser, gib mir die Hand . . .
ich komme als Freund!“ begann der Professor, und
mechanisch legte der Student seine kalte Hand in die
ausgestreckte des Besuchers.

„Darf ich mich setzen? Aber nicht, ehe du dich
setzest! Nun, was hast du denn gestern abend noch
angefangen nach unserer . . . unserer Auseinander=
setzung? Hoffentlich bist du vernünftig gewesen, gleich
nach Hause und in die Falle gegangen und hast dir
einen klaren, ruhigen Kopf angeschlafen? Ich hab's
so gemacht . . . das ist das beste, was man tun kann
an solchen Wendepunkten des Schicksals. Oder . . .
hast du dich am Ende bekneipt, hä?“

„Ich bin bei der Lina gewesen,“ sagte Klauser
mit starrer Ruhe.

„Wa—?! Wo bist du gewesen?!"

„Bei der Lina — der Sau da oben im Mar=
bacher Tal. Zum erstenmal."

„Klauser —!! Himmel . . . so elend hab' ich
dich gemacht?!"

Klauser zuckte mit den Achseln und sah zum
Fenster hinaus.

Der Professor tupfte mit dem Taschentuch über
seine Stirn, die plötzlich feucht geworden war.

„Komm, liebster, einziger Junge," sagte er dann
mühsam, nach Worten suchend — „sieh mal, das
hab' ich . . . doch nicht gewußt . . . daß . . . daß
das so bei dir war . . . ich hab' eben gedacht, 's ist
'ne Jugendschwärmerei, wie wir sie eben alle mal
durchmachen . . ."

„Wir wollen das lassen," sagte Klauser. „Was
wollen . . . was willst du von mir?"

„Vor allem mich nach dir umsehen, lieber
Freund. Sind wir nicht Korpsbrüder? Heißt nicht
der Wahlspruch unserer lieben Cimbria: ‚Einer für
alle, alle für einen?' Ich sehe nicht ein, warum ich
die Pflicht und das Recht, dir beizustehen in deinem
Schmerz, deshalb weniger haben soll, weil ich daran
schuld bin . . . oder wenigstens die Veranlassung.
Wir beide, du und ich, haben gestern abend eine
. . . einen Auftritt miteinander erlebt, der . . . aus
dem vielleicht ein jugendliches Gemüt die Veran=
lassung zu . . . zu bedauerlichen Schritten schöpfen

könnte. Ich halte dich für viel zu vernünftig und ge-
schmackvoll zu solchen Dummheiten . . . aber ich will
dir doch auch formell entgegenkommen: ich reiche dir
die Freundeshand und schlage dir vor: Vergessen
und Vergeben hinüber und herüber! Willst du?!"

„Alter Herr," sagte Klauser mit gefrorenem Blick,
„du kannst unbesorgt sein. Ich werde dir nicht mehr
in den Weg treten. Ich werde auch keinen Skandal
machen, du kannst ganz ruhig sein. Ich werde so
geräuschlos aus eurem Leben verschwinden, wie ihr's
nur wünschen könnt. Aber... Freundeshand?! Nein.
Ich fühle ja jetzt selber . . . ich habe wohl zu hoch
hinausgewollt. Ich hab' von . . . Dingen geträumt
. . . die für mich noch nicht da sind. In Zukunft
werd' ich mich besser einzurichten wissen. Die Lina
ist ja soweit ein ganz liebes Mädchen. Und für einen
dummen grünen Jungen gerade gut genug. Für
diese Lehre . . . dank ich dir. Aber . . . geh jetzt
. . . in acht Tagen ist das Semester zu Ende . . .
dann wird mich das Korps hoffentlich inaktivieren
. . . obwohl ich im vierten Semester mal vorbeige-
fochten habe . . . und wenn sie nicht wollen . . . dann
lassen sie's bleiben . . . ich geh fort . . . und komm
nicht wieder . . . das Physikum glückt mir doch nicht
mehr hier. Also . . . die acht Tage . . . ich will dir
aus dem Wege gehn . . . und wenn du . . . auch
deinerseits . . . mir nicht zu oft begegnen wolltest...
dann würde ich dir dankbar sein... Alter Herr."

„Und das soll also das Ende sein? Du willst mich von dir lassen in dem Bewußtsein, daß ich das, was ich dir getan habe, niemals gut machen kann?!"

„Nein, Alter Herr, das kannst du niemals."

Der Professor sah mit schmerzlicher Ratlosigkeit zu dem Jüngling hinüber, dessen Augen die seinen mieden.

„Ja, lieber Klauser . . . ich habe jetzt getan, was ich irgend vor mir selbst und . . . verantworten konnte. Wenn du dich nicht überwinden kannst . . . du mußt es wissen. Ich könnte mich vielleicht noch darauf berufen, daß ich dir doch auch vor kurzem einen wesent- lichen Dienst — doch nein —"

„Wieso? Was meinst du damit, Alter Herr?"

„Nein — das gehört nicht hierher. Das magst du dir gelegentlich einmal von den Korpsbrüdern er- fragen. Also . . . unsere Wege sollen sich scheiden . . . und werden sich nie mehr begegnen. Du willst es so . . . das ist mir sehr bitter . . . und wird noch jemanden tief schmerzen. Aber . . . ich ehre deine Entscheidung. Leb wohl."

Er stand auf, Klauser schnellte empor . . . mit dem feierlich=finstern Gesicht, das wie eine eiserne Maske jede Gemütsbewegung verhüllte, schüttelten sie sich kurz die Hand. Und dann ging der Professor.

Klauser aber stand noch einen Augenblick in dunklem Grübeln. Dann griff er langsam zu seiner Korpsmütze.

Blau=rot=weiß! . . . ja, wenn man diesen Halt nicht hätte!

Cimbria vivat, crescat, floreat!

Und er ging dahin, wo die andern waren. Die andern, die nicht zu wissen brauchten, daß er mit den Dämonen der Verzweiflung und Verneinung gekämpft hatte . . .

Als er über den Markt kam, sah er noch, wie Dornblüth, jetzt im Besuchsanzuge, seine Schritte dem Berge zulenkte. Sein Zylinder blinkte in der Sonne.

Wo wollte er denn hin?

Ach so . . .!!

Er, Willy Klauser, besaß überhaupt noch gar keinen Zylinder.

IX.

Selbstverständlich hatte Werner von dem Aus=
fall des Ehrengerichts nichts erfahren. Krusius, sein
zweiter Leibbursch, hatte ihn noch einmal auf dem
Frühschoppen beiseite genommen: „Leibfuchs, du hast
heute morgen nichts gehört — aber auch nicht das
Geringste, verstehst du mich?!"

„Nein, nein, Leibbursch, das versteht sich ja ganz
von selber."

„Also, allen Ernstes, auch nicht den leisesten Ton
zu irgend jemanden, wenn ich dir's raten soll! Du
könntest die allertollsten Unannehmlichkeiten haben."

„Nein, nein, du kannst ganz ruhig sein."

Um halb drei waren dann beim Kaffee die
beiden ersten Chargierten still verschwunden, mit
ihnen Scholz. Und keinen von ihnen hatte Werner
mehr zu sehen bekommen.

Auch Klauser war zwar beim Frühschoppen er=
schienen, hatte eine Zeitlang stumm, teilnahmslos,
unzugänglich inmitten der katerfidelen Runde ge=
sessen, war dann aber, kurz bevor das Korps zum
Mittagessen aufbrach, plötzlich verschwunden.

Und Werner war allein geblieben mit all seinem
bedrängenden, beängstigenden Wissen um das Schick=
sal der anderen. Und schließlich hatte er sich dann

aus dem Kreise der ahnungslosen Korpsbrüder, deren inhaltlose Unterhaltung ihn heute geradezu anwiderte, losgemacht und war stundenlang allein in den Wäldern herumgerannt, unfähig, das Grauen vor dem Erlebten wie dem Kommenden zu besiegen.

Was mochte zwischen Dornblüth und Klauser vorgefallen sein, wenn Willy Klauser, der Unberührte, der immer wie auf einer Wolke von Reinheit zwischen den andern, den alltäglichen, gewöhnlichen Naturen hingeschritten war, wenn der sich zur Lina geflüchtet hatte?! Was mochte jetzt in ihm vorgehen? Welche Lösung würde er finden für das Sphinxrätsel seines sinnlosen Elends?

Und der andere, der Vielerfahrene, der kalt überlegene Sieger — hatte sich nicht auch vor dem plötzlich das Gorgonenhaupt aufgereckt? Standen nicht beide, der Schuldlose wie der Schuldbesudelte, plötzlich dem spöttisch grinsenden Schicksal gegenüber, das nach ihrem Herzblut lechzte?

Daß Klausers junges Leben aus unheilbaren Wunden seine Kraft vertropfte, das war offenbarer scheußlicher Hohn des Fatums — hier mußte jeder Versuch nach einer sittlichen Erklärung scheitern.

Aber was für ein Sinn lag denn darin, daß um eine Liebesnacht zwei Jünglingsleben vor die Pistolenmündung gestellt werden sollten, bis eins von ihnen die Kraft nicht mehr hätte, den Hahn der Waffe abzuziehen? Und wenn nun einer fiele? Der

arme, tapfere, kleine Jude, der sein Leben so mann=
haft für eine Tugend einsetzte, die wahrscheinlich längst
zerlöchert war, zum mindesten aber doch zum Falle
reif gewesen, wie nur ein rotbäckiger Apfel im Sep=
tember? Wenn der nun fiele — was für ein Sinn
darin?

Aber selbst Scholz ... war er des Todes schuldig?
War er es um Rosaliens willen?

Also alle diese Not ohne Sinn, ohne irgend=
welchen Zusammenhang mit irgendwie erkennbaren,
konstruierbaren Weltgesetzen ... wenn nicht eben dies
das Gesetz war, daß es kein Gesetz gab ...

Wenn nicht am Ende gar der Mensch wehrlos
und machtlos dem Ansturm der Dinge und Geschäh=
nisse ausgesetzt war, auf nichts angewiesen als auf
seine eigene Kraft und Schläue, gezwungen, sich selber
sein Schicksal zu schmieden in trotziger Auflehnung
wider die Brutalität des Weltganges, und äußersten
Falles noch mit der Herzensmacht begabt, unbeug=
samen Grausamkeiten des Daseins gegenüber uner=
schüttert und trotzig zu fallen ...?

Und was war es denn, was jenen erst an das
Herz des reinen Mädchens und dann in die Arme
der Buhlerin geführt, was diesen von einer zur an=
dern getrieben hatte zu immer neuem, flüchtigem
Augenblicksentzücken, dem dann immer, ach so rasch,
Erkaltung, Ermattung, Abkehr und Jammer folgen
mußten?

War es nicht die gleiche, grauenvoll herrscher=
gewaltige Macht, die auch Werner wie ein unstetes
Wild durch alle Abgründe des einsamen Begehrens,
des schaudernden Ergreifens gehetzt hatte?

Jene Macht, von deren Gnaden, auf deren Ge=
heiß doch alles lebte, was da war?!

Wie sie nennen, diese teuflisch=göttliche, paradie=
sisch = höllische, dunkellichte, küssetränenblutbrünstige
Macht?!

Die Liebe?!

Was war ein Name? Ein Name gab keinen
Sinn, vermittelte kein Begreifen, schmiedete keine
Waffe . . .

Und der einsame Knabe, der da oben am Wald=
rand im Moose lag und herniederstarrte auf die alte
Stadt, in der seinem jungen Leben so Ungeheures
aufgegangen war, der wußte keine Lösung für die stür=
menden Schauer, die dahinrasten über sein bebendes,
schluchzendes Herz. —

Am Abend war dann Spielkneipe. Klauser hatte
sich mit Unwohlsein beim ersten Chargierten schriftlich
entschuldigt; Scholz erschien nicht; die beiden Ersten
spielten ein Quodlibet mit zwei Inaktiven. Nieman=
den als Werner konnte es auffallen, daß die beiden
jungen Männer sehr blaß, fieberhaft aufgeregt waren:
die anerzogene Haltung verschleierte ihre Stimmung
vor jedem Auge, das nicht durch Mitwisserschaft ge=
schärft war.

„Nun, was ist denn geworden, Leibbursch?" Schüchtern hatte Werner die Frage gewagt.

„Geht dich nichts an!" schnauzte Krusius nervös ... dann sah er das heißerregte Gesicht des Leibfuchsen und setzte in freundlicherem Tone hinzu: „Nimm mir's nicht übel, Leibfuchs ... ich darf dir's nicht sagen, auf Ehrenwort nicht!"

Da glaubte Werner genug zu wissen ... also wirklich ... morgen früh ...

Schon um zehn Uhr waren Papendieck und Krusius verschwunden ...

Da machte sich auch Werner von dannen... er meinte Scholz noch einmal sprechen zu müssen, ihm vielleicht die schwere Nacht, die vor ihm lag, tragen helfen zu können... sie waren ja Zimmernachbarn.

Aber in dem Zimmer, das in der vergangenen Nacht Rosaliens wilden Liebesrausch umschloß, war kein Licht. Bang klopfte Werner an: keine Antwort ... er drückte die Klinke ... das Zimmer war leer — keine Spur von einem Bewohner — Schränke, Schubfächer leer — offenbar war Scholz ins Hotel übergesiedelt, um nicht in der letzten Nacht mit jenem unter einem Dache zu sein, der ihm morgen ...

Ins Hotel? Vermutlich... und dann natürlich ins Pfeiffer ... das war ja das Cimbernhotel.

Und von einer unwiderstehlichen Macht getrieben, rannte Werner den Steinweg hinab und patrouillierte in der Dunkelheit vor dem Pfeiffer auf und ab. Der Gasthof war schon geschlossen, in den Wirtschaftsräumen jedes Licht erloschen. Nur in einem Zimmer des ersten Stocks schimmerte noch Licht; das Fenster war geöffnet, und sachtes, oft verlöschendes Geplauder von Männerstimmen drang auf die totenstille Straße. Werner meinte einmal die sonore Stimme des Ersten zu erkennen. Sonst vermochte er nichts zu unterscheiden.

Schließlich schien man droben aufzubrechen. Nach einigen Minuten Stille rasselte in der Tür des Hotels ein Schlüssel; Werner drückte sich in eine dunkle Haustürnische und sah, wie Papendieck und Krusius aus dem Gasthof kamen und sich von Scholz verabschiedeten.

„Also schlaf nur gehörig," sagte Papendieck. „Wir kommen um punkt halb sechs und wecken dich, da kannst di man up verlaten."

Sie drückten ihm die Hände und schritten wortlos, Arm in Arm der Stadt zu.

Die Hoteltür wurde geschlossen. Nach kurzer Zeit erschien droben am offenen Fenster Scholzens riesige, hagere Gestalt. Lange stand sie am Fenster, regungslos; das Haupt schien, in den Nacken zurückgeworfen, den Sternenhimmel zu suchen.

Werner aber blieb regungslos in seiner Nische. Er fühlte, daß er nicht das Recht hatte, sich in die Seele des andern einzudrängen, die der seinen nicht wesensverwandt war und ihrer nicht bedurfte, nicht nach ihr verlangt hatte angesichts dieser lichtlosen Nacht, durch die sie sich hindurchzuringen hatte.

Und er schaute nur stumm aus seinem Versteck zu dem Einsamen droben empor und empfand zum ersten Male in seinem jungen Leben mit erschütternder Gewalt die finstere Erkenntnis, daß es unter Menschen keine Gemeinsamkeit gibt ... daß gerade in den dunkelsten Stunden des Lebens auch der letzte Schimmer des fröhlichen Wahns zerfällt, als könnte einer dem andern irgend etwas sein ...

— — — — — — — — — —

Aus wirrem Schlummer fuhr Werner auf und war sich rasch bewußt, daß dieser erwachende Tag ein verhülltes Schrecknis heranführe ... Er fuhr auf; unmöglich, noch eine Sekunde länger im Bett zu bleiben ... Luft, Luft ... und etwas tun, um zu vergessen... um über die Stunden hinwegzukommen, die ihn von der Gewißheit trennten ...

Er kleidete sich an, und während er sich wusch, vernahm er über sich die leisen Tritte eines andern, der auch schon munter war ... der sich auch ankleidete, um sein junges Leben an den wirrsten und zerfahrensten Wahn zu setzen ...

Wie verrückt, was jener tat!! —

Und doch, wie begriff Werner den Juden da oben!

Ob jenes Mädchen vorher rein gewesen war — was ging das den Bruder an? Für ihn war sie rein gewesen bis zu der Nacht, als er, weiß der Himmel wie, gewahr werden mußte, daß sie jenem andern das Lager schmückte . . . ihm hatte man sie entehrt, ihm besudelt in dem Augenblick, da er ihrer Schande wissend geworden war . . . und so lechzte jener nach Rache nicht für die Unschuld seiner Schwester, sondern für das eigene, in den Kot getretene Herz, für seine eigene, geschändete Bruderliebe . . .

Nun tappte er die Treppe hinunter . . . und durch die Vorhänge sah Werner ihn auf die Gasse treten . . . drüben standen zwei Herren, die ihn empfingen: Herr Seydelmann und Herr v. Göhren, der erste und der zweite Chargierte der Hasso=Nassovia, beide im Hut, nur das Band schimmerte unter ihren Röcken hervor. Stumm begrüßten die Nassauer ihren Waffenbeleger und schritten dann mit ihm von dannen, den Bergpfad hinan, der über die Cimbern=kneipe zum Schlosse führte . . .

Und nicht lange, da klangen auch Schritte vom Steinweg her . . . zwischen Papendieck und Krusius kam Scholz . . .

Aller dreier Gesichter waren fahl . . . Krusius strich ohne Unterlaß den blonden Schnurrbart, Papendieck rieb mit dem Zeigefinger immerfort an seiner mächtigen Hakennase, Scholz hatte den Kopf hoch in den Nacken geworfen und die Augen in das durch=goldete Blau des jungen Morgens gerichtet . . .

Da gingen sie hin . . .

Und Wernern hielt es nicht länger. Er schlich hinter ihnen drein... sah sie hinter der Sternwarte zur Cimbernkneipe hinan einbiegen... erreichte dann wieder ihren Anblick, als ihre hellgekleideten Gestalten sich durch die Heckenwege zum Schloß hinaufschoben . . . sah sie unter dem Torbogen des Schlosses verschwinden . . . dann hatte er sie wieder vor sich, als sie den Weg zum Dammelsberg einschlugen . . . und so schritten sie immer vor ihm her, die beiden Gruppen . . . ganz fern die Hessen-Nassauer, den kleinen, schäbig gekleideten, hochschultrigen Simon Markus in der Mitte . . . und dahinter, ihm zunächst, die drei stattlichen Cimbern, der stattlichste in der Mitte . . .

So schritten die Jünglinge in den Morgen des ersten August hinein . . .

Und ringsum erwachte die Welt. Schon kräuselte erster Rauch aus manchem Schornstein im Tal. Ein Bahnzug brauste von Frankfurt her die Lahnebene hinauf . . . lustig schwoll der Pfiff der Lokomotive, klang das Rasseln der Wagen auf den Schienen. Und der Weg, auf dem man schritt, trug noch die Spuren der Festnacht. Welke Blumensträußchen dorrten hier und dort, verkohlte Lampions lagen am Wege.

Und nun nahm der Dammelsbergwald die vorderste Gruppe auf — Werner wartete, bis auch die zweite ein Stück in den Wald hineingedrungen war, damit nicht ein zufällig zurückschweifender Blick ihn erspähen möchte.

Und ein Wagengeroll hinter ihm ... schnell barg er sich hinter einem Busch und sah einen der wenigen schwerfälligen Marburger Mietwagen auf dem schmalen und steilen Wege sich emporwinden. Darin saßen der erste Chargierte der Guestphalia und ein älterer Herr, in dem Werner nach einigem Besinnen den Sanitätsrat Doktor Kuhlemann erkannte ... auf dem Rücksitz des Wagens standen zwei Kästen: ein großer, verschlissener und ein schmaler, niederer, eleganter.

Und dem Geräusch des Wagens folgte Werner. Es ging mitten durch den Festplatz hindurch, wo von vorgestern noch fast der ganze Aufbau vorhanden war. Die Arbeiter, welche die Aufräumungsarbeiten zu besorgen hatten, waren gestern offenbar nicht sehr eifrig beim Werke gewesen. Zerfetzt, zerschlissen schillerte das lustige Prunkgewand des Festtages. Und spukhaft huschten durch das Hirn des Jünglings die Bilder jener wirren Nacht.

Und plötzlich verstummte das Knirschen der Wagenräder. Werner bog ins Gebüsch ab, schlich näher und sah, wie der Wagen auf dem Platze hielt, den vorgestern der akademische Senat mit seinen Familien innegehabt hatte. Herr Paschke, der Westfalensenior, war ausgestiegen und half mit dem

Kutscher zusammen den größeren der beiden Koffer aus dem Wagen zu heben. Dann lud der Kutscher den Koffer auf seine Schultern, und die Herren stiegen zwischen Büschen einen letzten Treppenpfad zu dem obersten und größten der Festplätze hinauf, der vorgestern die Marburger Bürgerschaft beherbergt hatte . . .

Werner suchte sich durch das Gestrüpp einen Weg zu irgendeinem Punkte zu bahnen, der ihm eine Übersicht über den Kampfplatz gewähren könne. Eine fieberhafte Neugier war in ihm erwacht, die das Grauen seines Herzens besiegte. Er wollte, er mußte nun alles sehen.

Aber der Festplatz war ringsum dicht mit einer Kette niederer, kaum mannshoher Fichtenbäume um= pflanzt. Unmöglich, da hindurchzudringen. — Werner mußte versuchen, auf einem Umwege einen höheren Beobachtungspunkt zu erreichen.

Eine geraume Zeit verging, bis er sich orientiert hatte. Und plötzlich fiel ihm ein, daß sein Tun nicht gefahrlos sei... denn da oben würden gleich Kugeln fliegen... und daß jemand im Gebüsch herumkriechen könnte, darauf war man da oben nicht gefaßt . . .

Aber diesem Sorgen, Erwägen, dem planlosen Hin= und Herklettern war einige Zeit vergangen . . . doch Werner gab seine Absicht nicht auf . . . das Abenteuerliche des eigenen Beginnens ließ ihn ver=

geſſen, daß droben ſchon die Todesloſe geſchüttelt wurden:

Und plötzlich klang's vernehmlich durch die Stille:

„Eins . . . zwei . . . drei . . .“

Und paff . . . paff . . . knallten zwei Schüſſe, und dicht über Werners Kopfe pfiff's hin, riß Blätter und dünne Aſte von den Bäumen . . .

Da packte ihn eine Angſt . . . und er ſtand ab und kroch durchs Gebüſch zurück, dem Platze zu, wo das Wiehern und Scharren der Pferde den Standpunkt des Wagens verriet . . .

Wie ſtill auf einmal alles . . . Gott . . . vielleicht war alles ſchon vorbei . . .

Da war der Weg; der Kutſcher ſtand bei den Pferden, hielt die unruhigen am Gebiß, ſprach ihnen zu und lauſchte dabei geſpannt nach oben . . .

Und plötzlich kamen raſche Schritte von droben. Und tief geſenkt den Kopf, den Hut in der Stirn, daß faſt nur die wüſte Naſe hervorſchaute, kam der Student Markus die Treppe herunter, ſchritt, ohne den Kopf zu heben, an dem Kutſcher vorüber . . . und . . . auf einmal wurde ſein Gang zum Lauf . . . er raſte zu Tal . . .

Alſo . . . Scholz . . .

Und dann, nach einer Weile dumpfen, gedankenloſen, blöden Wartens, klang der Ruf:

„Michel! Michel! Komme Se mal da nauf!"

Da ließ der zitternde Kutscher die Pferde und
stürmte mit drei Sätzen die Treppe hinan . . .

Und bald hörte Werner die keuchenden Atem-
züge, die schwerfällig-unsicheren Tritte schwer tragen-
der Männer. Nun kam der Sanitätsrat die Treppe
herunter. Er trug seinen Strohhut in der Hand,
wischte mit dem Taschentuch die kahle, schweißbe-
deckte Stirn, besah mit blöden Blicken seine Rechte
— sie war dunkelgefärbt. Er machte eine unwillkür-
liche Bewegung, als wolle er sie an seinem hellen
Flanellanzuge abwischen, ließ es aber, rieb sie mit
dem Taschentuch, riß dann den Wagenschlag auf,
strich sich immer wieder krampfhaft über das ge-
lichtete Haar und durch den langsträhnigen grauen
Bart. Dann erschien der Kutscher zwischen den
Büschen. Er tappte mühsam Stufe für Stufe herunter; die Ellenbogen trug er angewinkelt; ein Paar
lange Unterschenkel in hellen Beinkleidern und gelben
Schuhen baumelten darunter hervor. Und da wußte
Werner, was geschehen war. So trug man keinen
Verwundeten.

Papendieck und Krusius hielten den Oberkörper,
hinter ihnen kamen die beiden Hessen-Nassauer und
der Westfale. So schob sich die Gruppe langsam die
Stiege herunter. Die Arme des Toten hingen lang
herab, tief auf der Brust das Haupt mit dem wirren
Haar. Unter dem Korpsband waren Weste und Hemd

aufgeriſſen; die weiße, behaarte Bruſt zeigte Blut=
flecke.

Und keuchend, die Stirnadern zum Platzen auf=
geſchwellt, machten die Träger inmitten der Stiege
einen Augenblick halt und ſenkten die Leiche auf die
Bohlen. Da hielt ſich Werner nicht länger: auf=
ſchluchzend ſprang er aus dem Gebüſch und fiel neben
dem Toten in die Knie.

Es war, als ſeien die Jünglinge durch den An=
blick des Todes abgeſtumpft gegen irdiſches Staunen.

„Ja, kleiner Achenbach,“ ſagte Papendieck,
„deinen Leibburſchen haben ſie totgeſchoſſen.“ —

Als man die Leiche im Wagen untergebracht
hatte, fragte der Kutſcher, der das Verdeck geſchloſſen
hatte:

„Wo ſoll ich die Herre hinfahre?“

Die drei Cimbern ſahen ſich an.

„Ins Hotel dürfen wir ihn nicht bringen,“ ſagte
Papendieck. „Das dürfen wir dem Wirt nicht
antun.“

„Der würde uns auch wohl ſchwerlich auf=
nehmen,“ meinte Kruſius. „Und in ſeine neue Woh=
nung bei der alten Markus . . . iſt ja ſelbſtredend
ausgeſchloſſen.“

„Könnte man ihn nicht... auf die Kneipe —?“
meinte Werner ſchüchtern.

Die Chargierten überlegten. Es ſchien ſo nahe=

liegend. Es war doch das Heim des Korps, nicht ein gewöhnlicher Ausschank.

Doch schließlich meinte Krusius: „Ich weiß nicht ... das wird man dann nie wieder los. Keiner von uns. Gibt's denn nicht eine Leichenhalle oder so was?"

„Dazu müßte man erst die Genehmigung der Gemeinde haben," erklärte der Sanitätsrat. „Und der Kirchhof liegt ja dann wieder so weit draußen. Wird er denn hier beerdigt werden? Vermutlich werden doch ... Sie sagten ja, er hat noch Eltern ... die werden die Leiche doch wohl heimholen?"

„Zweifellos," sagte Krusius.

„Dann schlage ich Ihnen vor, meine Herren, Sie bringen ihn in die Anatomie. Da kann er in der Prosektorstube untergebracht werden, bis der Vater ihn holen kommt."

Und in diesem Augenblicke war's Werner, als ob eine Stimme aus ewigen Fernen erklungen wäre. Eine ruhige, doch übergewaltige Stimme.

„Die Rache ist mein," sprach diese Stimme. „Ich will vergelten."

Also die gab's doch — diese Stimme? Oder klang sie nur aus dem eigenen Herzen herauf?

Und er sah Papendieck an. Und wie in des Seniors Augen plötzlich die Erinnerung an jene Erzählung Achenbachs aufflackerte, da ruhten die Blicke der Jünglinge eine Weile lang ineinander. Und jeder fühlte Anbetung, Ergebung, Sühne.

„Gut,“ sagte Papendieck. „Also in die Anatomie.“

Er stieg in den Wagen und setzte sich neben den toten Korpsbruder. Krusius und Werner gegenüber. Ein stummes Lüften der Hüte zu dem Sanitätsrat, dem Unparteiischen, den Hessen-Nassauern, und der Wagen zog an.

X.

Munter trällerte Rosalie Markus durch das Haus. Daß ihr Bruder nicht zum Mittagessen ge=
kommen war, kümmerte sie nicht sonderlich. Er war schon früh am Morgen aufgebrochen — er mochte einen Ausflug unternommen haben.

Und daß der Doktor Scholz gleich am Morgen nach jener Nacht seinen Koffer vom Korpsdiener hatte verpacken lassen und ins Pfeiffer schaffen . . . das grämte sie auch nicht sonderlich. Ach ja . . . es war schon ein ganzer Kerl, der Scholz . . . aber wenn er nach einem Male genug hatte von ihr . . . na, sie würde sich zu trösten wissen. Mama Markus sollte ihm einen Brief schreiben und ihn um Einhaltung des Mietvertrages ersuchen. So einfach ausrücken . . . das gab's denn doch nicht.

Jedenfalls war es hübsch, daß sie ihn nun auch kannte . . . den berühmtesten Studenten der letzten Se=
mester . . . den gefürchteten, gefährlichen Scholz . . . Haha! Er war schließlich auch nicht viel anders als die andern . . .

Um die Mittagsstunde fiel es ihr auf, daß die Cimbern sich alle nach und nach in dem schräg gegen=
überliegenden Mützenladen einfanden. Sie sah näher zu und entdeckte, daß einer nach dem andern heraus=

kam, einen Flor um den untern Rand der Mütze und um das Band. Ach, die Cimbern hatten tiefe Korpstrauer? Wer mochte denn gestorben sein? Sie hatte doch gar nichts gehört!

Da kam die Babett durch die Hintertür in den Laden:

„Freile Rosalie! Freile Rosalie!"

„Was is?"

„Habbe Se's denn noch nit geheert? Der Doktor Scholz von dene Cimbern, wo vorgestern nacht hier geschlafen hat, den habe se heut morge im Wald er= schosse!"

„Ach, mach doch kee Geschwätz!" — —

„Das is kee Geschwätz — die Lies vom Friseer Boß driebe hat's mer erzählt!"

Der Scholz . . . erschossen . . . im Wald —?! Es war Rosalie plötzlich, als legten sich zwei kalte Fäuste um ihren schönen Hals und drückten ihn langsam, immer mehr, immer mehr zusammen. Aber sie mochte das nicht glauben — es konnte ja nicht wahr sein . . .

Aber . . . wenn es nun doch . . . und — er= schossen?! — Im Wald erschossen?! Das konnte doch nur ein Duell — Straßenräuber gab's doch keine mehr im Hessenland . . . ein Duell . . . und — der andere? Wer war der andere?!

Herrgott — und Simon morgens um fünf aus dem Haus — ohne Frühstück — ohne Abschied — —

„Mama!!"

„Was schreist du?"

„Wo is der Simon?!"

„Is er noch immer nit heemkomme? Ich hab en nit gesehen!"

„Gott sei mer gnädig!"

Sie stürzte zum Friseur Boß hinüber.

„Herr Boß — is es wahr, daß der Herr Scholz von de Cimbre —"

Herr Boß sah sie von oben herab an mit der Miene eines Richters.

„Na, ich denk, Sie müßte das doch am erschte wisse, Fräulein Markus!"

„Ich?! Warum ich?!"

„Weil's Ihr eigne Herr Bruder is, wo en totgeschosse hat!"

Da schrie die schöne Rosalie auf und fiel gegen einen Barbierstuhl.

Und bald wußte die ganze Wettergasse, daß der Zweikampf, in dem der weiland Cimbernsenior gefallen war, um der Rosalie willen ausgefochten worden war. — —

Indessen war bei Cimbria ein Telegramm aus Hannover eingegangen:

„Treffe halb acht dort ein, nehme meinen Sohn Hannover mit. Dr. Scholz."

Das hatte die Chargierten der Cimbria sehr er=

leichtert, denn allerhand peinliche Sorgen traten nun
an sie heran.

Eine Beerdigung in Marburg hätte zunächst ohne
Beteiligung der Geistlichkeit stattfinden müssen, denn
diese würde schwerlich einem Duellanten das letzte
Geleit gegeben haben, der noch dazu um eines Weibes
willen gefallen war. Und das wußte schon am Nach=
mittag, infolge der Szene im Boßschen Friseurladen,
ganz Marburg.

Und wie stand es alsdann mit der Beteiligung
der Studentenschaft? Durfte das Korps überhaupt
in der üblichen Weise mit einer Aufforderung zur Be=
teiligung an die übrige Studentenschaft herantreten?
Scholz hatte zwar zuletzt in Berlin gearbeitet, war
aber in Marburg immatrikuliert geblieben und ge=
hörte demnach noch der Marburger Studentenschaft
an. Wie peinlich aber wäre es für das Korps ge=
wesen, wenn es die Studentenschaft zur Beerdigung
seines Seniors aus drei Semestern eingeladen hätte,
und einige oder gar viele Korporationen hätten sich
nicht beteiligt mit der Begründung: es scheine ihnen
nicht angezeigt, einem Toten die letzte Ehre zu geben,
der unter solchen Umständen gefallen sei! Und diese
Antwort wäre zum Beispiel von den theologischen
Korporationen unfehlbar gekommen, meinten die Cim=
bern.

Der Entschluß des Vaters, den Sohn in der
Heimat beizusetzen, überhob das Korps aller dieser

Unannehmlichkeiten. Es handelte sich nun nicht um eine Beerdigung, sondern nur um die Überführung der Leiche von der Anatomie zum Bahnhof. Und dieses Zeremoniell konnte das Korps füglich als interne Angelegenheit behandeln. Nur den beiden andern Korps wurde Anzeige gemacht, und beide erklärten sofort, daß sie um die Ehre bäten, sich an der Feierlichkeit beteiligen zu dürfen.

Aber die Cimbern sollten die Erfahrung machen, daß der Tod die Schranken niederlegte, die im Leben die verschiedenen Gruppen der akademischen Jugend trennten. Im Laufe des Nachmittags fanden sich von sämtlichen Korporationen, mit Ausnahme der Wingolf, der katholischen Verbindung Rhenania und des Evangelisch-theologischen Vereins, Vertreter auf der Cimbernkneipe ein, erkundigten sich nach den Absichten des Korps betreffend die Beisetzung des Gefallenen und erklärten gleichfalls, daß sie es für selbstverständlich erachten, sich der letzten Ehrenerweisung für den in ehrlichem Männerkampfe gefallenen Kommilitonen anzuschließen. Und dankbar und in beschämter Ergriffenheit nahmen die Cimbern das Anerbieten der Kommilitonen an.

Inzwischen hatte die medizinische Fakultät ihre Genehmigung erteilt, daß mit Rücksicht darauf, daß Scholz in Marburg noch nicht wieder eine Wohnung gemietet habe, das Prosektorzimmer der Anatomie zur Aufbewahrung der Leiche benutzt werden dürfe. Man hatte sofort beim Gärtner Gewächsschmuck bestellt, und korpsbrüderliche Sorge schmückte die kahle Stube, die schmale Holzpritsche feierlich mit akademischem Totenprunk.

Als die Aufbewahrung der Leiche und die Ausschmückung des Zimmers vollendet war, trat die Totenwache ihren Dienst an. Zunächst standen der erste und zweite Chargierte. Von Stunde zu Stunde sollten sie dann durch zwei andere Korpsburschen abgelöst werden, und danach sollten die Füchse darankommen.

Werner hatte sich an all diesen Vorbereitungen nicht beteiligen können. Die Fahrt vom Dammelsberg bis zur Anatomie zu viert mit der Leiche, dann . . .

Ja dann —!

Dann hatten sie Scholzens Leiche durch den hallenden Flur des Anatomiegebäudes hinübergeschleppt in das Prosektorzimmer und hatten sie auf den Tisch am Fenster gelegt . . . und Wichart hatte sie in Empfang genommen, hatte die breite Brust entblößt, die Wunde mit der Sonde untersucht und dann still gesagt:

„Das Herz is glatt durchgeschlage —“

Und dann hatte der Anatomiediener Michel die Leiche entkleidet, und in ihrer nackten, frischen Schönheit, noch unberührt vom Hauch der Auflösung, hatte sie dagelegen im strahlenden Mittagslicht . . . .

Und wieder war Werner hinausgestürzt und hatte sich in seine Stube geflüchtet — hatte seinen fieberschauergeschüttelten Leib in die Decken gewühlt und in dumpfem Grübeln um den Sinn dieses Schicksals gerungen . . .

War das Sühne?! War das die strafende Gerechtigkeit eines Ewigen?! Oder war es nur ein Zufall . . . ein Zufall, der nur für ihn, den Wissenden, die Grimasse eines gerechten Gerichts, einer Sühne trug?

War es nicht Sentimentalität, war es nicht Romantik, in dieser zufälligen Aufeinanderfolge deutungstiefe Symbolik zu suchen . . . eine Symbolik, eine Predigt, die der doch nicht vernehmen konnte, den sie zuvörderst anging? Oder wurde gar die Seele des Entschlafenen in dieser Stunde von einem Engel des Gerichts zur Konfrontation in den kahlen Raum hineingeschleppt . . . zur Konfrontation mit ihrem starren Leibe, zur Konfrontation mit ihrer schlotternden Erinnerung an einen andern starren Leib, der einmal auf der gleichen Stelle gelegen hatte, gleich nackt und bloß? Zur Konfrontation mit der Erinnerung an eine andere Stunde, da diese beiden nackten Leiber sich umschlungen gehalten hatten in heißem, fieberndem Lebensüberschwang, und ein anderes Leben gezeugt . . . ein Leben, dessen Wachsen und Schwellen die Mutter in Verzweiflung und Tod getrieben hatte?!

Ja, wer das wüßte! Wer Zeuge sein dürfte nicht bloß einer willkürlichen Aufeinanderfolge von Ereignissen, die heute wirr- und sinnlos nacheinander abrollten, morgen einmal für einen Augenblick den Schein eines inneren, gesetzmäßigen Zusammenhanges annehmen, einer höheren Ordnung, eines waltenden Oberwillens... um schnell wieder aus dem Kosmos in das Chaos zu zerflattern!

Ja, in das Chaos ... denn draußen auf dem Flur hatte in diesem Augenblicke das wahnsinnige Verzweiflungsgeschrei eines Weibes eingesetzt — eines Weibes, das sich schuldig zieh am Tode des Mannes, der vorgestern nacht in ihren Armen gelegen — —

Schuldig?! Ach, Himmel... war sie schuldig?! War sie nicht einfach dem Gesetz ihrer Natur gefolgt, ihrer Natur, die sie zur Liebe, zum gedankenlosen Genusse des Augenblicks, zum Kusse der Sinnenliebe geschaffen hatte?!

Warum war der gestorben an ihrem Kusse und jene andern nicht, seine Korpsbrüder, die doch auch in ihren Armen gelegen haben sollten?! Warum nicht er, Werner selbst, den doch wahrlich nicht sein Wille gehindert hatte, ein Gleiches zu tun?!

Nein, es war vergebens, in der ungeheuren Wirrnis dieses Daseins nach einem Sinn zu suchen...

Und jene Stimme, die er droben vernommen, als es zuerst geheißen hatte: in die Prosektorstube mit ihm... jene Stimme, die gesprochen hatte: die Rache ist mein — war sie etwas anderes, denn ein Reflex aus Jugendtagen, der Widerhall eines jahrtausend-alten Wahns?

Und vor dem frierenden Knaben, dem am sengen-den Augustmittag unter warmen Decken die Zähne schlugen und die Glieder schauerten... vor dem reckte sich das starre Riesenantlitz der Sphinx... die blick-losen Augen ins Unendliche gerichtet... ins Un-endliche.

—— —— —— —— —— —— —— ——

Am Nachmittage ging Werner dann, Band und Mütze frisch umflort, zur Anatomie, um einen Strauß weißer Rosen als Scheidegruß auf die Knie seines Leibburschen zu legen.

Unterwegs begegnete ihm Klauser... auch er trug einen weißen Rosenstrauß.

Die Freunde hatten sich seit dem Dammelsberg-Abend noch nicht gesehen.

Stumm, ein Würgen in der Kehle, drückten sie sich die Hände.

Und schritten stumm selbander.

Nach einer Weile zog dann Klauser ein Zeitungs-blatt hervor. Er gab es dem Korpsbruder, wies auf den Rosenstrauß und sprach:

„Den hat mir eben ein Dienstmann gebracht."

Werner entfaltete das Zeitungsblatt; er wußte,

was er dort finden würde; und unter der Rubrik der Familienanzeigen begann er zu lesen:

„Die Verlobung ihrer Tochter Marie mit Herrn Professor Dr. jur. Wilhelm Dornblüth beehren sich . . .“

Er konnte nicht weiter lesen. Seine Blicke umschleierten sich. Und er schob seinen Arm in den des Korpsbruders und zog ihn an sich.

Und schweigend schritten die Jünglinge dem Hause des Todes zu.

Die Vorhalle der Anatomie war in einen grünen Gang ernsten dunklen Laubes verwandelt. In der Prosektorstube stand nun der Tisch, vom Fenster ab, mitten in die Stube hinein. Am Fußende Papendieck und Krusius, in Wichs, Cerevis und Schärpe, Band und Verschnürungen umflort, im Arm den blanken Schläger mit umflorten Farben. So hielten sie die Totenwacht.

Über Scholzens Haupt hing das Cimbernbanner. Auf dem bleichen Gesichte, das noch im Tode den hochmütig-starren Ausdruck wies, spielten die flackernden Kerzen, glühten und mischten sich mit den letzten Abendstrahlen, die durchs Fenster fielen.

Und Werner legte zuerst seine Rosen auf den toten Freund. Klauser aber zögerte noch. Eine der weißen Blüten brach er ab und steckte sie rasch in die linke Brusttasche. Dann senkte auch er seinen

Strauß auf die Bahre — den Strauß, den ihm Marie zum Abschied geschickt hatte.

— — — — — — —

Der Frankfurter Schnellzug brauste heran. Der ganze Bahnhofsperron war dicht gedrängt von dem Schwall der Studenten besetzt. Die Fremden, die den Zug benutzen wollten, konnten sich kaum Bahn schaffen. Vorn, wo der Gepäckwagen halten mußte, stand, mit Kränzen übersät, auf zwei zusammenge= schobenen Gepäckwagen, der Sarg. Obenauf der Kranz der Cimbria mit riesiger, umflorter blau=rot= weißer Schleife. Und neben dem Sarge, im Zylinder, eine totenblasse, hochaufgerichtete Männergestalt; die hochmütigen, unnahbaren, herbgeschlossenen Züge waren den Cimbern seltsam bekannt und vertraut: nur daß diese Augen, dieser schmale Mund von buschigem Grau überschattet waren . . .

Und rings umdrängten die Chargierten der Marburger Korporationen den Sarg. Keine fehlte: auch die theologischen Verbindungen hatten sich, un= angemeldet, zu allgemeinem Staunen noch einge= funden. Voran das leidtragende Korps, dahinter der übrige S. C. Und dann in bunter Reihe Burschen= schaften, Wingolf, freie Verbindungen und alle die andern. Alle in Wichs, alle Farben umflort, heut einmal alle geeinigt unterm Banner des Todes. Und hinter den Chargierten die ganze Studentenschaft,

Kopf an Kopf, alle die Tausend . . . auch der Russe vom Dammelsberg fehlte nicht.

Nun hielt der Zug. Neugierig staunend fuhren die Gesichter der eleganten Reisenden ans Fenster, erst belustigt, dann mitergriffen von dem feierlichen Schauspiel jugendlicher Totenklage.

Und wie man den Sarg in den Waggon hob, da senkten sich auf einmal alle Fahnen der Verbin= dungen, die Mützen und Hüte der Tausend flogen von den Köpfen, und Musik hob erschütternd an:

> „Jesus, meine Zuversicht,
> Und mein Heiland ist im Leben . . .
> Dieses weiß ich: soll ich nicht
> Darum mich zufrieden geben?
> Was die lange Todesnacht
> Mir doch für Gedanken macht!"

Dann begleiteten die Cimbern den Vater zum Coupé, das graue Haupt entblößte sich, dankend schüttelte er die Hände der Jünglinge, dankend, doch starr, gemessen, tränenlos . . .

„Fertig!" — „Fertig!" — „Fertig!"

„Abfahren!"

Schrille Pfiffe . . . Pfauchen der Lokomotive.

Und die Schläger der Chargierten flogen blitzend in die Luft.

Aus tausend Kehlen schwoll zum feierlichen Klang der Hörner das Burschenabschiedslied:

> „Ist einer unser Brüder dann geschieden,
> Vom blassen Tod gerufen ab,

Dann weinen wir und wünschen tiefen Frieden
    In unsres Bruders stilles Grab.
  Wir weinen und wünschen den Frieden hinab
    In unsres Bruders stilles Grab."

Und taktmäßig schlugen die Klingen zusammen
. . . in stillem Gruß wehten tausend Mützen und
Hüte dem Zuge nach . . .

Ade — ade — ade — —

Draußen sammelte sich dann der Zug.

Das leidtragende Korps Cimbria zog zuerst von
dannen, stumm, zur Kneipe hinauf, zum feierlichen
Trauersalamander.

Die andern Korporationen aber nahmen die
Flöre von Fahnen und Cerevisen und Schlägern.
Und bald klang ein flotter Marsch, und zu schmettern=
den Lebensfanfaren ging's in endlosem Zuge, wie
neulich zum Dammelsbergfeste, dem Marktplatze zu.

Da traten die Chargierten inmitten des Platzes
abermals zusammen, aber diesmal senkten die Fahnen
sich nicht, sie flatterten lustig in Wind und Sonne.

Und abermals klangen die Schläger, hob sich
Burschengesang:

    Gaudeamus igitur,
    juvenes dum sumus;
    post jucundam juventutem
    post molestam senectutem
    nos habebit humus . . ,

Vita nostra brevis est,
brevi finietur —
venit mors velociter,
rapit nos atrociter,
nemini parcetur — — —

Vivat academia,
vivant professores,
vivat membrum quodlibet,
vivant membra quaelibet,
semper sint in flore . . .

Ja, und als sei schon vergessen, um wessen willen
das jüngst verloschene Jugendleben sich verblutet
habe, klang's huldigend und heiter auch also:

Vivant omnes virgines
faciles, formosae,
vivant et mulieres
tenerae, amabiles,
bonae, laboriosae!

Und:

Pereat tristitia!

klang's zum Schluß . . .

Da schwollen, tief aufatmend, die Busen der
jungen Studenten dem Sonnenlicht, dem jungen
Tage, der ersehnten Weibeshuld, dem Leben, ach
ja, dem lachenden, blühenden, hochaufschäumenden
Leben entgegen —

Nieder die Traurigkeit . . .

Pereat tristitia!

so klang's über Marburgs altehrwürdigen Markt-
platz . . .

Pereat tristitia!

Eine Straße weiter aber schrie ein junges Weib
wild auf, als die lebenlockenden Klänge herüber-
rauschten, daß die ganze alte Stadt zu klingen und
zu schwingen schien... sie schrie auf in ihrer Kammer,
in ihrem Bett, unter den Händen des Arztes und der
Mutter...

Und stumm und verbissen schluchzte nebenan ein
Jüngling in das Taschentuch... der einzige Student
in Marburg, der ausgeschlossen gewesen war an
diesem Tage von der Scheideklage, wie vom Hym-
nus des Lebens.

XI.

Der letzte Bestimmtag des Sommersemesters!

Die tiefe Korpstrauer hätte den Cimbern eigentlich die Verpflichtung auferlegt, sich an den Mensuren nicht zu beteiligen. Aber das ging einfach
nicht, das ließ sich nicht durchführen. Und da ohnehin am Abend der S. C. Abschiedskommers sein sollte
und Cimbria hier aus Rücksicht auf den S. C. nicht
fehlen durfte, so wurde die Korpstrauer für diesen
Tag, es war der siebente August, ganz aufgehoben.
Und ohne die Abzeichen der Trauer erschien das
Korps zu gewohnter früher Morgenstunde auf der
Wahlstatt in Ockershausen.

Vor allem hatten jene Korpsburschen noch einmal zu fechten, die Marburg verlassen wollten, sei
es, um mit Semesterschluß inaktiviert zu werden,
sei es, um im nächsten Semester als Vertreter des
Korps bei einem befreundeten Kartell oder befreundeten Korps aktiv zu werden.

Von den Chargierten wünschten Papendieck und
Dettmer, welche beide schon vier Semester aktiv gewesen waren, inaktiviert zu werden; der Erste hatte
die Inaktivierung auch ohne Mensur sicher, Dettmer,
der die dritte Charge tadellos geführt hatte, sollte
doch noch eine letzte Probe seiner Fechtsicherheit ab-

legen. Noch drei weitere Korpsburschen baten um ihre Inaktivierung; von ihnen mußte Klauser nach seiner Reinigungspartie noch eine tadellose Mensur schlagen, um Anspruch auf sofortige Inaktivität zu haben. Böhnke wollte nach Leipzig zu den Lausitzern, der Zweite, Krusius, nach Heidelberg zu den Schwaben gehen. Das gab vier Partien, die unter allen Umständen gefochten werden mußten. Aber der Zweite, Krusius, hatte den Ehrgeiz, am letzten Tage seiner Führung der zweiten Charge noch mit einem möglichst langen Bestimmzettel aufzuwarten, und hatte noch für drei weitere Korpsburschen Partien verlangt und bekommen. Wenn man eine Stunde auf die Partie rechnete, so konnte es, da der erste Hieb um sieben Uhr morgens fiel, immerhin bis zwei Uhr nachmittags dauern, dann blieb gerade noch Zeit zum Essen, Schlafen und Mensuren=C.=C., und dann mußte man zum Abschiedskommers. Also ein gut besetzter Tag.

Und programmäßig wickelte sich das „Schlachtfest" ab. Jeder setzte sein Bestes ein, das Blut floß in Strömen, und Wichart sowohl wie seine Kollegen bei Hasso=Nassovia und Guestphalia hatten viele Dutzende Nadeln einzufädeln, auch die Lieferanten von Sublimat und Verbandstoffen kamen auf ihre Rechnung.

Klauser hatte das Unglück, seinen ihm eigentlich überlegenen Gegner im dritten Gang auf eine

mächtige Quart abzuführen. Da es sich um seine
Inaktivierung handelte, so mußte er noch einmal or=
dentliche Hiebe bekommen, um dem Korps den Be=
weis zu liefern, daß er die gute Haltung seiner Reini=
gungsmensur dauernd bewähre.

Krusius fragte sofort bei den Westfalen an, ob
sie eine zweite Partie für Klauser stellen könnten,
und Paschke, der Senior, erklärte sich bereit. Klauser
blieb gleich anbandagiert in der Flickstube sitzen und
wartete geduldig auf seinen zweiten Gegner. Nach
wenig Gängen hatte Paschke ihn so zugedeckt, daß
den kühnsten Anforderungen an eine Inaktivierungs=
mensur in puncto der Quantität der empfangenen
Prügel Genüge geleistet war, und ein Durchzieher,
der die Unterlippe bis auf die Zähne spaltete, gab
den Rest.

Im Korps herrschte nur eine Stimme staunen=
der Bewunderung über Klauser. Der war mit seinem
nervösen Temperament, seinem ausgesprochenen
Fechtehrgeiz — immer ein nicht so ganz sicherer
Mann gewesen, trotz seines unverkennbaren Elans.
Heute hatte er die beiden Mensuren mit einer so
vollkommen unerschütterlichen Gleichmütigkeit hin=
genommen, als sei das einzig Lebendige an ihm der
Mechanismus der bei der Mensur beteiligten Mus=
keln. Und daß er inaktiviert werden könne, darüber
war kein Zweifel mehr im C. C.

Die nächste Partie hatte der Jungbursch Ehlert

gegen Bandler, den Dritten der Hessen-Nassauer, ein elegantes, fixes kleines Männchen, das leicht, doch mit großer Gewandtheit focht.

„Sag mal, Krusius — meinst du eigentlich, daß ich mit d e m Handgelenk fechten kann?" meinte Ehlert im Augenblick, als der Korpsdiener ihm das Paukhemde überstreifen wollte, zum Zweiten, der selbst seine Abschiedspartie schon hinter sich und mit einem Dutzend Nadeln hüben und drüben ausgepaukt hatte und nun schon wieder im Sekundierwichs stand, um eine Partie nach der andern zu sekundieren.

„Donnerwetter! Das ist ja die reinste Knolle! Hast du das schon länger?"

„Ja, ich schlag mich schon vierzehn Tage damit herum!"

„Ja, Menschenskind — das ist ja... eh, lieber Wichart, willst du dich mal einen Augenblick herbemühen? Der Ehlert scheint eine Sehnenscheidenentzündung zu haben."

Wichart tupfte Klausers zerfetzte Visage mit einem mächtigen Wattebausch und befahl Werner, der auch dieses Mal beim Flicken des Freundes Hilfsdienste leistete, zu halten. Dann trat er zu Ehlert.

„Nanu?! Mit dem Armche willst du fechte, Menschenskind? Du bist ja e chloroformierte Kindsleich! Gleich machst du, daß du die Kleider widder an den Leib bekommst, und dann Prießnitz, bis die Lappe nur so runnerfalle!"

„Verdammt! Wen stell ich nun gegen den Bandler? Das hättest du mir auch eher sagen können, Ehlert!" schalt Krusius.

Da fiel sein Auge auf Werner.

„Na, Leibfuchs Achenbach, wie wär's? Hättest du Lust, noch vor Toresschluß vors lange Messer zu kommen?"

Ein siedender Schreck und zugleich ein jäher Stolz durchfuhr Werner.

„Selbstverständlich, Leibbursch."

„Bist auch aufgelegt? Hast heut morgen nicht zu viel getrunken? Bist gestern und vorgestern nicht beim Mädchen gewesen?"

„Alles in Ordnung, Leibbursch."

„Na, dann runter mit der Weste und rin in die Lappen."

Werner bebte denn doch am ganzen Leibe vor Aufregung, als er nun an Ehlerts Stelle trat, Rock, Weste, Hemd ablegte und sich das Paukhemd über= streifen ließ.

Und dann wurde das Herz durch ein kreisrundes Blech in Lederfassung, die Achselhöhle durch einen seidenen gesteppten Latz geschützt, die Hand schlüpfte in den wildledernen, ungefügen Kettenhandschuh, der rechte Arm wurde vom Korpsdiener langsam und sorgfältig durch eine endlose Umwicklung mit sei= denen, zersetzten und blutgetränkten Binden, schließ= lich durch einen langen Zopf aus Seidengeflecht der

Länge nach verwahrt. Ekelhaft war das Gefühl, als nun die Halsbinde umgelegt wurde, an der noch Klausers, Dettmers, Krusius' erkaltetes, klebriges Blut starrte. Dann kam der Schurz, schwerfällig, steif von Strömen angetrockneten Bluts. Inzwischen hatte schon ein anderer krasser Fuchs, nicht ohne Neid auf das Glück seines Konsemesters, das Amt des Schleppfuchses übernommen und stützte Werners schwer verpackten rechten Arm.

Und über all den Vorbereitungen fühlte Werner dennoch nichts anderes als das stürmische Klopfen seines Herzens, das immer munter trommelte: „Du, jetzt geht's los! Du, jetzt geht's los!"

„So, nu stehe Se mal auf, Herr Achebach!"

Und Werner stand auf. Es war inzwischen im Saale laut geworden, daß der krasse Fuchs Achenbach an Ehlerts Stelle einspringen solle, und fast alle Korpsburschen kamen neugierig in die Flickstube, um zu sehen, wie er sich halte. Es regnete Witze:

„Du, kleiner Achenbach, der Mann, der gleich auf dich zukommt, der will dir was tun, den mußt du feste hauen, sonst haut er dich!"

„Du, Füchschen, stich den Gegner ab und nicht deinen Sekundanten, das kostet fünfundzwanzig Em Korpsstrafe!"

„Macht mir meinen Leibfuchs nicht dammelig!" rief Krusius dazwischen.

„Aha! Wenn man den Herrn Zweiten zum

Leibburschen hat, dann kommt man als Krasser schon auf Mensur!"

Und Papendieck kam auch heran, sah Werner stumm und herablassend an und zitierte schließlich wieder einmal seinen Landsmann Bräsig:

„Daß du die Nase ins Gesicht behältst!"

Dammer kam mit einem Spiegel, hielt ihn Werner vor und griente:

„Nu darfste Abschied nähm von dei'm glatten Gesichte — so kriegst es nich wieder zu sähn!"

Und mit einem seltsamen Gemisch aus Grauen und Stolz erkannte Werner sein jugendrosiges Gesicht in der abschreckenden Vermummung von Halsbinde und Paukbrille, die Peter ihm eben anlegte und von hinten mit so kräftigem Ruck zusammenschnallte, daß Werner rief:

„Donnerwetter, Peter, Sie sprengen mir ja den Schädel!"

„Schad't nix, muß so sinn," sagte Peter gleichmütig.

„Bandler schon drinnen?" fragte Krusius.

„Ja!"

„Also los — raus! Nein, warte — liegt dir der Speer gut in der Hand?"

Und Werner trat einen Schritt vor, führte mit dem Schläger, den der Testant ihm in die Hand gedrückt, einen kräftigen Lufthieb ... es pfiff, die Bandage saß, eng, doch elastisch.

„Vergiß nicht, daß der erste Gang nur Schein=
gang ist! Na, und immer feste draufschlagen, alles
andre kommt von selbst!"

Wie im Traum schritt Werner hinaus. Es
rauschte und flimmerte vor seinen Augen und Ohren
— durch die ungewohnte Paukbrille erkannte er kaum
den bekannten Saal — sah, wie alles sich im Kreise
drängte, wie zweihundert Augen auf ihn starrten,
fühlte den Stuhl an seinen Hinterbacken, packte mit
der Linken fest den Riemen seiner Hose, umspannte
noch einmal mit klammernden Fingern den Griff
des Rappiers, und —

„Herr Unparteiischer, wir bitten um Silentium
für einen Gang Schläger mit Mützen und Sekun=
danten auf zehn Minuten bis zur Abfuhr!"

„Silentium für einen Gang Schläger mit Mützen
und Sekundanten auf zehn Minuten bis zur Ab=
fuhr!"

„Herr Unparteiischer, wir bitten um Silentium
für die Mensur!"

„Silentium für die Mensur!"

Wie aus weiter Ferne klangen diese Worte in
Werners Ohr. Durch die engen Öffnungen der Pauk=
brille starrte er geradeaus . . . da stand der andere,
der Gegner, mit dem er sich nun messen sollte im
blutigen Turnier . . .

Und plötzlich summte ihm eine bekannte Weise,
altgeliebte Dichterworte, durch den Sinn:

„Da tritt kein andrer für ihn ein,
Auf sich selber steht er da ganz allein . . .“

Er reckte sich.

„Herr Unparteiischer, wir bitten um Silentium für den Scheingang!“

„Silentium für den Scheingang!“

„Fertig!“ rief der Gegensekundant.

Und mechanisch, wie er es oftmals in den letzten Wochen auf dem Fechtboden geübt, trat Werner zwei Schritte vor, den Arm hoch aufgereckt, den Schläger in fest umklammernder Faust emporgestreckt.

Und er fühlte, wie der rechte Fuß seines Leib= burschen sich fest neben seinen linken stellte. Das machte ihn ruhig und sicher.

Zugleich fühlte er, wie der Sekundant ihm von hinten die riesige Mütze zum Scheingang aufstülpte.

Ruhig klang das Kommando aus Krusius' Munde:

„Los — halt!“

Nun verschwand die Mütze von seinen Haaren. Wie eine Katze, sprungbereit, kauerte sich Krusius an seine Seite, und scharf und grell scholl des Gegen= sekundanten Kommando:

„Fertig!!“

„Los!!“

Krach — krach — krach!

„Halt!“

„Halt!“

Das hatte gesessen . . . ein scharfer und ein dumpfer Schmerz nacheinander . . .

Und über die linke Röhre der Paukbrille rann's hernieder . . . sein Blut . . . sein warmes, junges Herzblut . . .

Und wie die ersten heißen Tropfen über sein Gesicht rannen, war alle Aufregung, alle Befangenheit dahin . . .

„Silentium — ein Blutiger auf seiten von Cimbria!"

„Fertig!"

„Los!"

Krach, krach, rack=tack=bumm=tack=rack=tack=bumm=tack, bumm, bumm —

„Halt!"

Nichts . . .

„Fertig!"

„Los!"

Und wieder ein Gang, und wieder nichts . . . nur flache Hiebe waren wie Knüppelschläge über die Auslage hinweg auf Werners Schädel und Nase niedergesaust . . .

Er hörte die Stimme seines Leibburschen an seinem Ohr:

„Ein wenig ruhiger den Oberkörper, sonst — ganz famos!"

Ah!! Wie das spornte!

O wilde Schwerterluſt! — O jungjunges, pochen=
des Herz!

Und Gang auf Gang... und da... da färbte
ſich ja auch das weiße Paukhemde drüben!

„Silentium — ein Blutiger auf ſeiten von Haſſo=
Naſſovia!"

„Bravo, Leibfuchs!"

Der Paukarzt drüben machte ein ganz merk=
würdiges Geſicht ...

Kurze Beratung mit dem Gegenſekundanten —

„Herr Unparteiiſcher, wir bitten um Pauſe!"

„Silentium — Pauſe für Haſſo=Naſſovia!"

Der Paukarzt ließ den Gegner ſeinen Kopf
beugen, fühlte mit dem Finger in den Schlitz der
Kopfhaut ...

Abermals ein bedenkliches Geſicht — kurze Be=
ratung ...

„Herr Unparteiiſcher, von unſerer Seite aus
kann's weitergehn!"

„Silentium — Pauſe ex!"

„Fertig!"

„Los!"

Krach, krach, rack=tack=bumm, tack —

„Halt!"

„Halt!"

Aber Werners linke Backe war's wie ein leiſes
Wehen hinweggegangen ...

Wichart ſchmunzelte:

„Reſt, Füchschen! Da bringſt deiner Frau Mutter aber gleich e ſcheene Beſcheerung mit!"

Und: „Herr Unparteiiſcher, wir erklären Abfuhr!"

„Silentium — Cimbria erklärt Abfuhr nach viereinhalb Minuten."

Was? War er denn getroffen?

O ja, er war getroffen. Seine linke Wange klaffte vom Ohrläppchen bis unter die Naſenwurzel.

Werner Achenbach hatte die Bluttaufe bekommen.

XII.

Und Willy Klauſer und Werner Achenbach
ſtanden am Bahnhof. Sie hatten ſich aus der Schar
der Korpsbrüder abgeſondert, um die letzten Mi=
nuten allein zu verplaudern. Bald würden von
Süden und Norden die Züge kommen, um Klauſer
ins heimiſche Magdeburg, Achenbach über Gießen
ins Wuppertal zu entführen. Das nächſte Semeſter
würde ſie nicht wieder zuſammenbringen. Klauſer
würde in Berlin das vernachläſſigte Phyſikum bauen,
Werner in Marburg weiter mit Blut und Eiſen
Cimbrias Band umwerben ... und bei Profeſſor
Dornblüth eifrig Pandekten hören. Denn der Alte
Herr hatte ſchon in den letzten drei Wochen Zug in
das Rechtsſtudium ſeiner jungen Korpsbrüder ge=
bracht ... das war hochnötig geweſen.

Die Erinnerung an den Abſchiedskommers, an
die letzte Wanderung des Korps nach Wehrda, den
Beſchluß eines wohllöblichen C. C. der Cimbria,
ſeinen C. B. Klauſer mit Farben zu inaktivieren,
ſtimmte die Herzen der Freunde heiterer, als ſie
ſelbſt erwartet hätten.

„Und weißt du, Willy, das andere... da wirſt
du auch noch mal drüber kommen,“ wagte Werner

endlich zu sagen. Es mußte auch dies letzte Wort
noch gesprochen werden.

Eben noch hatte Klauser unter seinen Kom-
pressen, seinen Wattebäuschen heiter gelächelt. Jetzt
verlor sein Auge den Glanz, nervös bebten seine
Lippen.

„Dafür werden hoffentlich die kleinen Mädchen
in Berlin sorgen.“

„Ach nee, Willy, nicht so, nicht so! Laß dich
doch nicht so unterkriegen! Du wirst schon noch was
Besseres finden, um . . . das andere zu vergessen.“

„Was Besseres? Hahaha! Es gibt nichts
Besseres für dumme, grüne Jungen, wie wir zwei.
Das geht nicht ans Herz und nicht ans Blut, das
geht nur . . . ans Portemonnaie.“

„Willy — bist du noch mal . . . da oben gewesen?!“

„Da oben?! Bei dem Vieh?!“ Voll Ekel und
Abscheu wandte sich Klauser ab.

„Glaubst du, daß sie in Berlin anders sind?!“

„Nee — das glaub ich freilich nicht — —“

„Also . . . du . . . für das Pack . . . sind wir
doch wohl zu schade . . . äh komm . . . laß uns jetzt
von was anderem sprechen . . . du — schön war's
doch . . . dieser Sommer . . . und . . . du und ich . . .
nicht wahr?!“

„Ja, d a s war schön, Werner . . . und soll auch
schön bleiben.“

Die Freunde sahen sich in die Augen.

„Ich wünsch dir alles Schönste," sagte Klauser.
„Und — nimm dir ein Beispiel an mir. Du —
haft mir mal was von einer — Elfriede erzählt ...
laß sie laufen ... vergiß sie ... sonst geht's dir
noch mal wie mir."

Elfriede! — War's nicht Werners seligster Ge=
danke gewesen in diesen letzten Tagen, daß er sie
nun wiedersehen würde —?! Trotz allem — trotz
allem?!

„An was soll man sich denn schließlich halten in
der Welt?"

„Halt dich an das da," sagte Klauser und
zeigte auf Werners Band. „Vorläufig gibt's keinen
besseren Halt für unsereinen. Wenn das nicht ge=
wesen wäre ... dann wär' ich verkommen in diesen
Tagen. Später einmal, wenn die Universitätsjahre
hinter uns liegen ... dann gibt's andere Ideale,
hoff ich ... Beruf ... und Vaterland ... und so
was ... vielleicht auch ... Weib und Kind — für
mich wohl kaum — aber hoffentlich für dich, wenn
du klug bist — und dich vor Enttäuschungen hütest,
über die man nicht hinwegkommt —"

„Aber Willy!"

„Wir ... wir sind dumme Jungen ... Schüler
... Lehrlinge ... wir müssen uns vorläufig mit
einem Symbol der großen Lebensideale begnügen ...
und dies Symbol heißt uns ... Cimbria ... das

blau=rot=weiße Band . . . das ist, scheint's mir, der tiefere Sinn von dem allen, was ich hier zwei Jahre lang getrieben habe . . . zwei Jahre lang, die ich nicht missen möchte . . . wenn auch vielleicht mancher denken mag, sie seien verplempert und ver= geudet . . . aber, was soll das Klugreden . . . da hinten kommt mein Zug . . . leb wohl, Werner . . . bleib mir gut . . ."

Und die Freunde küßten sich . . . ein einziges Mal in ihrem Leben. Sie waren deutsche Jünglinge der neuen Zeit . . . der Zeit von Blut und Eisen . . . die Dichter der Empfindsamkeit hatten ihre Kindheit begleitet . . . die Lehrer ihrer Jünglingsjahre hießen Korpsband und Rappier.

Und nun gesellten sie sich wieder zu den Korps= brüdern. Alle Norddeutschen führte der Zug hinweg. Papendieck, Dettmer, Böhnke, Klauser würden nicht mehr wiederkehren. Ihnen galt's das Scheidelied zu singen.

Und wie vor wenig Tagen der Zug einen Toten aus der Mitte der Cimbria hinweggeführt hatte, so trug er jetzt eine Schar lebender Scheidender der Heimat zu. Ein Abschied auch diesmal.

Aber Rührungstränen und sentimentale Weh= mut waren dieser Jugend ausgetrieben worden in der eisernen Zucht des Korps. Unter Witzen und Ge= lächter barg sich, was die jungen Herzen tief be= wegte . . . der Abschied von den Freunden, vom

Korps, von der geliebten, wundervollen Hessenstadt ... von der Aktivität ... von einem ersten, herrlichen Abschnitt der Jugendzeit ...

„Fertig!" — „Fertig!" — „Fertig!"

„Abfahren!"

Ein letztes Händedrücken ... bellend sprangen die Korpshunde noch ein Stück dem Zuge nach ... blaue Mützen wehten und weiße Tücher ...

Und im letzten Augenblick trat da ein Paar aus dem Wartesaal, wo es verborgen des Augenblicks der Abfahrt gewartet hatte, auf den Bahnsteig ... der Mann hochgewachsen, gütigen, strahlenden Auges ... das Mädchen in hellem Gewand, den Blick von unaufhaltsam strömenden Tränen verschleiert ... sie winkte mit weißem Tuch, ihr Auge suchte einen, einen, an dessen Lippen sie vor wenig Wochen gehangen in erster, keuscher Seligkeit ...

Und hatte ihn doch verlassen ...

Da hatte auch er sie erkannt ... starrer Trotz schoß in seine Züge, und rasch trat er vom Fenster zurück.

Da lehnte sie ihr blondes Haupt an die breite Brust des erwählten, des glücklichen Mannes und weinte um den verlorenen Traum ihrer Jugend.

> „Bemooster Bursche zieh ich aus,
> Ade!
> Behüt dich Gott, Philisterhaus!
> Ade!

Zur alten Heimat zieh' ich ein,
Muß selber nun Philister sein,
    Ade, ade, ade.
  Ja, Scheiden und Meiden tut weh!"
so sangen, die da schieden und die da blieben.

———— ———— ———— ————

Ja, Scheiden und Meiden tut weh . . .

Und Marie Hollerbaum erkannte erst in diesem
Augenblick, was sie dahingegeben habe für immer...
für alle Zeit . . .

———— ———— ———— ————

Und nun saß auch Werner im Coupé. Er fuhr
allein und dankte das dem Geschick. Zu viel stürmte
durch sein Herz . . . es wäre ihm schmerzlich ge=
wesen, diese Scheidestunde mit einem andern teilen
zu müssen, sie zu entweihen durch gutgemeintes, doch
alltägliches Geschwätz.

Der Zug umkreiste in weitem Bogen die Stadt
da drüben am Berge. Vor wenig Monden hatte
Werner, von Verehrungsschauern seligbang um=
wittert, dies wundersame Bild zum ersten Male er=
schaut. Vor wenig Monaten . . . war's möglich?

Damals war's ein wundersames, doch fremdes
Bild gewesen . . . nun war jedes Fleckchen beseelt
von Erinnerungen an ungeheure, grundstürzende Er=
lebnisse seiner Seele . . .

In ernster, gleichgültiger Erhabenheit thronte
droben das Schloß; Jahrhunderte waren an ihm

vorübergezogen . . . Völkergeschicke, Weltgeschicke . . .
und Millionen, Millionen von Einzelschicksalen . . .
Millionen von Herzensgeschicken . . . es stand und
stand in seiner braunen Unnahbarkeit . . .

Und länger noch standen und grünten die Berge,
die Werners Jugendträume umschlossen hatten, wie
die der andern tausend, die gekommen waren in
diesem Sommer und nun auseinanderflogen in ihre
Heimat . . .

Und da unten blühte Sankt Elisabeth, die un=
verwelkliche Wunderknospe . . .

Und um den Berg herum, ins Tal hüben und
drüben hinein und hinunter, alle die alten, alten
Häuser, die spitzen Giebel, die winzigen Fenster . . .

Da oben flatterte Cimbrias Panier, für das er
nun auch zum ersten Male sein Herzblut vergossen . . .

Dort unter dem steilen Dache des Anatomie=
gebäudes hatte das tote Lenchen gelegen . . . und
dann ein paar Wochen später ihr toter Liebster . . .
der Vater ihres Kindes . . .

Seine drei lebendigen „Bälger" aber . . . wo
mochten die herumkrabbeln?!

Auch dort hinten irgendwo . . .

Und dort . . . in einem der kleinen Häuschen . . .
da weinte die schöne Rosalie . . . da harrte der arme
Simon Markus des Richterspruchs . . .

Erinnerungen — Erinnerungen überall . . .

Nun wandte sich der Zug, und die Südstadt

tauchte auf. Der Dammelsberg . . . Fanfahrenge=
dröhn und Geigengequiek, ein scharfer, doppelter
Pistolenknall . . . dies alles wurde wach . . . das
alles war aufgezeichnet in Werners Hirn, unaus=
löschlich . . . unvergeßlich . . .

Und unter jenen Bäumen im Tale lag Ockers=
hausen . . .

„Fertig!"

„Los!"

Krach — krach — krach —

„Halt!"

„Halt!"

Vorbei — vorbei . . .

Und rasch entfloh der Zug . . . rasch verschwamm
das Bild . . . so war es vor wenig Monden zum
ersten Male vor des Knaben Augen aufgetaucht . . .
so schwand es nun . . . geheimnisvoll . . . deutungs=
tief . . .

Das Schicksal, das Erleben eines einzigen, kurzen
Sommers . . .

Und in Werners Seele quoll ein warmes, tiefes,
heiliges Empfinden empor . . . ein glockenfeierliches
Dankgefühl . . .

Das war das Leben . . . nun war er eingetreten
in seine Tempelhallen . . .

Becherklang und Pistolenknall, brünstige Küsse
und wilde Verzweiflungstränen, wüste Zechgelage
und friedliche Waldeseinsamkeiten, ekle Buhlschaft

und erhabenes Liebesentsagen . . . Jauchzen und Totensang . . . Lust und Weh . . .

Das war eingeschlossen in diesen kurzen Monden . . . das alles hatte er erlitten und erfahren, fühlend geschaut und fühlend durchlebt . . .

Oh, Leben, Leben — heiliges, herrliches, grausiges, mächtiges . . . heiliges, dreimal heiliges Leben —!!

Und doch . . . war denn dies alles schon das Leben selbst gewesen?!

Das wirkliche, wahre, eigene Leben?!

Und die Liebe, die ihn und jene andern, seine Freunde, seine Brüder, gefoltert und entzückt, durch eine Welt von Brünsten und Ängsten, Küssen und Tränen, Seligkeiten und Todesschauer gejagt . . . war das schon die wirkliche Liebe gewesen?!

Ein Knabe, des Lebens unkund, war er gekommen . . . ein Wissender kehrte er zur Heimat, sollte er heut abend vor das forschende Vaterauge treten, ausruhen in gläubigen Mutterarmen . . .

Ein Wissender — aber nicht doch ein Knabe noch?!

War nicht am Ende dies alles, Leben, Liebe, Leid . . .

— War das alles nicht am Ende doch nur ein Vorspiel gewesen?!

Eine furchtbar ernste Vorbereitung, aber doch eben nur eine Vorbereitung?

Ein mächtig ergreifendes Vorspiel, ein Vorspiel, das Ungeheures, Hochherrliches ankündigte... aber eben doch nur ein Vorspiel?!

Fern, fern ahnte Werner ein anderes, ein volleres, ein erschütternderes Erleben ... das wahre Leben ... die wahre Liebe ... das wahre Leid.

Das alles würde kommen, wenn er ein Mann geworden sein würde ...

Ja, ein Mann! Das wollte er werden... das gelobte er seinem Bande da um seiner Brust, seiner jungen Burschenwunde, allen gewaltigen und heiligen Erinnerungen dieser vergangenen Monde ...

Dem teuren Bilde der geliebten Eltern daheim — Elfrieden, dem Idol seiner Knabenjahre ...

Und sich selbst, seiner bebenden, weinenden, erstarkenden, werdenden, jauchzenden Seele ...

Ja, ein Mann werden! —

Das Vorspiel war zu Ende ...

Und über das Erinnern dieses übergewaltigen Vorklanges hinweg grüßte der Knabe Werner die Zukunft seiner Seele ...

Grüßte das kommende Glück, das kommende Leid ...

Grüßte die wahre Liebe ... das wahre Leben.

Nachwort

Der Autor und sein Werk[1]

Der Lebenslauf[2]

Das Licht der Welt erblickte Walter Julius Gustav Bloem am 20. Juni 1868 als Sohn des Geheimen Justizrats Julius Bloem (1822–1899) und seiner Frau Helene (1842–1899), geborene Hermes, in Elberfeld.

Dort besuchte er ab 1877 das örtliche Gymnasium und gründete 1883 einen literarischen Zirkel im Hause seiner Eltern, der bis zu seinem Tod existierte.

Ab Sommer 1886 studierte Bloem. In seinen ersten beiden Semestern war er in Heidelberg für Philologie[3] und Geschichte immatrikuliert. Bloem hatte zu diesem Zeitpunkt noch den Wunsch, Hochschullehrer zu werden. In dieser Zeit schloß er sich der schwarzen Verbindung „Hamburger Gesellschaft" an, die unbedingte Satisfaktion gab.

Ab Sommersemester 1887 war Bloem in Marburg für Jura und Nationalökonomie eingeschrieben. Dort wurde er Mitglied des Corps Teutonia. Seine Rezeption erfolgte am 8. November 1887.[4] Ab 1888 war Bloem in Leipzig immatrikuliert. Hier wurde er Mitglied des Corps Lusatia.[5] Später folgten einige Semester in Bonn. Das erste juristische Staatsexamen legte er am 10. März 1890 ab.

Nach erfolgreicher Promotion zum Doktor der Jurisprudenz in Jena wurde Bloem Rechtsreferendar und leistete seinen Militärdienst beim niederrheinischen Füsilierregiment Nr. 39 in Düsseldorf, was ihm, nach eigenen Aussagen, große Freude bereitete[6].

Am 14. September 1895 absolvierte Bloem erfolgreich die große juristische Staatsprüfung. Im Anschluß daran wurde er selbständiger Rechtsanwalt in Barmen.

Ein Jahr später, am 23. September 1896, heiratet er Margarete Anna Elise Kalähne, Tochter des Reichsbankdirektors Albert Kalähne. Aus der 27-jährigen Ehe gingen der 1898 geborene Sohn Walter Julius[7] und die 1897 geborene Tochter Margarethe, genannt Eka, hervor.

Seine schriftstellerische Tätigkeit begann Bloem etwa im Jahr 1893, als er die Redaktion des „Literarischen Unterhaltungsblattes für Westdeutschland" in Elberfeld übernahm. 1899 wurde sein erstes Bühnenstück in fünf Akten „Caub" in Elberfeld uraufgeführt. Beim Publikum war das Stück ein Erfolg, doch alle maßgeblichen Zeitungen sparten nicht mit Kritik.

Kurze Zeit später gab Bloem seinen Beruf als Jurist auf. Ab Juli 1904 war er freier Schriftsteller in Berlin und Dramaturg bzw. Regisseur am dortigen Neuen Theater.[8] Von 1911 bis 1914 arbeitete Bloem als Regisseur und Dramaturg am Hoftheater Stuttgart.

In dieser Zeit schrieb er eine immense Anzahl an Romanen und Schauspielen, die ihm großes Renommee als „gefeierter nationaler Schriftsteller"[9] einbrachten.

Am Ersten Weltkrieg nahm Bloem als Offizier, Kompanie-Führer und Bataillonskommandeur im Felde teil.

Das Ende des Krieges und die Revolution von 1918 rissen Bloem aus seiner Bahn, so daß sein Biograph Wolff feststellte, Bloem sei „kompaßlos [...] in der Weimarer Republik umher[getaumelt]".[10] Weiter merkt Wolff zum geistigen Wandel Bloems nach 1918 an, „der Monarchist nahm tolerant-humanitäres Gedankengut mit leicht positiver Wendung zum jüdischen Geist in sich auf, was ihm wieder stramm nationale Kreise übel nahmen".[11] In diese

Jahre fiel auch sein Umzug auf Burg Rieneck nach Unterfranken (1919) und die Scheidung von seiner mittlerweile schwerhörigen Frau (1923).[12] Nur wenige Monate nach der Scheidung heiratete Bloem im Herbst 1923 seine Cousine Judith in Hamburg. Ab 1926 unternahm er eine ausgedehnte Weltreise.[13] Gleichzeitig wurde der nationale Schriftsteller in den Vorstand der Organisation der deutschen Schriftsteller berufen und 1933 mit der Goethe-Medaille ausgezeichnet.

In den Jahren des Dritten Reichs lebte Bloem wieder in Berlin.[14] Über seine Haltung gegenüber dem Nationalsozialismus berichtet Wolff, Bloem habe am Nationalsozialismus keinen Anteil gehabt. Am Zweiten Weltkrieg nahm Bloem als Offizier teil und geriet gegen Kriegsende in russische Kriegsgefangenschaft.

„Der Zusammenbruch [des Dritten Reichs, d.V.] sah ihn [Bloem, d.V.] vereinsamt, verarmt[15], vergrämt und verhärmt in Lübeck-Travemünde. 1951 wurde er, der seine Zeit nicht mehr verstand, der nichts mehr zu sagen wußte, dem auch niemand mehr etwas sagte, in des Wortes wahrster Bedeutung von diesem wechselvollen Leben erlöst."[16] Walter Bloem starb am 18. August 1951.

Begraben wurde Bloem am 24. August 1951 auf Burg Rieneck. Neben ihm ruht seine erste Ehefrau.

Die Werke

Das Lebenswerk von Walter Bloem ist überraschend umfangreich. Eine Vielzahl von Romanen und Dramen, aber auch Kriegsliteratur und Biographien sind Teile des Werkes Bloem:[17]

1886: Jung-Wuppertal (Gedichte mit R. Herzog und A. Strauß)
1897: Caub (Drama, Schauspiel)

1902: Heinrich von Plauen (Tragödie, Trauerspiel)
1902: Religion und Kunst
1903: Es werde Recht (Drama)
1903: Schnapphähne (Verslustspiel, Drama)
1905: Der Jubiläumsbrunnen (Schauspiel, auch Drama)
1905: Der neue Wille (Drama, Schauspiel)
1906: Der krasse Fuchs (Studentenroman)
1907: Der Paragraphenlehrling (Roman), 6. und 7. Auflage 1907, ab 1911 unter dem Titel: Das jüngste Gericht
1908: Heinrich der Löwe (Schauspiel)
1909: Das lockende Spiel (Roman)
1909: Sonnenland (Roman)
1910: Der Väter Not (Festspiel)
1910: Sommerleutnants (Roman)
1910: Vergeltung (Schauspiel)
1911: Das eiserne Jahr (Roman)
1911: Fluchtverdacht (Lustspiel)
1912: An heimischen Ufern (Schilderungen)
1912: Das Ende der großen Armee (Erzählung)
1912: Volk wider Volk (Roman)
1913: 1813. Geschichte eines Freiheitshelden
1913: Die Schmiede der Zukunft
1914: 1814/15. Geschichte eines jungen Freiheitshelden
1914: Das verlorene Vaterland (Roman)
1914: Komödiantinnen (Studenten-Roman)
1917: Vormarsch, Kriegstagebuch (Roman)
1918: Dreiklang des Krieges (Drama)
1919: Sturmsignal (Kriegstagebuch)
1920: Gottesferne (Würzburg-Roman), 2. Bde.
1921: Helden von gestern (Schauspiel)
1921: Herrin (Roman)
1922: Brüderlichkeit (Studenten-Roman)

1923: Der Weltbrand (Geschichte des Weltkriegs)

1924: Das Land unserer Liebe (Roman)

1924: Mörderin?! (Roman)

1926: Teutonen (Roman)

1928: Washington Trilogie

1928: Sohn seines Landes (Roman)

1928: Verse

1928: Weltgesicht (Reisetagebuch)

1929: Held seines Landes (Roman)

1929: Wir werden ein Volk (Roman)

1930: Frontsoldaten (Roman)

1931: Faust in Monbijou (Roman)

1932: Hindenburg, der Deutsche

1933: Der Kurfürst (Schauspiel)

1933: Heiliger Frühling (Roman)

1933: Unvergängliches Deutschland

1934: Kriegserlebnisse, 3 Bde. (1. Vormarsch, 2. Sturmsignal, 3. Das Ganze - halt)

1934: Revolte in der Mottenkiste (Schauspiel mit R. Presber)

1935: Die große Liebe (Roman)

1936: Der Volkstribun (Roman)

1936: Hindenburg als Reichspräsident (Bloem als Herausgeber)

1937: Faust und Gretchen auf dem Römerberg

1939: Geschichte eines jungen Freiheitshelden

1943: Brautnacht mit der Kaiserin (Novelle)

1943: Plettenberg (Schauspiel)

1944: Kämpfer überm Abgrund

„Der krasse Fuchs" – Ein Buch mit Geschichte

In der Literatur zur Geschichte des Korporationsstudententums wurde der *krasse Fuchs* gerade von Autoren des linken Lagers immer wieder interpretiert. Das Werk wird dabei gerne mit erhobenem Zeigefinger bewertet und beispielsweise als „lehrbuchhaft inszenierte[r] Roman, aus dem sich die 'Feudalisierung des Bürgertums' (Hans-Ulrich Wehler) und die Enthumanisierungsfunktionen der schlagenden Verbindungen gleichermaßen herausdestillieren lassen",[18] charakterisiert.

Was sagte aber der Autor selbst über sein Werk? In einem Schreiben aus dem November 1948 an Hermann Bauer, einem Marburger Verleger, stellt Bloem nur wenige Jahre vor seinem Tod in wenigen Sätzen einige Zusammenhänge rund um das Werk „Der krasse Fuchs" dar:[19]

„Der Roman entstand im Jahre 1905, also 18 Jahre nach der Zeit, in der er spielt – S.S. 1887 – im Semester des 'Tausendsten Studenten'.

Die Figuren sind fast alle Porträts, allerdings wie bei einem Roman selbstverständlich, zum Zwecke ihrer dramaturgischen Verwendung übermalt.

Die 'Lina'-Affäre stimmt im wesentlichen; das ins Wasser gegangene Mädel war eine Tatsache, aber an seinem Untergange war kein 'Cimber' beteiligt.

'Scholz' hat wesentliche Züge von meinem Leibburschen Willy Schultheis[20], später der berühmte Blasenchirurg in Wildungen.

Die Haupt-Mädchengestalt war ein Fräulein Maria Poppelbaum, ihr jugendlicher Verehrer Klauser mein Korpsbruder Willy Krause[21], später Arzt in Kassel, früh verstorben.

Daß Werner Achenbach manch autobiographische Züge trägt, war s.Zt. allbekannt, er ist Walter Bloem minus dem in der Romanfigur unterschlagenen Dichtertum."[22]

Der „gewitze[...] Held, der so mache Frühschoppen und Mensuren bestehen muß[te]"[23], so Scheid, spiegelt also zumindest einen Teil der Erfahrungen Bloems in seinem ersten Semester, eben dem Sommersemester 1887, in dem auch der *Krasse Fuchs* spielt, in Marburg wider.

Marburger Studentenschaft von 1866 bis zum Sommer 1887

Die allgemeine Entwicklung der
Philipps-Universität Marburg nach 1866

War seit der Gründung der Universität Marburg im Jahr 1527 die Studentenzahl konstant niedrig, änderte sich dies nach 1866. Diese Entwicklung hatte wesentliche Folgen für das studentische Leben sowie für die Hochschule und ihre Einrichtungen:

Zwischen 1866 und 1887 stieg in Marburg die Zahl der Studenten deutlich. Waren es 1866 noch 257 Immatrikulierte[24], betrug die Zahl der Studenten im Sommer 1887 bekanntlich über 1.000 Studenten.

Über die Entwicklung der Universität als Lehranstalt geben Hermelink und Kähler in ihrer Festschrift zum 400. Gründungsjubiläum der Universität im Sommer 1927 kurz und prägnant Auskunft: „Aus der verkümmerten und kärglich bedachten hessischen Landeshochschule, welche Preußen im Herbst 1866 übernahm, ist durch ununterbrochene Fürsorge der preußischen Staatsregierung eine fast überreich ausgestattete, blühende deutsche Universität geworden."[25] Innerhalb von nur wenigen Jahren entstanden viele neue Gebäude der rasch wachsenden Hochschule, die auch heute noch für die Philipps-Universität prägend sind.[26]

Das Leben in der Studentenschaft war nach 1866 von einer Vielzahl kleiner und großer Konflikte um die Vorherrschaft innerhalb der Studentenschaft gekennzeichnet. Nach dem deutsch-französischen Krieg, an dem ein Drittel der Studentenschaft aktiv teilnahm, stieg die Zahl der studentischen Vereine deutlich an und ein Teil der Bünde konnte sogar eigene Häuser oder Räumlichkeiten beziehen. Insgesamt waren auch die Jahre nach 1880, trotz weiterhin steigender Studentenzahlen, noch durch eine allgemeine „Zerklüftung der Studentenschaft"[27] gekennzeichnet.

Das erste Semester Bloems
in Marburg in der Literatur

Das bedeutsamste Ereignis des Sommersemesters 1887, in dem auch Werner Achenbach alias Walter Bloem die alma mater Philippina bezog, waren ohne Zweifel die Feierlichkeiten anläßlich der Immatrikulation des 1000. Studenten.

In der orts- und studentengeschichtlichen Literatur wird über dieses für die Stadt so wichtige Ereignis nur wenig berichtet.[28] Georg Heer, der Chronist der Marburger Studentenschaft, berichtet in seinem Werk „Marburger Studentenleben" über die Feierlichkeiten nur einen einzigen Satz. Dort wird lediglich erwähnt, daß von der Stadt ein Waldfest auf dem Dammelsberg ausgerichtet wurde, an dem die ganze Studentenschaft teilnahm.[29] Ähnlich kurz stellt Heer die Feierlichkeiten in der Festschrift der Burschenschaft Arminia dar. Dort erfährt der Leser lediglich, daß die Feier von der Stadt ausgerichtet wurde und unter „zahlreiche[r] Betheiligung der Bürgerschaft"[30] auf dem Dammelsberg stattfand.

In der Stadtgeschichte von Dettmering und Grenz wird nur kurz berichtet, daß am 13. Juli 1887 Rektor von Liszt und Oberbürgermeister Schüler die Festreden hielten und Bürgermeister Siebert Grußadressen an Kaiser, Kronprinzen und Prinz Wilhelm vortrug.[31]

Das Thema des Sommersemesters 1887:
„Der 1.000 Student"

Stand in Marburg von Beginn des Sommers unverrückbar die Zahl 1.000 im Mittelpunkt der öffentlichen Debatten, muß man jedoch bei genauer Betrachtung feststellen, daß diese Zahl im Sommer 1887 noch nicht erreicht wurde, sondern erst im Jahre 1897.[32]

Die Chronik der Philippina[33] gibt zu diesem Thema folgende recht verwirrenden Auskünfte: Laut Chronik waren im Marburg im Sommer 1887 960 immatrikulierte Studenten sowie einige „nicht immatriculationsfähige Preussen und Nichtpreussen"[34] anwesend, so daß die „Gesammtzahl der Berechtigten"[35] 1.007 betrug. An anderer Stelle berichtet der Chronist von 956 Studenten, die die Berechtigung zum Hören der Vorlesungen hatten. Vom „Hören von Vorlesungen dispensirt"[36] war ein Student, die Zahl der „nicht immatriculirte[n] Preussen und Nichtpreussen, welche vom Rector die Erlaubnis dazu [zum Hören von Vorlesungen, d.V.] erhalten hatten"[37] belief sich auf 40, so daß die „Gesammtzahl der Berechtigten, welche Vorlesungen hören [...] mithin 996 [war]"[38]. Selbst die amtliche Chronik der Universität ist also keine sichere Quelle zum Thema Studentenzahl an der Philipps-Universität Marburg im Sommer 1887.

Auch die Tagespresse, die sich regelmäßig mit dem Stand der Studentenzahl beschäftigte, da für Stadt Marburg die Zahl der Immatrikulierten schon immer eine große wirtschaftliche Bedeutung hatte, kann keine eindeutigen Zahlen berichten. So schreibt beispielsweise die Oberhessische Zeitung am 18. Mai 1887, daß „die Annahme, die Zahl der in diesem Semester hier Studierenden habe tausend und darüber erreicht, [...] sich nicht verwirklichen zu wollen [scheint]"[39]. Wenige Tage später stellt sich der selbe Sachverhalt ganz anders dar.

Bereits am 22. Mai berichtet die Oberhessische Zeitung dann von 996 „immatrikulierten Studierenden"[40] und 40 Personen mit einer „Erlaubnis zum Hören von Vorlesungen"[41]. Somit ergab sich aufgrund der Angaben in der Lokalzeitung die Zahl von 1.036 „Personen, [...] welche Vorlesungen im Sommersemester hör[ten]".[42] Um sicher zu gehen, daß auch wirklich die Zahl von 1.000 Studenten gehalten wurde, gab die Oberhessische Zeitung zudem bekannt, daß zu den Immatrikulierten noch etwa „40 dahier anwesende Kandidaten hinzugerechnet werden [müßten], welche die Universitäts-Institute benutz[t]en, welchen aber behufs Meldung zum Examen die vorgeschriebenen Abgangszeugnisse, in denen der Nachweis der gehörten Vorlesungen enthalten ist, noch im Laufe des Semesters ausgestellt werden mußten".[43]

Mit Sicherheit konnte Marburg von einer Studentenzahl von über 1.000 schon am 25. Mai 1887 ausgehen, denn die Lokalzeitung berichtete an diesem Tag, daß „der Tausendste Student gestern für das gegenwärtige Sommersemester an unserer alma mater Philippina immatrikuliert worden [sei]"[44] Aus diesem Grund wurde direkt am 24. Mai in der Sitzung des Gemeinde-Ausschusses beschlossen, den Stadtrat aufzufordern, „eine Vorlage betreffs ei-

ner Feier dieses Ereignisses in diesem Semester zu machen."[45]

„Drum freue Dich und juble laut, Du preisgekrönte
alma mater Philippina"[46] – Die Feier des 1.000.
Studenten im Sommer 1887

Am 7. Juli 1887 konnte dann die interessierte Öffent-
lichkeit erstmals Näheres über den Ablauf des Festes in
der Zeitung lesen. Am 13. Juli 1887 sollten die Feierlichkeiten mit einem Festzug, der sich seinen Weg von der
Ketzerbach über den Steinweg, die Reit- und Untergasse,
den Markt hin zum Schloß bahnen sollte, beginnen.[47] Dort
sollten die Punkte „Redeakt, Gesang und Tanz"[48] auf dem
Programm stehen. Das Ende des Festes, für das ein Obo-
lus von 2 Reichsmark zu entrichten war,[49] wurde für 12
Uhr anberaumt.

Aus Gründen der Praktikabilität wurde den Chargierten sogar ein Raum im Landgerichtshof zugewesen, in dem
sie sich ihres Chargenwichs entledigen konnten. Weiterhin wurde darauf hingewiesen, daß es sinnvoll wäre,
„wenn die einzelnen Korporationen für Bierkrahn und
Zapfen sich sorgen würden, um sich selbst Bier vom Faß
zu schaffen [sic!]".[50]

Lediglich Kindern unter 14 Jahren und Hunden wurde der Zutritt zum Feste verwehrt. Es wurde laut Tagespresse „vielseits als wünschenswert bezeichnet, daß Kinder im schulpflichtigen Alter also unter 14 Jahren, zu den
Festlichkeiten im Dammelsberge nicht zugelassen werden,
da dies neben den unausbleiblichen Störungen bei den
beengten Raumverhältnissen auch dem ganzen Charak-
ter des Festes nicht entspr[ä]che".[51] Zum Thema Hunde
wurde lapidar angemerkt: „Selbstredend ist das Mitbrin-
gen von Hunden gänzlich ausgeschlossen"[52].

In der Oberhessischen Zeitung vom 14. Juli 1887 konnten die Bürger der Stadt dann beruhigt lesen, daß „die Vorbereitungen auf dem Dammelsberg zu dem heute nachmittag daselbst stattfindenden Universitätsfeste [...] nunmehr beendet [seien]".[53] Für 2.500 Menschen haben fleißige Helfer Sitzplätze geschaffen, was dem geschätzten Andrang genügen müßte, so die Oberhessische Zeitung.[54]

Über das Fest selbst berichtet die Oberhessische Zeitung in einem mehr als eine Seite umfassenden Artikel.

Nachdem der Festzug[55], begleitet von drei Musikkorps, sein Ziel erreicht hatte, konnte das Fest auf dem „reich mit Wimpeln, Fahnen, Lampions und Transparenten"[56] dekorierten Dammelsberg beginnen. „Ein erfrischender, vortrefflich mundender Trunk aus den Buffetts unserer hiesigen vier Brauereien [wurde] kredenzt, doch auch unsere Delikatessenhändler [...] hatten für einen konsistenteren Imbiß gesorgt, auf niedrigen Papiertellern ladete das belegte Brötchen nämlich zum Zugreifen ein. [sic!]".[57]

Als erster Redner ergriff Oberbürgermeister Schüler das Wort. In kurzen Worten gab er die Freude der Stadt über die hohe Studentenzahl kund und gedachte dem Kaiser, „de[m] eifrigsten Beschützer [...] von Kunst und Wissenschaft, de[m] Helden im Krieg, de[m] Schirmer [...] im Frieden, dessen Weisheit wir in erster Linie die hohe Blüte unserer Universität zu verdanken haben".[58] Nach einem Hoch auf den Kaiser und dem Absingen der Nationalhymne ergriff Rektor Prof. Dr. von Liszt das Wort. In seiner Rede verglich er das Verhältnis von Stadt und Universität mit dem von Ehemännern zu ihren Ehefrauen, „mit der sie Freud und Leid, Mühen und Arbeit zusammen tr[ü]gen".[59] „Und wieder nach einigen Erholungsgetränken redete Herr stud. theol. Endemann [...] unterbrochen mit zahlreichen Beifallsrufen"[60]. In seiner Ansprache pries er das Studentenleben in Marburg sowie das Verhältnis von Universität, Studentenschaft und Stadt. In seine abschließenden Worte „unsere treue alma mater Philippina, sie wachse, blühe und gedeihe alle Zeit, sie lebe hoch"[61] stimmten alle Anwesenden ein.

Im Anschluß verlas unter dem zustimmenden Jubel der Anwesenden Vizebürgermeister Siebert die Grußbotschaften der Festversammlung an den deutschen Kaiser, den Kronprinzen und Prinz Wilhelm.

Als letzter Redner des Abends trat Landgerichtsrat Gleim auf. Er ging auf die anscheinend auch von Zeitgenossen gehegten Zweifel an der hohen Studentenzahl ein und konnte sogar den 1.000. Studenten persönlich vorstellen, der dann auch kurz das Wort ergriff. „W.[assily] von Archenewsky aus Tambov (Rußland)"[62], Student der Theologie und Geschichte[63], bedankte sich für die ihm zuerkannte Ehre und brachte in gebrochenem Deutsch ein Hoch auf seine Magnifizenz aus. Damit endeten die Ansprachen, und „mehr und mehr [griff] die fidulitas Platz [...] und als die Lampions ihr gedämpftes Licht erstrahlen ließen und kein Lüftchen die so sehr säuselnden Blätter bewegte, da hielt es die jugendlichen Paare nicht länger und zum Tanzplatz - so besetzt und reparaturbedürftig er auch war - wurde geeilt und nach heiteren Weisen im frohen Kreise sich gedreht"[64].

Kurz vor Mitternacht beendete ein plötzliches Gewitter die rundum gelungene Veranstaltung.

Was blieb von diesem Fest? Als Nachlese berichtet die Oberhessische Zeitung einen Satz: „Wie wir [die Redaktion der Oberhessischen Zeitung, d.V.] jetzt erfahren, wurden bei dem am Mittwoch stattgehabten Universitätsfeste für Rechnung der Stadt 8.878 Liter Bier getrunken."[65] Wieviel Walter Bloem davon getrunken hat, muß im Dunkeln bleiben.

Holger Zinn

Anmerkungen

1   Wertvolle Hinweise für diesen Beitrag verdanke ich Herrn Carl
    Bühner, Marburg, Herrn Prof. Dr. Bernhard vom Brocke, Mar-
    burg und Herrn Horst Hecker, Marburg.
2   Zu Bloems Lebenslauf vgl. Kutzbach (1950), S. 37, o.V. (1905), Sp.
    123 f., o.V. (1910), S. 68, Berger; Rupp (1968), S. 583, Ekkehard
    (1929), S. 670 ff., Werner (1955), S. 312, Degener (1935), S. 138 f.,
    o.V. (1970), S. 55, Brümmer (1913), S. 259, Morris (1988), S. 7–13.
3   Andere Quellen geben den Studiengang Philosophie an.
4   Teutonia (1925), S. 168.
5   Lusatia (1898), S. 178.
6   Wolff (1961), S. 18, Scheid (1993), S. 7 und Morris (1988), S. 169.
7   Bloems Sohn wurde als Schriftsteller unter dem Pseudonym Kilian
    Koll bekannt und blieb nach Kriegsende 1945 vermißt.
8   Die erste Anschrift Bloems in Berlin war: Pragerstraße 26, Berlin
    W. 50, ab 1910 Luisenstr. 16, Berlin-Schlachtensee.
9   Wolff (1961), S. 21.
10 Wolff (1961), S. 21.
11 Wolff (1961), S. 21.
12 Bloem besaß die Burg seit 1916. Anfangs lebte er nur gelegentlich
    dort, später ständig. Vgl. hierzu Scheid (1993), S. 6.
13 Vgl. Scheid (1993), S. 10.
14 Ab dem 1. Mai 1935 hatte Bloem die Adresse: Budapester Straße
    24, Berlin W. 62; später wohnte Bloem unter der Anschrift Beeren-
    straße 49b, Berlin-Zehlendorf-West.
15 Bloem gibt selbst an, daß er in seinem Leben rund 2.500.000 Mark
    verdient habe, so Wolff (1961), S. 22.
16 Wolff (1961), S. 22.
17 Die Zusammenstellung erhebt keinen Anspruch auf Vollständig-
    keit.
18 Heither (2000), S. 256, ähnlich Heither; Lemling (1996), S. 71 ff.;
    Lemling (1996), S. 53 ff.
19 Diese wertvolle Quelle verdankt der Autor Herrn Carl Bühner
    Marburg. Es handelt sich um einen Brief Bloems an Hermann
    Bauer vom 29. November 1948.
20 Vgl. Teutonia (1925), S. 163: Schultheis, Wilhelm, geboren 2. Fe-
    bruar 1865 in Kassel, rezipiert 26. Juni 1886, ab 1896 Chirurg und
    Urologe in Bad Wildungen.

21 Vgl. Teutonia (1925), S. 167: Krause, Wilhelm, geboren am 13. Februar 1865 in Gottsbüren, rezipiert 14. Juni 1887, Mediziner, ab 1895 praktischer Arzt in Kassel, gestorben am 26. Dezember 1905.

22 Brief Walter Bloem an Hermann Bauer vom 29. November 1948.

23 Scheid (1993), S. 7.

24 Hermelink; Kähler (1927), S. 837.

25 Hermelink; Kähler (1927), S. 542.

26 Vgl. Hermelink; Kähler (1927), S. 542.

27 Heer (1927), S. 168.

28 Eine Akte zum Jubiläum im Archiv der Universität gab es nicht, da es sich nicht um eine Feierlichkeit der Universität handelte. Im Stadtarchiv existiert eine Akte zu den Feierlichkeiten (StAM, Best. 330 Marburg C, Nr. 1294), die jedoch neben Zeitungsausschnitten lediglich Rechnungen enthält.

29 Heer (1927), S. 168.

30 Heer (1896), S. 192.

31 Vgl. vom Brocke (1982), S. 526.

32 Kürschner (1934), S. 272 und vom Brocke (1982), S. 526. Titze (1995), S. 433 nennt für das Sommersemester 1887 die Zahl 963 an der Universität Marburg immatrikulierten Studenten.

33 Vgl. Chronik (1888), S. 12 f.

34 Chronik (1888), S. 12 f.

35 Chronik (1888), S. 12 f.

36 Chronik (1888), S. 12 f.

37 Chronik (1888), S. 12 f.

38 Chronik (1888), S. 12 f.

39 Oberhessische Zeitung vom 18. Mai 1887, S. 2, Rubrik „Hessen-Nassau.", Art. „Marburg, 17. Mai. Die jetzt …".

40 Oberhessische Zeitung vom 22. Mai 1887, S. 2, Rubrik „Hessen-Nassau.", Art. „Marburg, 21. Mai. Die Zahl …".

41 Oberhessische Zeitung vom 22. Mai 1887, S. 2, Rubrik „Hessen-Nassau.", Art. „Marburg, 21. Mai. Die Zahl …".

42 Oberhessische Zeitung vom 22. Mai 1887, S. 2, Rubrik „Hessen-Nassau.", Art. „Marburg, 21. Mai. Die Zahl …".

43 Oberhessische Zeitung vom 22. Mai 1887, S. 2, Rubrik „Hessen-Nassau.", Art. „Marburg, 21. Mai. Die Zahl …".

44 Oberhessische Zeitung vom 26. Mai 1887, S. 2, Rubrik „Hessen-Nassau.", Art. „Marburg, 25. Mai. Der Tausendste …". Ähnlich auch General-Anzeiger für Marburg und Umgebung vom 16. Juli 1887, S. 1 ff., Art. „Marburg, 14. Juli. Es ist in der …".

45   Oberhessische Zeitung vom 22. Mai 1887, S. 2, Rubrik „Hessen-
      Nassau.", Art. „Marburg, 25. Mai. Gestern nachmittag …".
46   Vivat (1887), S. 12.
47   Oberhessische Zeitung vom 7. Juli 1887, S. 2, Rubrik „Hessen-
      Nassau.", Art. „Marburg, 6. Juli. Ueber das am…".
48   Oberhessische Zeitung vom 7. Juli 1887, S. 2, Rubrik „Hessen-
      Nassau.", Art. „Marburg, 6. Juli. Ueber das am …".
49   Vgl. Oberhessische Zeitung vom 7. Juli 1887, S. 4, Art.
      „Universitätsfest.".
50   Oberhessische Zeitung vom 7. Juli 1887, S. 2, Rubrik „Hessen-
      Nassau.", Art. „Marburg, 6. Juli. Ueber das am …".
51   Oberhessische Zeitung vom 10. Juli 1887, S. 1, Rubrik „Hessen-
      Nassau.", Art. „Marburg, 9. Juli. Bezüglich der Teilnahme…".
52   Oberhessische Zeitung vom 10. Juli 1887, S. 1, Rubrik „Hessen-
      Nassau.", Art. „Marburg, 9. Juli. Bezüglich der Teilnahme…".
53   Oberhessische Zeitung vom 14. [sic!] Juli 1887, S. 2 f., Rubrik „Hes-
      sen-Nassau.", Art. „Marburg, 13. Juli. Die Vorbereitungen …".
54   Vgl. Oberhessische Zeitung vom 14. [sic!] Juli 1887, S. 2 f., Rubrik
      „Hessen-Nassau.", Art. „Marburg, 13. Juli. Die Vorbereitungen
      …". Vivat (1887), S. 16 nennt als Teilnehmer „circa 1000 Studen-
      ten, 150 Dozenten und Beamte der Universität, 470 Bürger, 760
      Damen, 140 Musiker und Dienstleute.".
55   Laut Vivat (1887), S. 7 f. nahmen am Festzug folgende Studenten-
      gruppen (Aktivenzahl in Klammern) teil: Corps Teutonia (41),
      Corps Hasso-Nassovia (44), Corps Guestphalia (18), Burschen-
      schaft Arminia (24), Burschenschaft Alemannia (34), Marburger
      Wingolf (53), Pharmacia (46), Germania (49), ATV Philippina (29),
      Hasso-Guestfalia (17). Neben den Verbindungen nahmen folgen-
      de Vereine teil: naturwissenschaftlich-medizinischer Verein (26),
      wissenschaftliche-theologischer Verein (41), philologisch-histori-
      scher Verein (21), neuphilologischer Verein (35), mathematisch-
      physikalischer Verein (16), Verein deutscher Studenten (33), Ri-
      chard Wagner-Verein (14), Pharmazeutenverein (20). Die Zahl der
      Nicht-Verbindungsstudenten im Festzug belief sich auf 360.
56   Oberhessische Zeitung vom 15. Juli 1887, S. 2 f., Rubrik „Hessen-
      Nassau.", Art. „Marburg, 14. Juli. Frohe Feste, …".
57   Oberhessische Zeitung vom 15. Juli 1887, S. 2 f., Rubrik „Hessen-
      Nassau.", Art. „Marburg, 14. Juli. Frohe Feste, …".
58   Oberhessische Zeitung vom 15. Juli 1887, S. 2 f., Rubrik „Hessen-
      Nassau.", Art. „Marburg, 14. Juli. Frohe Feste, …".

59 Oberhessische Zeitung vom 15. Juli 1887, S. 2 f., Rubrik „Hessen-Nassau.", Art. „Marburg, 14. Juli. Frohe Feste, …".

60 Oberhessische Zeitung vom 15. Juli 1887, S. 2 f., Rubrik „Hessen-Nassau.", Art. „Marburg, 14. Juli. Frohe Feste, …".

61 Oberhessische Zeitung vom 15. Juli 1887, S. 2 f., Rubrik „Hessen-Nassau.", Art. „Marburg, 14. Juli. Frohe Feste, …".

62 Oberhessische Zeitung vom 15. Juli 1887, S. 2 f., Rubrik „Hessen-Nassau.", Art. „Marburg, 14. Juli. Frohe Feste, …".

63 Vivat (1887) berichtet, der 1.000. Student habe Jura studiert.

64 Oberhessische Zeitung vom 15. Juli 1887, S. 2 f., Rubrik „Hessen-Nassau.", Art. „Marburg, 14. Juli. Frohe Feste, …".

65 Vgl. Oberhessische Zeitung vom 17. Juli 1887, S. 2 f., Rubrik „Hessen-Nassau.", Art. „Marburg, 16. Juli. Wie wir jetzt erfahren …". Ob die in der Oberhessischen Zeitung angekündigte Sondernummer zum Fest auf dem Dammelsberg (vgl. Oberhessische Zeitung vom 20. Juli 1887, S. 2, Rubrik „Hessen-Nassau.", Art. „Marburg, 19. Juli. Da die Nummer …") gedruckt wurde, kann nicht nachvollzogen werden.

Literatur

Quellen und Darstellungen

Berger, Bruno; Rupp, Heinz (Hg.) (1968): Deutsches Literatur-Lexikon, Band 1, München und Bern 1968.

Brocke, Bernhard vom (1982): Marburg im Kaiserreich 1866–1918. Geschichte und Gesellschaft, Parteien und Wahlen einer Universitätsstadt im wirtschaftlichen und sozialen Wandel der industriellen Revolution, in: Dettmering, Erhart; Grenz, Rudolf (Hg.) (1982): Marburger Geschichte: Rückblick auf die Stadtgeschichte in Einzelbeiträgen, unveränderter Neudruck, Marburg 1982, S. 367–540.

Brümmer, Franz (1913): Lexikon der deutschen Dichter des 19. Jahrhunderts, Band 1, Leipzig 1913.

Degener, Hermann (Hg.) (1935): Degeners Wer ist's? Eine Sammlung von rund 18000 Biographien mit Angabe über Herkunft, Familie, Lebenslauf, Veröffentlichungen und Werke, Lieblingsbeschäftigung, Mitgliedschaft bei Gesellschaften, Anschrift und anderen Mitteilungen von allgemeinem Interesse, 10. Ausgabe, Berlin 1935.

Ekkehard, E. (Hg.) (1929): SIGILLA VERI (Ph. Stauff's Semi-Kürschner). Lexikon der Juden, -Genossen und -Gegner aller Zeiten und Zonen, insbesondere Deutschlands, der Lehren, Gebräuche, Kunstgriffe und Statistiken der Juden sowie ihrer Gaunersprache, Trugnamen, Geheimbünde, usw., Band 1, zweite, um ein Vielfaches vermehrte und verbesserte Auflage, ohne Ort 1929.

Heer, Georg (1896): Die Marburger Burschenschaft Arminia von 1860 bis 1895 nebst einer kurzen Geschichte der Marburger Burschenschaft seit 1816. Festgabe zum 35jährigen Stiftungsfest der M.B. Arminia, Marburg 1896.

Heither, Dietrich (2000): Verbündete Männer. Die Deutschen Burschenschaft - Weltanschauung, Politik und Brauchtum, Köln 2000.

Heither, Dietrich; Lemling, Michael (1996): Marburg, O Marburg ... Ein „Antikorporierter Stadtrundgang", Marburg 1996.

Kutzbach, Karl August (1950): Autorenlexikon der Gegenwart, Band: Schöne Literatur verfasst in deutscher Sprache mit einer Chronik seit 1945, Bonn 1950.

Lemling, Michael (1996): „Ja ein Mann! Das wollte er werden ..." Marburger Studentenromane und Erzählungen, in: Berns, Jörg

Jochen (Hg.):Marburg-Bilder. Eine Ansichtssache. Zeugnisse aus fünf Jahrhunderten, Bd. 2, Marburg 1996, S. 53–67.

Morris, Rodler F. (1988): From Weimar philosemite to Nazi apologist. The case of Walter Bloem, Lewiston, Queenston und Lampeter 1988.

o.V. (1887): Vivat Academia! Erinnerung an das Waldfest der Stadt Marburg zu Ehren ihrer Alma Mater Philippina im Dammelsberg am 13. Juli 1887, Marburg 1887, zitiert als Vivat (1887).

o.V. (1888): Chronik der königlichen Universität Marburg. 1. Jahrgang 1887–1888, Marburg 1888, zitiert als Chronik (1888).

o.V. (1905): Deutsches Zeitgenossenlexikon. Biographisches Handbuch deutscher Männer und Frauen der Gegenwart, Leipzig 1905.

o.V. (1910): Deutschlands Österreich-Ungarns und der Schweiz Gelehrte, Künstler und Schriftsteller in Wort und Bild, zweite Auflage, Hannover 1910.

o.V. (1970): Kürschners Deutscher Literatur-Kalender. Nekrolog 1936–1970, Berlin 1970.

Scheid, Heinz (1993): In seinem „Felsennest", der Burg Rieneck, saß nach dem Untergang des Kaiserreichs orientierungslos der Literat Walter Bloem und wurde Wegbereiter des NS-Staates, in: Spessart, Jahrgang 10 (1993), S. 6–12.

Titze, Hartmut (Hg.) (1995): Datenhandbuch zur deutschen Bildungsgeschichte, Band 1: Hochschulen, Teil 2: Wachstum und Differenzierung der deutschen Universitäten 1830 - 1945, Göttingen 1995.

Verband alter Marburger Teutonen (Hg.): Blaubuch des Corps Teutonia zu Marburg 1825 bis 1925, Elberfeld 1925, zitiert als Teutonia (1925).

Vertrauens-Kommission der alten Herren des Corps [Lusatia Leipzig, d.V.] für die Mitglieder (Hg.): Geschichte des Corps Lusatia zu Leipzig 1807 bis 1898, Leipzig 1898, zitiert als Lusatia (1898).

Werner, Gerhart (1955): Bloem, Walter, in: Historische Kommission bei der Bayerischen Akademie der Wissenschaften (Hg.): Neue deutsche Biographie, zweiter Band, Berlin 1955.

Wolff, Heinz (1961): Walter Bloem, in: Wuppertaler Biographien, Jahrgang 1961, Heft 3, S. 15–28.

Zeitungen

Oberhessische Zeitung
General-Anzeiger für Marburg und Umgebung